을 유 세 계 문 학 전 집 · 3 9

이즈의 무희 · 천 마리 학 · 호수

IZU NO ODORIKO / SENBAZURU / MIZUUMI
by
KAWABATA Yasunari

이즈의 무희 · 천 마리 학 · 호수

伊豆の踊子 · 千羽鶴 · みづうみ

가와바타 야스나리 지음 · 신인섭 옮김

❀ 을유문화사

옮긴이 **신인섭**

건국대학교 일어교육과를 졸업하고 일본 홋카이도 대학 문학부에서 박사학위를 받았다. 목포대 교수를 역임했고 현재 건국대학교 일어교육과 교수이며, 동 대학 아시아·디아스포라연구소장이다. 주요 저서로 『일본근현대문학의 명암』, 『아시아와 디아스포라』(공저), 『동아시아의 문화 표상』(공저), 옮긴 책으로는 『산소리』(가와바타 야스나리), 『동시대 게임』(오에 겐자부로), 『소설론』(가메이 히데오) 등이 있다. 「일본 근대 지식인들의 근대상 ― 근대소설 속의 일본, 아시아, 유럽/아리시마 다케오의 경우」 등의 연구 논문이 있다.

을유세계문학전집 39
이즈의 무희·천 마리 학·호수

발행일·2010년 12월 25일 초판 1쇄 | 2024년 1월 20일 초판 8쇄
지은이·가와바타 야스나리 | 옮긴이·신인섭
펴낸이·정무영, 정상준 | 펴낸곳·(주)을유문화사
창립일·1945년 12월 1일 | 주소·서울시 마포구 서교동 469-48
전화·02-733-8153 | FAX·02-732-9154 | 홈페이지·www.eulyoo.co.kr
ISBN 978-89-324-0369-4 04830 978-89-324-0330-4(세트)

차례

이즈의 무희

1

꼬불꼬불한 산길로 접어들면서 마침내 아마기 고개에 다가왔구나 싶었을 무렵, 삼나무 밀림을 하얗게 물들이며 매서운 속도로 빗발이 산기슭으로부터 나를 뒤쫓아왔다.

나는 스무 살이었다. 나는 고등학교 학생모를 쓰고 감색 바탕의 기모노에 하카마 차림을 하고 학생 가방을 어깨에 메고 있었다. 혼자서 이즈 반도 여행길에 오른 지 나흘째 된 날이었다. 슈젠지(修善寺) 온천에서 하룻밤을 묵고 유가시마 온천에서 이틀 밤을 지낸 뒤, 후박나무로 된 굽 높은 나막신을 신고 아마기 고갯길에 오른 것이었다. 굽이굽이 두른 산들이랑 원시림이 자아내는 가을 계곡 풍경에 흠뻑 젖으면서도 나는 어떤 기대감으로 가슴을 두근거리며 길을 서두르고 있었다. 조금 지나자 커다란 빗방울이 나를 때리기 시작했다. 가파르게 굽은 경사 길을 뛰어올랐다. 나는 가까스로 고개의 북쪽 편에 있는 찻집에 다다라 한숨을 돌리다가 그만 멈춰 서 버렸다. 내 기대가 딱 적중했기 때문이었다. 거기에서 유랑 가무단 일행이 쉬고 있었던 것이다.

멀거니 서 있는 나를 본 무희가 얼른 자기 방석을 빼내서 뒤집어 내 옆에 놓았다.

"아니 뭘……"이라고만 하고 나는 그 위에 앉았다. 비탈길을 달려와 숨이 찬데다가 놀라움으로 "고마워요"라는 말이 목에 걸려 나오지 않았던 것이다.

무희와 바로 코앞에서 마주 보고 있자니 당황스러워서 소매 주머니에서 담배를 꺼냈다. 무희가 이번에는 또 같은 일행인 여자 앞에 있던 재떨이가 달린 담뱃서랍을 내 앞에 가져다주었다. 역시 나는 잠자코 있었다.

무희는 열일곱 살 정도로 보였다. 그녀는 이제까지 내가 본 적이 없는 고풍스러우면서도 묘한 형태로 크게 머리를 틀어 올리고 있었다. 그것이 계란형의 또렷한 얼굴을 무척 작아 보이게 하면서도 아름답게 조화를 이루고 있었다. 머리를 풍만하게 과장한 패사적(稗史的)인* 아가씨의 초상화와 같은 느낌이었다. 무희 일행은 40대 여자 한 사람, 젊은 여자 두 사람, 그리고 나가오카 온천 여관의 상호 이름이 크게 찍힌 겉옷을 입은 스물대여섯 살가량의 남자가 있었다.

그때까지 나는 그들 일행을 두 번 보았다. 처음에는 유가시마 온천으로 가는 도중에 슈젠지로 가는 그녀들과 유가와 다리 부근에서 만났다. 그때는 젊은 여자가 세 사람이었는데 무희는 북을 들고 있었다. 나는 몇 번이고 돌아보면서 여정이 내 몸에 스며드는 것을 느꼈다. 그리고 유가시마에서 이틀째 밤을 보낼 때 그들은 가무단을 부를 사람이 있나 여관에 들렀다. 나는 무희가 현관 마루에서 춤추는 것을 2층으로 오르는 계단 중턱에 앉아서 열심히 보고 있었다. 처음 본 게 슈젠지였고 오늘 밤 유가시마로 왔으면 내일은 아마기 고개를 남쪽으로 넘어 유가노 온천으로 가겠지. 아마기 고개 칠십 리 길에서 틀림없이 따라잡을 수 있을걸. 나는 이런 공상을 하며 길을 서둘렀는데 비를 피하려고 찻집에 들렀다가 딱 만나 버렸기 때문에 당황했던 것이다.

잠시 후 찻집의 노파가 나를 다른 방으로 안내해 주었다. 보통 때는 쓰지 않은 듯 문 같은 것도 없었다. 산 아래를 내려다보니 아름다운 계곡이 눈에 다 담기지 않을 만치 깊었다. 살결에 소름이 돋으며 나는 딱딱딱 이를 부딪치며 몸을 떨었다. 차 시중을 들기 위해 온 노파에게 춥다고 하니,

"아이고, 손님, 다 젖으셨구먼요. 이쪽에서 잠시 불을 좀 쬐셔요, 자 얼른 옷을 말리셔요" 하며 손을 붙잡기라도 할듯이 굴면서 자기들 거실로 안내해 주었다.

그 방은 화로가 있어 장지문을 열자 강한 열기가 흘러나왔다. 나는 문지방 옆에 서서 주춤했다. 익사체처럼 온몸이 푸르뎅뎅하게 부은 노인이 화롯가에서 책상다리를 하고 앉아 있는 거 아닌가. 동자까지 누렇게 썩은 듯한 눈을 음울하게 내 쪽으로 돌렸다. 몸 주위에는 오래된 편지와 종이봉지들이 무더기로 쌓여 그 종이 쓰레기 속에 묻혀 있다 해도 좋았다. 나는 도저히 살아 있는 사람으로 여길 수 없는 산속의 괴기스러움에 우뚝 서 있었다.

"아이고, 이런 부끄러운 꼴을 보여 드려……. 하지만 우리 영감

이니까 안심하셔요. 보기야 흉하시겠지만 꼼짝 못하니까 그냥 계셔도 별 상관은 없으실 거구먼요."

그렇게 양해를 구한 뒤 노파가 한 이야기에 의하면 노인은 오랫동안 중풍을 앓아 전신불수가 되어 버렸다고 한다. 종이 무더기는 사방에서 중풍 치료법을 알려 온 편지들과 방방곡곡에서 구입한 약봉지라고 했다. 노인은 고개를 넘는 여행객들로부터 듣거나 신문광고를 보기라도 하면 빠뜨리지 않고 전국 방방곡곡에서 중풍에 좋은 치료법을 배우거나 약을 구했다는 것이다. 그리고 그런 편지나 종이봉지들을 하나도 버리지 않고 자기 가까이에 두고 바라보면서 살아왔다고 한다. 오랜 시간이 흘러 그것이 빛바랜 종이 쪼가리의 무더기를 이루게 되었다는 것이다.

나는 노파에게 딱히 해줄 말도 없어서 그저 화로 위에 고개를 숙이고 있었다. 산을 넘는 자동차가 집을 흔들었다. 왜 이 노인은 가을인데도 이렇게 추운데다가 머잖아 눈으로 물들 고개에서 내려가지 않고 머무는 것일까 생각하고 있었다. 내 옷에서 김이 나고 머리가 아플 정도로 불기운이 세었다. 노파는 가게로 나가 가무단 아가씨들과 이야기를 하고 있었다.

"세월 참 빠르다니까. 요전에 데려온 애가 벌써 이렇게 컸다고! 어엿한 처녀가 되어 버렸구먼. 당신 복도 많지. 이리 예뻐지다니. 계집애는 빠르다니까."

한 시간쯤 지나자 가무단 사람들이 일어나는 듯한 소리가 들려왔다. 나도 이러고 있을 때가 아니었지만 가슴만 두근거릴 뿐 함께 일어설 용기가 나지 않았다. 여행에 익숙하다곤 해도 여자 걸음이니 1, 2킬로미터 뒤처진다 해도 금방 따라잡을 거라 생각하면서 화로 옆에서 안절부절못하고 있었다. 그러나 무희 일행이 곁을 떠나자 오히려 나의 공상은 고삐가 풀린 듯이 생생하게 춤추기 시작했다. 그들을 보내고 온 노파에게 물었다.

"저 가무단 사람들은 오늘 밤 어디서 묵을까요?"

"저런 것들이야 어디서 묵을지 알 게 뭡니까요, 손님. 아무 데서나 자면 그뿐이죠. 오늘은 어디서 잔다는 요량 따위 있을 턱도 없슈."

심한 경멸을 담은 노파의 말은 '그렇다면 오늘 밤 무희에게 내 방을 내줄 테다' 싶을 만큼 나를 자극했다.

빗발이 가늘어지고 봉우리가 밝아 왔다. 노파가 이제 10분만 더 기다리면 깨끗이 개일 거라고 몇 번이나 만류를 했지만 가만히 앉아 있을 수가 없었다.

"할아버지, 몸조리 잘하세요. 곧 추워질 테니까요"라고 나는 진심으로 말하고 일어섰다. 노인은 누런 눈을 무거운 듯이 움직이며 희미하게 고개를 끄덕였다.

"손님, 손님" 하고 외치면서 노파가 쫓아왔다.

"이렇게 많이 주시면 죄송해서 어떡하나요. 너무 염치가 없습니다요."

그리고 내 가방을 껴안고는 아무리 사양해도 조금만 더 배웅하겠다며 말을 들으려 하지 않았다. 백 미터쯤 종종걸음으로 따라오면서 같은 말을 되풀이하고 있었다.

"염치가 없습니다요. 변변히 해드리지도 못했구먼요. 얼굴을 잘 기억하고 있을랍니다. 다음번에 지나가실 때 잘해 드리겠습니다요. 다음에 꼭 들러 주세요. 잊지 않겠습니다요."

나는 50전짜리 은화 한 개를 놓고 온 것뿐이었는데, 극진한 대우에 너무나 놀라서 눈물이 핑 돌 정도였지만 무희를 빨리 따라잡고 싶었기에 노파의 비척걸음이 귀찮기도 했다. 그러다가 이윽고 고개의 터널까지 와 버렸다.

"정말 고마워요. 할아버지가 혼자 계시니까 돌아가서 돌봐 드리세요" 하고 내가 말하니까 노파는 겨우 가방을 놓아주었다.

어두운 터널로 들어서자 찬 물방울이 똑똑 떨어지고 있었다. 남(南) 이즈 쪽 출구가 앞쪽에서 희미하게 밝아 보였다.

2

터널 출구에서부터 한쪽 편으로 흰 울타리가 땀땀이 둘러쳐진 고갯길이 번갯불 형상으로 흘러내리듯 뻗어 있었다. 마치 모형처럼 전망이 펼쳐지는 저만치 끝자락에 가무단 일행의 모습이 눈에 들어왔다. 5, 6백 미터 채 못 가서 나는 그들 일행을 따라잡았다. 그렇다고 갑자기 걸음을 늦출 수도 없는 노릇이어서 나는 아무런 관심도 없는 것처럼 여자들을 지나쳐 버렸다. 20미터쯤 앞에 혼자서 걷던 남자가 나를 보자 멈춰 섰다.

"걸음이 빠르군요. 알맞게 개었습니다."

나는 다행이다 싶어서 남자와 나란히 걸었다. 남자는 잇달아 나에게 여러 가지 것들을 물었다. 두 사람이 이야기를 시작한 것을 보고 뒤에서 여자들이 쪼르르 달려왔다. 남자는 커다란 버들고리 짝을 지고 있었다. 40대 여자는 강아지를 안고 있었다. 큰아가씨가 보따리, 가운데아가씨가 버들고리짝이라는 식으로 각각 큰 짐을 지니고 있었다. 무희는 북과 그 받침을 지고 있었다. 40대 여자도 이따금 나에게 말을 걸었다.

"고등학교 학생이셔"라고 큰아가씨가 무희에게 속삭였다. 내가 돌아보자 웃으며 말했다.

"그렇지요? 그런 정도는 저도 알고 있어요. 섬에 학생들이 오는 걸요."

일행은 이즈 반도 오시마 하부 항구에 사는 사람들이었다. 봄에 섬을 나와서 계속 여행 중인데 추워지기도 하고 겨울 채비도 안 되어 시모다에서 열흘 정도 있다가 이토 온천에서 배 타고 섬으로 돌아갈 거라 했다. 오시마라고 듣자 나는 한층 더 시적인 감흥에 젖으며 다시 무희의 아름다운 머리를 바라보았다. 오시마에 대해서 여러 가지로 물었다.

"학생들이 많이 수영하러 오잖아"라고 무희가 일행 여자에게 말했다.

"여름에 말이죠?"라며 내가 돌아보니 무희는 어쩔 줄 몰라 하며,

"겨울에도……"라고 나지막이 대답하는 것 같았다.

"겨울에도요?"라고 내가 말했다.

무희는 역시 동행 여자를 보며 웃었다.

"겨울에도 수영할 수 있나요"라고 내가 다시 말하자, 무희는 얼굴이 새빨개지면서 무척 진지한 얼굴빛으로 가볍게 고개를 끄덕였다.

"아이쿠, 이 바보야" 하며 40대 여자가 웃었다.

유가노까지는 가와즈 천(河津川)의 계곡을 따라서 삼십 리쯤 내리막길을 가야 했다. 고개를 넘고부터 산은 물론 하늘색까지가 남

쪽 지방답게 느껴졌다. 나와 남자는 쉴 새 없이 이야기를 주고받아 매우 친해졌다. 오기노리, 나시모토 같은 작은 마을들을 지나 유가노 마을의 초가지붕이 기슭에 보이게 되었을 무렵 나는 시모다까지 함께 여행을 하고 싶다고 작심해서 말했다. 그는 무척이나 기뻐했다.

유가노의 싸구려 여인숙 앞에서 40대 여자가 그럼 잘 가라는 듯한 표정을 지었을 때 그가 말해 주었다.

"이분은 일행이 되고 싶다고 그러시는데."

"아이코, 좋죠. 여행은 길동무, 세상은 인정이라는 말이 있지요. 저희 같이 하찮은 것들이라도 심심풀이는 될 거예요. 우선 들어가셔서 쉬시지요"라며 허물없이 말했다. 아가씨들은 일제히 나를 봤지만 별로 대수롭지 않다는 표정을 지으며 약간은 부끄러운 듯 가만히 나를 바라보고 있었다.

모두 다 같이 여인숙 2층으로 올라가 짐을 내려놓았다. 다타미나 장지문도 낡아 지저분했다. 무희가 밑에서 차를 가지고 왔다. 내 앞에 앉더니 얼굴이 새빨개지면서 손을 부들부들 떨어 찻잔이 받침접시에서 떨어지려 하자 급히 다타미 바닥에 내려놓는 바람에 차를 엎질러 버리고 말았다. 너무도 심하게 수줍어했으므로 나는 어리둥절했다.

"아이코! 왜 그러니. 애가 바람났나. 쯧쯧……" 하며 40대 여자는 질렸다는 듯이 미간을 찌푸리며 수건을 던졌다. 무희는 그것을 주워 거북해하면서 다타미 바닥을 닦았다.

이 뜬금없는 말에 나는 퍼뜩 정신이 들었다. 고개 찻집 노파에게 자극을 받아 떠올렸던 공상이 뚝하고 부러지는 것을 느꼈다.

그러는 사이에 40대 여자가 돌연,

"학생용 옷감은 정말 좋아"라고 말하고는 찬찬히 나를 바라보았다.

"이분의 옷감은 다미지 것과 같은 무늬인 것 같은데? 그치 맞지? 같은 무늬 맞지?"

옆에 있는 여자에게 몇 번이나 확인을 한 뒤에 내게 말했다.

"고향에 학교 다니는 아이를 두고 왔는데요, 그 애가 생각나서요. 그 애의 옷감이 같아서 말이죠. 요즘은 학생 옷감도 비싸서 정말 감당이 안 되네요."

"어느 학교인데요?"

"소학교 5학년이랍니다."

"아하, 5학년이군요······."

"고후에 있는 학교에 다닙니다요. 오랫동안 오시마에 있었습니다만, 고향은 고후거든요."

한 시간쯤 쉬고 나서 남자가 나를 다른 온천 여관으로 안내해주었다. 그때까지는 나도 가무단 일행과 함께 싸구려 여인숙에서 묵게 될 거라고만 생각하고 있었다. 우리들은 큰길에서 자갈길과 돌계단 길을 백여 미터쯤 내려가 개천 근처에 있는 공동탕 옆의 다리를 건넜다. 다리 건너편은 온천 여관의 뜰이었다.

거기 온천탕에 몸을 담그고 있으니까 나중에 남자가 들어왔다. 자기가 스물넷이 된다는 이야기며 아내가 두 번 다 유산과 조산으로 아기를 잃었다는 등의 이야기를 했다. 그는 나가오카 온천의 상표가 있는 옷을 입고 있어서 나가오카 사람이라고 나는 생각하고 있었다. 또 용모로 보나 말씨로 보나 상당히 지적인 면이 있어서 호기심 많은 사람이거나 가무단 아가씨에게 반했거나 해서 짐을 들어 주며 따라다니는 거라고 상상하고 있었다.

탕에서 나오자 나는 바로 점심을 먹었다. 유가시마를 아침 8시에 나왔는데, 그때는 아직 3시 전이었다.

남자가 돌아가는 길에 뜰에서 나를 올려다보고 인사를 했다.

"이걸로 감이라도 사 먹어요. 2층에서 실례합니다"라고 말하며 나는 종이로 싼 돈을 던졌다. 남자는 사양하고 지나치려다가 뜰에 종이 싼 돈이 떨어진 채 있어서 돌아와서 그것을 주워서는,

"이러시면 안 됩니다"라며 도로 던졌다. 그것이 초가지붕 위로 떨어졌다. 내가 다시 한 번 던지니까 남자는 받아서 돌아갔다.

해질녘부터 심하게 비가 내렸다. 산들의 모습이 원근을 잃으며 하얗게 물들고 앞의 냇가가 금방 누런 흙탕물로 바뀌며 소리를 높였다. 이런 비에는 가무단 일행이 호객을 하면서 이쪽으로 올 리도 없을 거라 생각하면서, 나는 왠지 들떠서 두세 번 탕을 들락거리곤 했다. 방은 어둑했다. 방과 방 사이의 장지문을 터서 하나의 전등으로 두 방을 비추게 했기 때문이다.

둥둥 두둥둥, 거센 빗소리를 뚫고 멀리에서 북소리가 희미하게 들렸다. 나는 부서뜨릴 기세로 덧문을 열고 몸을 내밀었다. 북소리가 가까워져 오는 듯했다. 비바람이 내 머리를 때렸다. 나는 눈을 감고 귀를 기울이면서 북소리가 어디를 어떻게 걸어서 이쪽으로 오는지를 알려고 했다. 좀 지나자 샤미센 소리가 들렸다. 여자

의 긴 외침 소리가 들렸다. 왁자지껄한 웃음소리가 들렸다. 비로소 가무단 일행이 여인숙과 마주한 음식점의 술자리에 불려 간 것을 알았다. 두세 명의 여자 목소리와 서너 명의 남자 목소리가 구분되어 들렸다. 그쪽 연회가 끝나면 이쪽으로 오려니 하고 기다리고 있었다. 그러나 그 술자리는 단순한 유흥을 넘어 점점 더 헝클어지는 모양이었다. 쨍쨍거리는 금속성의 여자 목소리가 간간이 번개 치듯 어두운 밤에 날카롭게 울렸다. 나는 신경을 곤두세우며 문을 열어 둔 채 계속해서 그대로 앉아 있었다. 북소리가 들릴 때마다 가슴이 환히 밝아졌다.

"아아, 무희는 아직 술자리에 앉아 있어. 앉아서 북을 치고 있군."

북이 그치면 견딜 수가 없었다. 빗소리 속으로 나는 가라앉아 버렸다.

그러고는 모두 술래잡기라도 하는지, 춤을 추는 건지 어수선한 발소리가 한동안 계속되었다. 그러곤 돌연 쥐죽은 듯 조용해져 버렸다. 나는 눈을 빛냈다. 이 고요함이 무엇인지를 어둠을 통해 보려고 했다. 오늘 밤 무희가 더럽혀지는 것은 아닐까 괴로웠다.

덧문을 닫고 잠자리에 들었지만 가슴이 답답했다. 또 탕에 들어갔다. 탕을 거칠게 휘저었다. 비가 그친 뒤 달이 나왔다. 비에 씻긴 가을밤이 청명하게 밝아졌다. 맨발로 욕조를 빠져나왔지만 뾰족한 수도 없었다. 2시가 넘었다.

3

　다음 날 아침 9시 넘어 다시 남자가 내가 묵는 여관으로 찾아왔다. 막 일어난 나는 그에게 탕에 가자고 청했다. 아름답게 활짝 개인 남 이즈의 따스한 늦가을에 물이 불어난 냇가가 욕탕 저 아래에 따사롭게 햇볕을 받고 있었다. 스스로 생각해도 어젯밤의 번뇌가 꿈처럼 여겨지기도 했지만 나는 남자에게 떠보았다.

　"어젯밤에는 꽤 늦게까지 떠들썩하던데요."

　"아, 들으셨나 봐요?"

　"물론 듣고말고요."

　"여기 고장 사람들이거든요. 이쪽 사람들은 그저 떠들어 댈 줄은 알지 도대체 놀 줄 모릅니다."

　그가 너무도 아랑곳하지 않아서 나는 입을 다물 수밖에 없었다.

　"저쪽 탕에 우리 애들이 와 있네요. —저기 좀 보세요, 이쪽을 봤는지 웃고 난린데요."

　그가 가리키는 손가락을 따라 나는 냇가 건너편 공동탕 쪽을 보았다. 김이 오르는 와중에 일고여덟 명의 나체가 어렴풋이 떠올라 있었다.

어둠침침한 욕탕에서 갑자기 알몸의 여자가 뛰어나오는가 싶더니 탈의장 끝에서 냇가로 뛰어들기라도 할 것 같은 자세로 서서 양손을 쭉 펼치고 무엇인가 외치고 있다. 수건도 걸치지 않은 알몸이다. 그 무희였다. 어린 오동나무처럼 다리가 쭉 뻗은 흰 나체를 바라보며 나는 마음에 샘물을 느껴 후우 깊은 숨을 내쉬고 나서 쿡쿡 웃었다. 어린애잖아. 우리를 발견한 기쁨을 주체하지 못하고 알몸인 채로 햇빛 속으로 뛰쳐나와 발끝으로 힘껏 발돋음을 할 만큼 어린애였던 것이다. 나는 해맑은 기쁨으로 계속해서 쿡쿡쿡 웃었다. 머리가 씻은 듯 맑아졌다. 미소가 한동안 그치지 않았다.

무희의 머리가 너무도 풍성하여 열일고여덟로 보였던 것이다. 그런데다가 꽃다운 나이의 처녀처럼 몸치장을 시켜 놓았기 때문에 나는 어이없는 착각을 한 것이었다.

남자와 둘이서 내 방으로 돌아와 있자니까 얼마 안 있어 큰아가씨가 여관 마당에 와 국화 밭을 둘러보고 있었다. 무희가 다리를 반쯤 건너고 있었다. 40대 여자가 공동탕을 나와 두 사람 쪽을 보았다. 무희는 어깨를 흠칫 움츠리면서 꾸중 들으니까 가야 돼요, 라는 듯이 웃어 보이고는 발걸음을 서둘러 돌아갔다. 40대 여자가 다리까지 와 말을 걸었다.

"놀러 오세요."

"놀러 오세요."

큰아가씨도 같은 말을 남기고 여자들은 돌아갔다. 남자는 결국

해질 무렵까지 죽치고 앉아 있었다.

밤에 종이 행상과 바둑을 두고 있는데 돌연 여관 마당에서 북소리가 들렸다. 나는 일어서려 했다.

"가무단이 왔어요."

"에그, 관심 없습니다요, 저런 것들. 자, 자, 학생이 둘 차례구만요. 나 여기에 두었습니다"라고 바둑판을 톡톡 두드리며 종이 장수는 승부에 몰두하고 있었다. 내가 안절부절못하는 동안에 가무단은 벌써 돌아가는 길인 듯 남자가 마당에서,

"안녕하세요?" 하고 말을 걸었다.

나는 복도에 나가서 손짓하여 불렀다. 무희들은 마당에서 잠시 소곤거리고 나서 현관으로 돌아왔다. 남자의 뒤에서 아가씨가 세 사람 차례로,

"안녕하세요?" 하며 마루에 손을 짚고 게이샤처럼 절을 했다. 바둑판 위에서는 갑자기 나의 패색이 드러나기 시작했다.

"이거 참 어쩔 수 없군요. 내가 졌습니다."

"아니 왜 그러슈. 내 쪽이 더 불리한데요. 이거 참 막상막하네요."

종이 장수는 무희들 쪽에는 눈길도 주지 않은 채 바둑판의 집을 하나하나 세고는 점점 더 주의 깊게 두었다. 여자들은 북이나 샤미센 따위를 방구석에 가지런히 두고는 장기판으로 오목을 두기 시작했다. 그러는 동안 나는 이기던 바둑을 져버리고 말았는데, 종이 장수는,

"어때요, 다시 한 판, 한 판만 더 합시다요"라며 끈질기게 졸랐다. 그러나 내가 그냥 웃고만 있자 종이 장수는 포기하고 일어났다.

아가씨들이 바둑판 가까이로 왔다.

"오늘 밤은 이제부터 또 어딘가 도나요?"

"그렇긴 합니다만" 하며 남자는 아가씨들 쪽을 보았다.

"어떻게 할까. 오늘 밤은 이제 그만두고 놀기로 할까?"

"와 좋아. 신나요."

"꾸중 듣지 않나요?"

"그러기야 하겠어요. 게다가 뭐, 돌아다닌다 해도 어차피 손님
이 없는걸요."

그러고는 오목 같은 것을 두면서 12시 넘어서까지 놀다 갔다.

무희가 돌아간 뒤에는 도무지 잠이 오지 않고 정신이 말짱해졌
으므로 나는 마루로 나와 종이 장수를 불러 보았다.

"종이 장수 아저씨, 종이 장수 아저씨."

"아, 네에……" 하며 육십 가까운 아저씨가 방에서 달려 나와
신명이 나서 말했다.

"오늘은 밤샘을 하는 겁니다. 바둑으로 밤을 새워 봅시다."

나 또한 매우 호전적인 기분이었다.

4

　다음 날은 아침 8시에 유가노를 출발하자고 약속이 되어 있었다. 나는 공동탕 옆 가게에서 산 사냥모를 쓰고, 고등학교 제모(制帽)는 가방 안에 쑤셔 넣고는 한길 가 싸구려 여관에 갔다. 2층 문들이 모두 열려 있어서 무심코 올라갔더니 가무단 사람들은 아직 잠자리에서 일어나지 않은 채였다. 나는 당황해서 마루에 멈칫하며 서 있었다.

　내 발밑 잠자리에서 무희가 얼굴이 새빨개지며 양손으로 얼른 얼굴을 가렸다. 그녀는 가운데아가씨와 한 잠자리에서 자고 있었다. 어젯밤의 짙은 화장기가 남아 있었다. 입술과 눈초리에 연지가 연하게 번져 있었다. 그 서정적인 잠자리 모습이 내 가슴을 물들였다. 그녀는 눈부신 듯 빙글 돌아누워 손바닥으로 얼굴을 감춘 채 이불에서 빠져나와서는 복도에 앉아,

　"어젯밤에는 고마웠습니다"라며 예쁘게 절을 하여 서 있는 나를 당황하게 했다.

남자는 큰아가씨와 한 이불에서 자고 있었다. 그 장면을 보기까지 나는 두 사람이 부부라는 것을 전혀 몰랐던 것이다.

　"아이고, 죄송합니다요. 오늘 떠날 셈이었습니다만, 오늘 밤 불려 갈 자리가 있을 것 같아서 우리들은 하루 늦춰서 가볼까 한답니다. 꼭 오늘 떠나신다면 시모다에서 다시 뵙겠어요. 우리는 고슈야라는 여관으로 정해 놓았으니 바로 아실 겝니다"라며 40대 여자가 잠자리에서 반쯤 일어나서 말했다. 나는 따돌림이라도 당한 것처럼 느껴졌다.

　"내일 가시면 안 되나요? 어머니가 하루 늦추겠다고 고집을 부리니 말이죠. 길동무가 있는 편이 좋지 않습니까? 내일 같이 갑시다"라며 남자가 말하니 40대 여자도 거들었다.

　"그렇게 하십시오. 인연으로 일행이 되셨는데, 이렇게 저희 맘대로 굴어서는 안 되는 줄 압니다만. 내일은 무슨 일이 있어도 떠나겠습니다요. 모레가 여행길에 죽은 아기의 49일 되는 날이니까요. 전부터 49일재에는 시모다에서 성의만이라도 표시할까 해서 그날까지는 시모다에 닿을 수 있도록 길을 서둘러 왔답니다. 이런 말씀을 드리면 실례입니다만, 이것도 다 인연 아니겠습니까, 모레 잠깐 명복이라도 빌어 주세요."

　그래서 나는 출발을 연기하기로 하고 아래층으로 내려왔다. 모두가 일어나서 나오기를 기다리며 지저분한 계산대 앞에서 여관 사람과 이야기를 하고 있자니 남자가 산책을 가자고 했다. 큰길을 따라 조금 남쪽으로 가니 아름다운 다리가 있었다. 다리 난간에 기대어 그는 또 자기 처지를 이야기하기 시작했다. 도쿄에서 어느

신파극 배우들 틈에 잠시 끼어 있었다고 했다. 지금도 가끔 오시마 항에서 연극을 한다고 한다. 그들의 짐 보따리에서 칼집이 발처럼 비죽이 나와 있었는데 연회 자리에서도 연극의 흉내를 내어 보여 주는 것이라 했다. 버들고리 속에는 그 의상이며 냄비, 밥그릇 같은 살림도구가 있었던 것이다.

"나는 길을 잘못 들어 신세를 망쳐 버렸습니다만, 형이 고후에서 어엿하게 집안을 잇고 있습니다. 그러니까 나는 뭐 필요 없는 몸인 게지요."

"나는 댁이 나가오카 온천 사람이라고만 생각했었는데요."

"그랬나요? 나이 든 쪽이 제 아닙니다. 학생보다 한 살 아래인 열아홉인데요, 여로에서 두 번째 아기를 조산해 버렸지 뭡니까, 아이는 일주일 정도 있다 숨을 거두었고 아내는 아직 몸이 온전하지 못해요. 저 아주머니는 아내의 친정 엄마입니다. 무희는 내 친동생이고요."

"아아, 그렇군요. 열네 살 난 여동생이 있다고 하더니……."

"네, 그게 바로 저 녀석이죠. 동생에게만은 이런 일을 시키고 싶지 않아 궁리를 다해 봤지만, 거기엔 또 이런저런 사정이 있어서요."

그러고 나서 자기가 에이키치이고 아내가 지요코, 여동생이 가오루라고 이름을 가르쳐 주었다. 또 한 사람 유리코라는 열일곱 먹은 아가씨는 오시마 태생으로 고용된 사람이라고 하였다. 에이키치는 몹시 감상적이 되어 울상을 지으며 여울을 응시하고 있었다.

돌아와 보니까 화장을 지운 무희가 길가에 웅크리고 앉아서 개의 머리를 쓰다듬고 있었다. 나는 내 여관으로 돌아가려 하며 말했다.

"놀러 와요."

"예. 근데 혼자서는……."

"그러면 오빠하고."

"바로 가겠습니다."

잠시 후 에이키치가 내 여관으로 왔다.

"다른 사람들은?"

"여자들은 장모 잔소리 때문에 좀."

그러나 두 사람이 잠시 오목을 두고 있으니까 여자들이 다리를 건너 잇따라 2층으로 올라왔다. 늘 그랬던 것처럼 정중히 절을 하고 복도에 앉은 채로 망설이고 있더니 맨 먼저 지요코가 일어났다.

"여기는 내 방이니까요. 어서 사양 말고 들어오세요."

한 시간쯤 놀다가 가무단 사람들은 내가 묵는 여관의 탕에 들어갔다. 그녀들이 같이 가자고 몇 번이나 졸랐지만 젊은 여자가 세 사람이나 있어서 나는 뒤따라간다고 얼버무려 버렸다. 그러자 무희가 혼자서 바로 올라왔다.

"등을 밀어 드린다고 오시래요. 언니가요" 하고 지요코의 말을 전했다.

탕에는 가지 않고 나는 무희와 오목을 두었다. 그녀는 묘하게 잘했다. 승자가 계속 상대를 바꾸어가며 두는데 에이키치와 다른 여자들은 간단하게 지는 것이었다. 오목으로는 대개 사람들을 이기는 내가 힘에 겨울 정도였다. 일부러 아무렇게나 두지 않아도 되는 게 마음 편해서 좋았다. 둘만 있었으므로 초반에 그녀는 똑바로 앉아 손을 뻗어 돌을 놓고 있었지만 점점 열중해서 바둑판 위로 몸을 기울여 왔다. 부자연스러울 만큼 아름답고 검은 머리가 나의 가슴에 닿을 것처럼 되었다. 갑자기 확 하고 얼굴이 빨개지면서,

"죄송해요. 꾸중 듣겠어요" 하며 돌을 내던진 채로 뛰어나갔다. 공동탕 앞에 어머니가 서 있었던 것이다. 지요코와 유리코도 당황해서 탕에서 나오자마자 2층에는 올라오지 않고 도망치듯 돌아갔다.

이날도 에이키치는 아침부터 저녁 무렵까지 여관의 내 숙소에서 놀고 있었다. 순박하고 친절해 보이는 여관 안주인이 저런 것한테 밥을 주는 건 쓸데없는 일이라고 나에게 충고했다.

밤에 내가 여인숙에 가니 무희는 어머니에게 샤미센을 배우는 중이었다. 나를 보고는 그만뒀지만 어머니의 이야기를 듣고 다시 샤미센을 안아 올렸다. 노랫소리가 조금 높아질 때마다 어머니가 말했다.

"목소리를 내면 안 된다고 하는데도 얘가."

에이키치는 맞은편 음식점의 2층 술자리에 불려 가 뭔가 노래를 하고 있는 것이 이쪽에서 보였다.

"저것은 뭐죠?"

"저건, 노*에 가락을 붙인 노래랍니다."

"그걸 할 수 있다니 좀 이상한데요."

"팔방미인이라 어디로 튈지 알 수가 없답니다요."

그때 이 여인숙에서 자리를 빌려 닭고기 음식점을 한다는 사십

전후의 남자가 장지문을 열고 닭고기를 먹으라며 아가씨들을 불렀다. 무희는 유리코와 같이 젓가락을 들고 옆방으로 가서 음식점 주인이 먹다 남긴 닭고기 냄비에 젓가락질을 했다. 이쪽 방으로 함께 오는 도중에 음식점 주인이 무희의 어깨를 가볍게 토닥였다. 어머니가 무서운 얼굴을 했다.

"이봐요, 이 애한테 손대지 말라구. 숫처녀한테 어디서."

무희는 아저씨, 아저씨 하면서 음식점 주인에게 「미토 코몬(水戶黃門) 유람기」를 읽어 달라고 했다. 그러나 음식점 주인은 바로 일어나 나갔다. 그 다음을 읽어 달라고 내게 직접 얘기하지 못하니까 어머니가 말을 전해 달라고 무희가 자꾸 말했다. 나는 일말의 기대를 품고 야담 책을 집어 들었다. 예상대로 무희가 쪼르륵 다가왔다. 내가 읽기 시작하자 그녀는 내 어깨에 닿을 정도로 얼굴을 들이대고 진지한 표정을 지으며 눈을 반짝반짝 빛냈다. 열심히 내 이마를 응시하며 눈 한번 깜박이지 않았다. 그것은 책 읽어 주는 것을 들을 때 하는 그녀의 버릇인 것 같았다. 아까도 음식점 주인과 거의 얼굴을 포개고 있었다. 나는 그것을 보고 있었던 것이다. 그 아름답게 빛나는 검은 눈동자의 크고 예쁜 눈은 무희의 가장 아름다운 자산이었다. 쌍꺼풀의 선이 형용하기 어려울 만치 아름다웠다. 그리고 그녀는 꽃과 같이 웃는 것이었다. 꽃처럼 웃는다는 말이 그녀에게는 제격이었다.

잠시 후 음식점 하녀가 무희를 데리러 왔다. 무희는 의상을 입고 내게 말했다.

"금방 돌아올 테니까 기다렸다가 이어서 읽어 주세요."

그러고는 마루로 나가서 손을 짚고 절을 했다.

"다녀오겠습니다."

"절대 노래는 부르지 말거라" 하고 어머니가 말하자, 그녀는 북을 들고 가볍게 고개를 끄덕였다. 어머니는 나를 돌아다보았다.

"지금 마침 변성기라서요……."

무희는 음식점 2층에 단정히 앉아 북을 치고 있었다. 그 뒷모습이 옆방에 있는 것처럼 보였다. 북소리는 나의 마음을 해맑게 춤추게 했다.

"북이 더해지니 자리가 흥이 나네요"라며 어머니도 그쪽을 보았다.

지요코와 유리코도 같은 술자리에 갔다.

한 시간쯤 지나자 네 사람이 함께 돌아왔다.

"요것밖엔……" 하며 무희는 주먹에서 어머니의 손바닥에 50전짜리 은화를 쪼로록 떨어뜨렸다. 나는 또 잠시 「미토 코몬 유람기」를 소리 내어 읽었다. 그들은 또 여행길에서 죽은 아기의 이야기를 했다. 물처럼 투명해 보이는 아기가 태어났었다고 한다. 울힘도 없었지만 그래도 일주일간 숨이 붙어 있었다고 했다.

단순한 호기심도 아니고 경멸하는 맘 없이 그들이 유랑 가무단이라는 부류의 인간이라는 것을 잊은 나의 평범한 호의는 그들의 가슴에도 스며들어 가는 것 같았다. 그들은 어느 사이엔가 내가 오시마에 있는 그들 집에 갈 것을 기정사실화해 버렸다.

"할아버지가 있는 집이라면 괜찮을 거야. 거기라면 넓은데다가, 할아버지 거처를 딴 곳에 옮기면 조용하니까 언제까지 계셔도 되고, 공부도 하실 수 있고" 등등 그들끼리 이야기를 주고받고는 나에게 말했다.

"조그만 집을 두 채 가지고 있는데요. 산 쪽 집은 비어 있는 거나 마찬가지거든요."

또 정월에는 나는 돕는 걸로 치고 하부 항에서 모두가 같이 연극을 하기로 되어 있었다.

그들의 여정은 처음 내가 생각한 것처럼 고생스러운 것이 아니라 들판의 향기를 잃지 않은 느긋한 것이라는 것도 알게 되었다. 부모 자식 형제로 얽힌 만큼 서로가 육친다운 애정으로 이어져 있다는 것도 알았다. 고용된 유리코만은 한창 부끄럼을 탈 때인 탓인가 항상 내 앞에서 무뚝뚝한 채 있었다.

밤중이 지나고 나서 나는 여인숙을 나왔다. 아가씨들이 배웅을 나왔다. 무희가 나막신을 바로 놓아 주었다. 무희는 문간에서 머리를 내밀고 밝은 하늘을 바라보았다.

"아아, 달님이네. 내일은 시모다. 아이 좋아라. 아기의 49일재를 마치고, 어머니한테 빗을 사 달라 할 거예요, 그러고 또 하고 싶은 게 여러 가지 있어요. 활동사진 보는 데 데리고 가 주세요."

시모다 항은 이즈 사가미 온천장 등지를 유랑하는 가무단들이 여행길에서 만나는 그리운 고향 같은 분위기가 감도는 마을인 것이다.

5

가무단 일행은 각각 아마기 고개를 넘었을 때와 마찬가지로 같은 짐을 지니고 있었다. 어머니의 팔에는 강아지가 앞발을 올려놓은 채 여로에 익숙한 얼굴을 하고 있었다. 유가노를 벗어나자 또 산으로 들어갔다. 바다 위로 떠오른 아침 해가 산허리를 덥히고 있었다. 우리들은 아침 해 쪽을 바라보았다. 가와즈 천이 흐르는 쪽으로 가와즈 해변이 환하게 펼쳐져 있었다.

"저기가 오시마군요."

"저렇게 크게 보이잖아요, 꼭 오세요"라며 무희가 말했다.

가을 하늘이 너무도 청명해서인지 해에 가까이 닿을 듯한 바다는 봄날처럼 흐려 보였다. 여기서 시모다까지 오십 리를 걷는 것이었다. 잠시 동안 바다가 보였다 보이지 않았다 했다. 지요코는 한가로이 노래를 부르기 시작했다.

도중에, 조금 험하지만 2킬로쯤 가까운 산 너머 샛길로 갈 것인가, 쉬운 큰길로 갈까 하고 질문을 받았을 때, 나는 물론 가까운 길을 택했다.

쌓인 낙엽으로 미끄러질 것 같은 험한 오르막 산길이었다. 숨이 찼으므로 오히려 나는 반쯤 오기로 무릎을 손바닥으로 밀어서 펴 듯 하며 걸음을 재촉했다. 순식간에 일행은 뒤처져 버려 이야기 소리만이 나무들 사이로 들리게 되었다. 무희만이 혼자서 옷자락을 높이 걷어 올리고 성큼성큼 내 뒤를 따라오는 것이었다. 약간 뒤에서 따라오며 그 간격을 좁히려고도 넓히려고도 하지 않았다. 내가 돌아보고 말을 걸면 놀란 듯이 미소를 머금고 멈춰 서 대답을 한다. 무희가 말을 걸었을 때 앞장서게 할 심산으로 기다리자 그녀는 역시나 걸음을 멈추고는 내가 걸을 때까지 걷지 않는다. 길이 구불거려 한층 험난해지는 데에서부터 더욱더 걸음을 재촉하자 무희는 여전히 일정한 간격으로 열심히 따라왔다. 산은 조용했다. 다른 사람들은 한참 뒤처져 말소리도 들리지 않게 되어 있었다.

"도쿄의 어디에 집이 있어요?"

"아니, 학교 기숙사에 있습니다."

"나도 도쿄는 알고 있어요. 꽃놀이 때 춤추러 가서요. 어렸을 때라 아무것도 기억나지 않지만요."

그러고 나서 또 무희는,

"아버지 계시나요?"라든가,

"고후에 간 적이 있어요?"라든가, 띄엄띄엄 여러 가지 것을 물었다. 시모다에 당도하면 활동사진을 본다는 것이나 죽은 아기에 대한 것들을 이야기했다.

산 정상에 닿았다. 무희는 마른 잎 가운데의 앉을 자리에 북을 내려놓자 손수건으로 땀을 닦았다. 그리고 자기 발의 먼지를 털려고 하다가 돌연 내 발밑에 웅크리고 앉아서 바지 자락을 털어 주었다. 내가 갑자기 몸을 빼냈기 때문에 무희는 콩 하고 무릎을 꿇었다. 몸을 구부린 채 내 몸 주위를 털고 나서 큰 숨을 쉬고 있는 나에게,

"앉으세요" 하고 말했다.

앉은 자리 바로 옆으로 작은 새 떼가 날아왔다. 주위는 새가 앉은 나뭇가지의 마른 잎이 사각사각 울릴 정도로 조용했다.

"왜 그렇게 빨리 걸으세요?"

무희는 더워 보였다. 내가 손가락으로 둥둥 북을 두드리자 새들이 날아갔다.

"아, 목마르네."

"보고 올게요."

그러나 무희는 잠시 뒤 노래진 잡목 틈을 헤치고 헛걸음으로 돌아왔다.

"오시마에 있을 때는 무엇을 하지요?"

그러자 무희는 불쑥 여자의 이름을 두셋 들고는 나는 짐작도 가지 않는 이야기를 시작했다. 오시마가 아니고 고후 이야기인 듯했다. 소학교 2학년까지 다닐 적의 친구에 관한 이야기인 모양이었다. 그것을 떠오르는 대로 말하는 것이었다.

10분 정도 기다리자 젊은 세 사람이 정상에 어렵사리 도착했다. 어머니는 그로부터 또 10분 뒤에 도착했다.

내리막에서는 나와 에이키치가 일부러 뒤처져 천천히 이야기하면서 출발했다. 2백 미터쯤 걷자니 아래에서 무희가 달려왔다.

"이 밑에 샘이 있습니다. 빨리 오시랍니다. 손 안 대고 기다리고 있으니까요."

물이라는 소릴 듣자 나는 달렸다. 나무 그늘의 바위틈에서 샘물이 솟고 있었다. 샘 둘레에 여자들이 서 있었다.

"어서 먼저 드시지요. 손을 넣으면 흐려질 텐데, 여자 뒤에 드시면 더러울 것 같아서요" 하고 어머니가 말했다.

나는 차가운 물을 손으로 떠서 마셨다. 여자들은 쉬 거기를 떠나지 못했다. 수건을 짜서 땀을 닦기도 했다.

그 산을 내려와 시모다 가도(街道)로 나오니 숯 굽는 연기가 몇 줄기 피어오르는 게 보였다. 길가에 쌓아 놓은 숯감 재목에 앉아 쉬었다. 무희가 길에 쪼그리고 앉아서 분홍색 빗으로 개의 복슬털을 빗어 주고 있었다.

"살이 부러지잖아 그러면?" 하고 어머니가 나무랐다.

"괜찮아요. 시모다에서 새 것을 사잖아요."

유가노에서부터 나는 이 앞머리에 꽂은 빗을 얻어 갈 생각이었으므로 개털을 빗는 건 안 좋다고 생각했다.

길 저쪽에 많이 나 있는 소죽(篠竹 : 조릿대, 산대) 다발을 보고 지팡이로 딱 좋겠다는 등 이야기를 하면서 나와 에이키치는 한발 앞서 떠났다. 무희가 뛰어 쫓아왔다. 자신의 키보다도 길고 굵은 대나무를 들고 있었다.

"어쩌려는 거지?"라고 에이키치가 묻자, 약간 주저하면서 나에게 대나무를 내밀었다.

"지팡이로 쓰세요. 제일 굵은 것을 빼 왔어요."

"안 돼. 굵은 것은 훔친 거라고 바로 아는데 누가 보면 어쩌려고 그래? 다시 갖다 놓고 와."

무희는 대나무 다발이 있는 곳으로 돌아갔다가 다시 달려왔다. 이번에는 가운뎃손가락 굵기 정도의 대나무를 나에게 주었다. 그리고 밭두렁에 등을 부딪치기라도 하듯이 주저앉아 괴로운 듯이 숨을 쉬며 여자들을 기다리고 있었다.

나와 에이키치는 계속해서 조금 앞에서 걷고 있었다.

"그건 말이지, 뽑고선 금니만 해 넣으면 아무렇지도 않아" 하는 무희의 목소리가 문득 귓전에 들려와서 돌아다보니, 무희는 지요코와 나란히 걷고, 어머니와 유리코가 그들 뒤로 조금 처져 있었다. 내가 돌아본 것을 모르는 듯 지요코가 말했다.

"그야 그렇지. 그렇게 말씀드리면 어때?"

내 이야기인 모양이다. 지요코가 내 치열이 고르지 못한 것을 말하니까 무희가 금니 이야기를 꺼낸 모양이다. 얼굴 이야기인 모양인데 그것이 그다지 거슬리지도 않아서 그냥 흘릴 수 있을 정도로 나는 친숙한 기분이 들었던 것이었다. 잠시 동안 낮은 목소리가 계속되고 나서 무희의 말소리가 들렸다.

"좋은 사람이야."

"그래 맞아. 좋은 사람 같아."

"정말로 좋은 사람이야. 좋은 사람이라서 좋겠어."

이 말투는 단순하고도 솔직한 울림을 지니고 있었다. 감정의 치우침을 획 하고 순진하게 담아 던진 목소리였다. 나 스스로도 자신을 좋은 사람이라고 순순하게 느낄 수가 있었다. 상쾌하게 눈을 들어 밝은 산들을 바라보았다. 눈꺼풀 속이 희미하게 아팠다. 스무 살의 나는 자신의 성질이 고아 근성으로 비뚤어져 있다고 심한 반성을 거듭한 끝에, 그 숨 막히는 우울을 견디지 못하고 이즈로 여행을 온 것이었다. 그러니까 세상의 보편적인 의미로 자신이 좋은 사람으로 보인다는 것은 더할 나위 없이 고마운 것이었다. 산들이 밝은 것은 시모다의 바다가 가까워졌기 때문이었다. 나는 아까 받은 대나무 지팡이를 휘두르면서 가을 풀의 머리를 쳤다.

도중, 곳곳의 마을 어귀에 푯말이 있었다.

—거지와 유랑 가무단은 마을에 들어오지 말 것.

6

고슈야라는 싸구려 여인숙은 시모다의 북쪽 입구를 들어서자 바로 있었다. 나는 가무단 사람들의 뒤를 따라 지붕 밑의 더그매* 같은 2층으로 올라갔다. 천장이 없고 길가를 향한 창가에 앉으니 지붕 밑이 머리에 닿았다.

"어깨 안 아프니?" 어머니는 무희에게 몇 번이나 다짐을 했다.

"손은 아프지 않니?"

무희는 북 칠 때의 아름다운 손짓을 해 보였다.

"안 아파요. 칠 수 있어요. 칠 수 있어요."

"그래 다행이다."

나는 북을 들어 보았다.

"어라, 무거운데."

"당연히 댁이 생각했던 것보다 무거워요. 댁의 가방보다 무겁죠"라며 무희가 웃었다.

유랑 가무단 일행은 같은 여인숙에 묵는 사람들과 시끌벅적하게 인사를 나누었다. 역시 유랑 가무단이나 장사치 같은 사람들뿐이었다. 시모다 항은 이런 철새들의 둥지인 것 같았다. 무희는 아장아장 방으로 들어온 여인숙집 아이에게 동전을 주고 있었다. 내가 고슈야를 나오려 하자 무희가 현관으로 앞질러 나와 있다가 나막신을 가지런히 해주면서,

"활동사진 보러 데려가 주세요"라고 또 혼잣말처럼 중얼거렸다.

건달 같은 사내에게 도중까지 길을 안내 받아 나와 에이키치는 전 촌장이 주인이라는 여관에 갔다. 목욕을 하고서 에이키치와 같이 신선한 생선으로 점심을 먹었다.

"이걸로 내일 49일재에 꽃이라도 사서 공양해 주세요."

그렇게 말하며 종이로 싼 약간의 돈을 에이키치에게 들려 보냈다. 나는 내일 아침 배로 도쿄에 돌아가야만 되었던 것이다. 여비가 이제 다 떨어진 것이다. 학교의 형편 때문이라고 했기 때문에 가무단 일행도 굳이 말리지 못했다.

점심을 먹고 나서 세 시간도 안 되어서 저녁 식사를 마치고 나는 혼자서 시모다의 북쪽으로 다리를 건넜다. 시모다 후지 산에 올라가 항구를 보았다. 돌아오는 길에 고슈야에 들러 보니 가무단 일행은 닭고기 냄비 요리로 밥을 먹고 있던 참이었다.

"한술이라도 떠 보시지 않겠어요? 여자가 먼저 먹어 더럽겠지만 이야깃거리는 될 거예요"라고 말하며 어머니는 버들고리에서 밥공기와 젓가락을 꺼내어 유리코에게 씻어 오게 했다.

내일이 아기의 49일재니까 하다못해 하루만이라도 출발을 늦춰달라고 다시금 모두가 말했지만 나는 학교를 핑계 대고 돌아가기

로 했다. 어머니는 되풀이해서 말했다.

"그럼 겨울방학에는 모두가 배까지 마중 나갈게요. 날짜를 알려 주세요, 예? 기다릴게요. 여관 같은 데 가시면 안 됩니다, 배까지 마중 나갈게요."

방에 지요코와 유리코만 남게 되었을 때 활동사진을 보러 가자고 했더니, 지요코는 배를 눌러 보이며,

"몸이 불편해서요. 꽤 걸었는지 몸이 안 좋아져서"라고 말하는데 창백한 얼굴이 힘이 없어 보였다. 유리코는 표정이 굳어져 고개를 내리깔아 버렸다. 무희는 계단 밑에서 여인숙 아이와 놀고 있었다. 나를 보더니 어머니한테 매달리며 활동사진을 보러 가게 해달라고 졸랐지만 얼굴빛을 잃고 멍하니 내게 돌아와서 나막신을 바르게 놓아 주었다.

"왜 그러세요. 혼자 따라가도 뭐 상관없잖아요?" 에이키치가 열심히 말했지만, 어머니가 허락하지 않은 듯하였다. 왜 혼자면 안 되는지 나는 참으로 이상했다. 현관을 나오려고 하자 무희는 개의 머리를 쓰다듬고 있었다. 내가 말을 걸기 어려웠을 만큼 서 먹서먹한 모습이었다. 고개를 들어 나를 볼 기력도 없어 보였다.

나는 혼자서 활동사진을 보러 갔다. 여자 변사가 꼬마전구에 의지하여 설명을 읽고 있었다. 잠시 있다가 바로 나와서 여관으로 돌아왔다. 창턱에 팔꿈치를 고이고 언제까지나 밤의 거리를 응시하고 있었다. 어두운 거리였다. 멀리서 끊임없이 희미하게 북소리가 들려오는 듯한 느낌이 들었다. 이유도 없이 눈물이 뚝 뚝 떨어졌다.

7

출발하는 날 아침, 7시에 밥을 먹고 있으니까 에이키치가 길가에서 나를 불렀다. 검은 무늬 하오리를 입고 있다. 나를 배웅하기 위해 차려입은 듯하였다. 여자들의 모습이 보이지 않았다. 나는 금세 쓸쓸함을 느꼈다. 에이키치가 방으로 올라와 말했다.

"모두 배웅을 하고 싶었지만, 어젯밤 늦게 자는 바람에 일어나지 못해 실례를 범하게 되었습니다. 겨울에는 기다릴 테니까 꼭 오시라고 합니다."

거리는 가을의 아침 바람으로 차가웠다. 에이키치는 도중에 궐련 네 갑과 감, 그리고 가오루라는 구강 청량제를 사서 주었다.

"여동생 이름이 가오루거든요"라며 희미하게 웃으며 말했다.

"배 안에서 귤은 안 좋지만, 감은 뱃멀미에 좋다고 하니 드실 수 있을 거예요."

"이걸 드릴까요?"

나는 사냥모를 벗어서 에이키치 머리에 씌워 주었다. 그리고 가방 속에서 학교 제모를 꺼내서 주름을 펴며 둘이서 웃었다.

승선장에 가까워지자 바닷가에 웅크리고 있는 무희의 모습이 내 눈에 파고들었다. 옆에 다가갈 때까지 그녀는 가만히 있었다. 말없이 고개를 숙였다. 어젯밤 그대로인 화장이 나를 한층 감상적으로 만들었다. 눈초리의 연지가 화라도 난 듯한 얼굴에 천진하고 야무진 느낌을 주고 있었다. 에이키치가 말했다.

"다른 사람들도 오니?"

무희는 고개를 저었다.

"아직 다 자는 거야?"

무희는 고개를 끄덕였다.

에이키치가 배표와 거룻배 표를 사러 간 동안에 나는 여러 가지로 말을 붙여 봤지만 무희는 배수로가 바다로 들어가는 곳을 지그시 내려다본 채 한 마디도 하지 않았다. 내 말이 채 끝나기도 전에 몇 번인지 모르게 끄덕끄덕 고개를 움직여 보일 뿐이었다.

그때,

"할머니, 이 사람이 좋겠소"라며 막노동꾼으로 보이는 사내가 나에게 가까이 왔다.

"학생요, 도쿄에 가는 거 맞지요? 학생을 믿고 부탁하는 건데 말이오, 이 할머니를 도쿄에 데려다 주지 않겠소? 불쌍한 할머니요. 아들이 렌다이지(蓮台寺) 은광에서 일을 했는데 말입니다요, 이번 유행성 감기로 아들하고 며느리까지 죽어 버렸소. 이렇게 손자를 셋이나 남겨 놓고 말이오. 어쩔 수 없어서 우리들이 상의해서 고향으로 돌려보내기로 한 거지요. 고향은 미토인데 말이오,

할머니가 아무것도 모르니까 레이간지마에 도착하면 우에노 역 가는 기차를 태워 주면 고맙겠소. 귀찮겠지만 우리들이 두 손을 모아 부탁하오. 뭐, 저 꼴을 보면 불쌍하다고 생각할 거요."

우두커니 서 있는 할머니 등에는 젖먹이가 업혀 있었다. 아래가 세 살, 위가 다섯 살쯤 보이는 계집아이 둘이 양쪽에서 손을 잡고 있었다. 더러운 보따리 속에 든 커다란 주먹밥과 우메보시(매실 장아찌)가 보였다. 대여섯 명의 광부들이 할머니를 위로하고 있었다. 나는 할머니를 돌보는 일을 쾌히 승락했다.

"잘 부탁합니다."

"고맙소. 우리가 미토까지 모셔야 하는데, 그도 쉽지 않으니 말이오"

어쩌고 하면서 광부들은 각자가 나에게 인사를 했다.

거룻배는 몹시 흔들렸다. 무희는 역시 입술을 꾹 다문 채 한쪽만을 응시하고 있었다. 나는 줄사다리를 붙잡으려고 돌아보았을 때 잘 있으라고 말하려 하다가 그것도 그만두고 다시 한 번 그저 고개를 끄덕여 보였다. 거룻배는 돌아갔다. 에이키치가 방금 전에 내가 준 사냥모를 자꾸만 흔들고 있었다. 꽤 멀어진 뒤에 무희가 하얀 것을 흔들기 시작했다.

기선이 시모다 바다를 나가 이즈 반도 남단이 뒤로 사라질 때까지 나는 난간에 기대어 앞바다의 섬 오시마를 줄곧 바라보고 있었다. 무희와 헤어진 것이 먼 옛날이라도 된 것 같은 기분이었다. 할머니는 어떻게 하고 있나 하고 선실을 들여다보니 벌써 사람들이 둥그렇게 둘러앉아 이런저런 위로를 하고 있는 것 같았다. 나는 안심하고는 그 옆 선실로 들어갔다. 사가미나다는 파도가 높았다. 앉아 있자니 가끔씩 좌우로 흔들렸다. 선원이 조그마한 금속 대야를 돌아다니며 나누어 주었다. 나는 가방을 베개 삼아 누웠다. 머리가 텅 비고 시간이라는 것을 느끼지 못했다. 눈물이 똑똑 가방을 타고 흘러내렸다. 볼이 차가워서 가방을 뒤집을 정도였다. 내 옆에 소년이 누워 있었다. 가와즈의 공장주 아들로 입학 준비 차 도쿄에 가기 때문에 일고(一高)* 제모를 쓴 나에게 호의를 느끼는 듯 했다. 조금 이야기를 하고는 그는 말했다.

"무언가 불행한 일이라도 당하셨나요?"

"아니오, 방금 사람과 헤어지고 왔습니다."

나는 무척 솔직하게 대답했다. 우는 것을 남이 봐도 아무렇지도 않았다. 나는 아무런 생각도 없었다. 단지 맑은 만족 속으로 고요히 잠든 것 같았다.

바다는 어느 틈에 저물었는지도 모르고 있었는데, 아지로 해변과 아타미 해변에는 불빛이 보였다. 으스스 춥고 배가 고팠다. 소년이 대나무 껍질로 싼 음식을 펴서 권하였다. 나는 그게 남의 것이라는 사실을 잊기라도 한 듯 김초밥 같은 것을 먹었다. 그리고 소년의 학생 망토 속으로 기어들었다. 나는 누가 아무리 친절을 베풀어 주어도 그것을 무척 자연스럽게 받아들일 수 있는 아름다운 공허함을 마음에 담고 있었다. 내일 아침 일찍 할머니를 우에노 역으로 모시고 가서 미토까지 차표를 끊어 주는 것도 지극히 당연한 일이라고 여겼다. 모든 것이 하나로 다 녹아들어 받아들여졌다.

선실 전등이 꺼져 버렸다. 배에 실은 생선과 바닷물 냄새가 강해졌다. 어둠 속에서 소년의 체온으로 온기를 느끼며 나는 눈물을 나오는 대로 내버려 두고 있었다. 그것은 머리가 맑은 물이 돼서 주르르 흘러넘치고, 그 뒤에는 아무것도 남지 않은 것처럼 달콤한 상쾌함이었다.

천 마리 학

천 마리 학

1

가마쿠라(鎌倉)의 엔가쿠 사(円覺寺) 절 안에 들어와서도 기쿠지는 다회에 가야 할지 말아야 할지 망설이고 있었다. 시간은 이미 늦었다.

엔가쿠 사 안쪽 깊숙한 다실에서 구리모토 지카코가 주재하는 모임이 있을 때마다 기쿠지는 초대장을 받고 있었지만, 아버지가 별세한 후에는 한 번도 온 적이 없었다. 선친에 대한 도리로써 보내는 안내장에 지나지 않을 거라고 그냥 내버려 두었다.

그러나 이번 안내장에는 자기 제자인 한 아가씨를 만나 주었으면 한다고 추신이 덧붙여 있었다.

이것을 읽었을 때 기쿠지는 지카코의 반점을 떠올렸다.

기쿠지가 여덟인가 아홉 살 무렵이었을까. 아버지를 따라 지카코의 집에 갔는데, 지카코가 거실에서 앞가슴을 풀어 헤치고 반점의 털을 작은 가위로 자르고 있었다. 반점은 왼쪽 유방에 반쯤 걸쳐 명치 쪽으로 퍼져 있었다. 손바닥만 한 크기였다. 그 거무튀튀한 반점에 털이 자라는지 지카코는 그 털을 가위로 자르고 있었던 것이다.

"어머, 도련님과 같이 오셨어요?"

지카코는 놀란 듯이 옷깃을 여미려 했으나 당황하여 감추려 하는 것은 오히려 모양새가 나쁘다고 생각했던지 무릎을 조금 돌려 앉으며 옷깃을 천천히 허리띠에 밀어 넣었다.

아버지에게 놀란 게 아니라 기쿠지를 보고 놀란 듯하였다. 가정부가 현관에 나와 손님이 온 것을 알렸으니까 기쿠지의 아버지가 왔다는 것은 지카코도 알고 있었을 터였다.

아버지는 거실에는 들어가지 않았다. 옆방에 앉았다. 다타미가 깔린 응접실 겸 다도 연습실이었다.

아버지는 벽에 걸린 족자를 보면서,

"차 한 잔 마실 수 있나?"

라고 무심하게 말했다.

"네."

하고 대답은 했지만 지카코도 바로 일어나 나오지는 않았다.

지카코의 무릎에 놓인 신문지에 남자 수염 같은 털이 떨어져 있는 것도 기쿠지는 보고 말았다.

대낮인데도 천장 위에서 쥐가 소란을 피우고 있었다. 툇마루 가까이에 복숭아꽃이 피어 있었다.

화로 옆에 앉기는 했지만서도 지카코는 좀 생각에 잠긴 듯 어설

프게 차를 끓였다.

그 뒤 열흘쯤 지나서 엄마가 자못 놀라운 비밀을 털어놓기라도 하듯이 지카코는 가슴에 반점이 있기 때문에 결혼하지 않는 거라고 아버지에게 말하는 것을 기쿠지는 들었다. 엄마는 아버지가 모른다고 생각하는 것이다. 어머니는 지카코에게 동정을 느낀 듯 애처롭다는 표정을 짓고 있다.

"아, 그래."

라며 아버지는 좀 놀란 듯이 맞장구를 치고 있었지만,

"하지만 남편에게야 보인들 상관없잖아. 미리 알면서 결혼했다면야."

"나도 그렇게는 말해 줬어요. 하지만 여자 입장으로는 말이죠, 나는 가슴에 커다란 반점이 있어요, 라고 말을 꺼내긴 어렵죠."

"이제 젊은 처녀도 아닌데 뭐."

"그래도 역시 말하기 어려울 거예요. 만일 남자가 그렇다고 하면 결혼하고 나서 알더라도 그냥 웃고 넘길지도 모르지만요."

"근데 당신한테 그 반점을 보여 줬단 말이야?"

"설마요. 당치도 않은 말씀이에요."

"얘기뿐이군."

"오늘 다도 연습에서 말이죠, 이런저런 얘기가 나와서……. 그만 털어놓고 싶었나 봐요."

아버지는 잠자코 있었다.

"결혼했다 치면 남자 쪽은 어떨까요?"

"싫고 기분은 나쁠 거야. 그렇지만 뭐, 그런 비밀도 즐거움으로 삼으면 매혹적일 수도 있겠지. 열등감 때문에 장점을 더 발휘하게 될지도 모르고, 실지로 큰 장애는 아니잖아."

"나도 지장 없는 거라고 위로했어요. 그런데 반점이 유방에 걸쳐 있다지 뭐예요."

"으음."

"아기가 생겼을 때 젖을 물릴 걸 생각하면 그게 제일 괴로운 듯해요. 남편 될 사람은 그렇다 치더라도 아기 때문에 말이에요."

"반점 때문에 젖이 안 나온다는 거야?"

"그게 아니라……. 젖을 물린 아기에게 보이는 것이 괴롭다는 거죠. 나도 거기까지는 생각이 가지 못했는데, 당사자 입장이 되면 여러 가지로 생각이 미치는 것 같아요. 아기가 태어난 날부터 젖 달라 물고, 눈이 떠지자마자 바로 보는 엄마의 젖인데 보기 흉한 반점이 있는 거잖아요. 이 세상의 첫 인상이고 엄마의 첫 인상인데 유방에 보기 흉한 반점이 있다면 심각하게 그 인상이 아이의 평생을 따라다닐 거예요."

"흠. 그렇지만 그것도 쓸데없는 걱정이군."

"그러고 보니 우유로 길러도 되는 거고, 아님 유모도 있고."

"반점이 있다고 해도 젖만 나오면 되는 거지."

"꼭 그렇지만도 않아요. 저 그 말 듣고 눈물이 나더라고요. 정말 그럴 거라는 생각이 들었어요. 우리 기쿠지만 하더라도 반점이 있는 젖은 먹이고 싶지 않은걸요."

"그야 그렇지."

기쿠지는 시치미를 떼고 있는 아버지에게 의분을 느꼈다. 기쿠지도 지카코의 점을 본 것을 알면서도 그 기쿠지를 무시하는 아버지에게도 증오를 느꼈다.

그러나 그로부터 20년 가까이 지난 지금의 기쿠지로서는 그때 아버지도 곤란했을 거라고 쓴웃음을 짓지 않을 수 없었다.

그러나 기쿠지는 열 살이 지났을 무렵 그때의 엄마 얘기가 자주 떠올라, 점이 있는 젖을 먹는 배다른 남동생이나 여동생이 생기면, 하고 불안에 떨었다.

딴 곳에서 형제가 태어난다는 것이 두려울 뿐 아니라 그런 아이 그 자체가 두려웠다. 그 커다란 점에 털이 난 젖을 먹은 아이는 뭔가 악마같이 무시무시함을 가지고 있을 것처럼 여겨져 기쿠지는 견딜 수가 없었다.

다행히 지카코는 아기를 낳지 않은 것 같았다. 좀 안 좋게 추측하면 아버지가 낳지 못하게 했을지도 모르고, 엄마의 눈물을 흘리게 한 반점과 아기에 대해 지카코가 말한 내용들도 낳고 싶지 않게끔 하기 위해 아버지가 지카코를 구슬리는 구실이었는지도 모르나, 어쨌든 아버지 생전에도 사후에도 지카코의 아이는 나타나지 않았다.

아버지와 동행한 기쿠지에게 반점을 보이고 얼마 안 있어 지카코가 기쿠지 엄마에게 털어놓으러 온 것은 기쿠지가 어머니에게 발설하기 전에 선수를 칠 심산이었을 것이다.

이후 지카코는 쭉 결혼도 하지 않았는데 역시 그 반점이 평생을 지배한 것일까.

그러나 기쿠지에게도 그 반점의 인상은 지워지지 않고 있으니까 어딘가에서 그의 운명과 관련되지 않으리라고는 단언할 수 없다.

차 모임을 구실 삼아 아가씨를 보여 주고 싶다고 지카코가 말해 왔을 때에도 그 반점이 기쿠지의 눈에 떠올라, 그런 지카코의 소 개니까 털끝만큼의 얼룩도 없는 백옥과 같은 피부를 가진 아가씨 일까 하고 기쿠지는 문득 생각하기도 했다.

아버지는 지카코의 가슴 반점을 가끔 손가락으로 잡아 보거나 하는 짓은 하지 않았을까. 아버지는 그 반점을 깨문 적도 있었을 지 모른다. 기쿠지는 그러한 망상도 했다.

지금도 절에서 작은 새가 지저귀는 소리를 들으며 걷다가 그런 망상이 머리를 스쳤다.

그러나 기쿠지에게 반점을 보이고 나서 2, 3년 후에는 지카코는 왠지 남성화되어 지금은 이미 완전한 중성처럼 되었다.

오늘의 다회에서도 그럴싸하게 처신하고 있을 테지만, 그 반점 이 있는 유방도 쭈글쭈글해졌을지 모른다. 그렇게 생각이 미쳐 기 쿠지가 씩 웃으려 했을 때 아가씨 두 사람이 뒤에서 서둘러 걸어 왔다.

기쿠지는 길을 비켜서려는 듯 멈춰 서서,

"구리모토 씨의 다회는 이 길 안쪽인가요?"

라고 물어 보았다.

"네."

두 아가씨는 동시에 대답했다.

묻지 않아도 알고 있는 일이고, 아가씨들의 기모노 차림으로 보 아 다실에 가는 길이라고 알고 있지만, 기쿠지는 스스로 다회에

참석하게끔 다짐하기 위해 말했던 것이다.

연분홍 비단에 하얀 천 마리 학 무늬가 그려진 보자기를 든 아
가씨는 아름다웠다.

2

두 아가씨가 다실에 들어가기 전에 버선을 갈아 신고 있을 때
기쿠지도 왔다.

아가씨 뒤에서 안을 들여다보니 8첩(疊)짜리 다타미방에 서로
무릎이 닿을 정도로 나란히 앉아 있었다. 화려한 기모노 차림의
사람들뿐인 것 같았다.

지카코가 재빠르게 기쿠지를 발견하고 순식간에 일어나 다가
왔다.

"어머. 자 들어오세요. 귀한 손님. 잘 오셨어요. 그쪽으로 들어
오세요. 괜찮으니까."

라며 상좌에 가까운 쪽의 미닫이를 가리켰다.

안에 있던 여자들이 일제히 돌아보는 기색이어서 기쿠지는 얼
굴을 붉히면서,

"여자 분들뿐이십니까?"

"네. 남자 분도 계셨는데, 돌아가시고 기쿠지 씨가 홍일점이에
요."

"저, 여자가 아니니 '홍'이 아닌데."

"기쿠지 씨는 홍일점의 자격이 있어요. 전혀 문제없어요."

기쿠지는 조금 손을 흔들어 맞은편 입구로 돌아 들어가겠다고 알렸다.

여기까지 신고 온 버선을 천 마리 학 무늬 보자기에 싸면서 아가씨는 기쿠지를 먼저 지나가라고 예의 바르게 서 있었다.

기쿠지는 옆방으로 올라갔다. 과자 상자라든가, 옮겨 놓은 다기 상자라든가, 손님의 짐 등이 좀 어질러진 채 놓여 있었고, 안쪽 개수대에서 가정부가 설거지를 하고 있었다.

지카코가 들어와서 기쿠지 앞에 무릎을 꿇듯이 앉아,

"어때요. 괜찮은 아가씨죠?"

"천 마리 학 무늬 보자기의 주인공 말인가요?"

"보자기? 보자기 같은 건 모르겠어요. 방금 거기 서 있던 예쁜 쪽의 아가씨 말이에요. 이나무라 댁의 따님이에요."

기쿠지는 애매하게 고개를 끄덕였다.

"보자기 같은 이상한 것에나 관심을 두다니, 방심하면 안 되겠어요. 같이 오셨나 하고, 일이 잘 되어 가는 데에 놀란 참이었는데."

"무슨 말이죠?"

"오는 길에서부터 만난 건 인연이 있다는 거예요. 이나무라 댁하고는 아버님도 아시는 사이였고."

"그래요?"

"요코하마에서 명주실 상점을 크게 하던 가문이에요. 아가씨에게는 오늘 일을 말하지 않았으니까, 그리 알고 잘 보세요."

지카코의 목소리가 작지 않아서 장지문 한 장을 사이에 둔 다실

에 들리는 건 아닐까, 기쿠지가 난처해하고 있자 지카코가 갑자기 다가와 얼굴을 가까이하며,

"그런데 좀 곤란한 일이 있어요."

라고 목소리를 낮췄다.

"오타 부인이 있잖아요, 와 버렸지 뭐예요. 따님도 같이 말이죠."

그리고 기쿠지의 안색을 살피면서,

"오늘은 부르지도 않았는데……. 하지만 이런 자리는 아무나 참석해도 무방한 자리잖아요. 아까는 미국인이 두 쌍이나 들렀다 갔을 정도니까 말이죠. 죄송해요. 오타 부인이 우연히 듣고 오신 것은 하는 수 없죠. 그렇지만 기쿠지 씨가 선보는 건 물론 모르세요."

"나도 오늘 일은……."

선을 볼 생각은 전혀 없다고 기쿠지는 말하려 했으나 말하지 못했다. 목이 경직된 것 같았다.

"난처한 건 부인 쪽이니, 기쿠지 씨는 태연한 얼굴로 계시면 돼요."

기쿠지는 지카코의 이 말투도 비위에 거슬렸다.

구리모토 지카코와 아버지의 관계는 가볍고 짧았던 것 같다. 아버지가 세상을 뜨기까지 지카코는 부리기 편리한 여자로서 집에 계속해서 드나들고 있었다. 다회 때뿐만이 아니라, 그냥 손님으로 올 때에도 부엌에 들어가 일을 한다고 하는 식이었다.

남성화되어 버려 어머니가 새삼 질투를 하는 것 따윈 고소를 금치 못할 우스꽝스러운 일 같았다. 아버지가 지카코의 반점을 봤다고 엄마도 나중에는 알아차렸을 것임에 틀림없지만, 그때는 이미

바람이 지난 뒤라 지카코는 깨끗하게 잊었다는 얼굴로 엄마 뒤에 서 있었다.

기쿠지도 어느샌가 지카코를 가볍게 여겨 버릇없이 구는 사이에 어릴 때의 숨 막히는 혐오는 엷어진 것 같았다.

지카코가 남성화된 것이나 기쿠지네 집의 편리한 일꾼이 된 것도 지카코다운 생존 방식이었는지도 모른다.

기쿠지네 집을 의지하여 지카코는 다도 선생으로서 작은 성공을 거두었다.

지카코는 단 한 번 기쿠지 아버지와의 덧없는 관계만으로 자신의 여자를 봉인했을 거라고, 아버지의 사후 기쿠지의 마음속엔 엷은 동정심조차 솟아올랐다. 어머니가 지카코에게 그다지 적대감을 품지 않았던 것은 한편으로 오타 부인의 문제로 견제되었기 때문이기도 했다.

다도 동료였던 오타가 죽고 나서, 기쿠지 아버지가 차〔茶〕 도구의 처분을 맡아보게 되어 미망인과 가까워졌다.

그것을 재빨리 엄마에게 보고한 것은 지카코였다.

지카코는 물론 엄마 편이 되어 움직였다. 지나칠 정도로 움직였다. 지카코는 아버지 뒤를 밟아 돌아다니기도 하고, 미망인의 집으로 자주 호된 충고를 하러 가기도 하여, 그녀 자신 속의 질투가 분출된 듯했다.

내성적인 어머니는 지카코의 기세등등한 참견에 오히려 기가 꺾였는지 밖의 소문에 마음을 썼다.

기쿠지 앞에서도 지카코는 엄마에게 오타 부인을 욕했다. 어머니가 난감해하면 기쿠지도 알아야 한다고 했다.

"요전에 갔을 때에도 제가 심하게 해대는 것을 아이가 엿듣고 있었던 거예요. 옆방에서 갑자기 흐느껴 우는 소리가 들리는 거 아니겠어요?"

"여자애가?"

라며 어머니는 눈살을 찌푸렸다.

"네. 열두 살 되었다나 그랬어요. 오타 부인은 사람이 좀 모자란 것 같아요. 꾸중을 하는가 했더니 일부러 가서 아이를 안고 오더니 무릎에 끌어안고 제 앞에 앉으니까 말이죠. 아이와 같이 보란 듯이 울더라고요."

"아이가 가엾잖아"

"그러니까 아이도 한통속이란 말이죠. 엄마에 대한 걸 죄다 알고 있으니까 말이에요. 둥근 얼굴을 한 귀여운 아인데 말이죠."

라고 말하고 지카코는 기쿠지를 보며,

"우리 기쿠지 도련님도 아버님께 뭐든지 간에 얘기하면 좋을 텐데요."

"너무 독설을 퍼붓지 마시게."

어머니는 듣기 뭐했는지 나무랐다.

"사모님이 독을 속에 담아 두고 계시니까 안 좋은 거예요. 맘껏 쏟아 내면 좋을걸요. 사모님은 이렇게 야위셨는데, 저쪽은 번지르르하게 살쪘다니까요. 모자란 탓이겠지만, 가련한 척 울기만 하면 된다고 생각해서…… 무엇보다도 이 댁 어르신을 맞는 객실에 돌아가신 남편 사진을 여봐란듯이 걸어 둔 채거든요. 어르신도 잠자코 계시니 어지간하세요."

그런 식으로 당했던 부인이 기쿠지 아버지의 사후 지카코의 다회에 딸까지 데리고 온 것이다.

기쿠지는 서늘한 느낌이 들었다.

지카코의 말대로 오늘은 초대를 한 건 아닐지라도, 지카코와 오타 부인은 아버지의 사후에 교제를 하고 있었던 것일까 하고, 기쿠지는 의외라고 느꼈다. 딸까지 지카코에게 다도를 배우게 하고 있는 건지도 모른다.

"싫으시면 오타 부인을 먼저 가라고 할까요?"

라고 지카코는 기쿠지의 눈을 보았다.

"나는 상관없어. 그쪽에서 가고 싶다면 언제든지."

"그렇게 눈치가 있는 사람이라면 아버님, 어머님도 고생을 안 하셨겠지요."

"하지만 따님이 같이 왔잖아?"

기쿠지는 미망인 댁 아가씨를 본 적이 없다.

오타 부인과 같은 자리에서 천 마리 학 무늬 보자기를 든 아가씨를 만나는 것은 좋지 않다고 기쿠지는 생각했다. 또 오타 부인의 딸을 여기서 처음 만나는 것은 더욱 싫었다.

그러나 기쿠지는 귓가에 달라붙는 듯한 지카코의 목소리가 신경에 거슬려서,

"어떻든 내가 온 것을 알고 있죠? 도망갈 수도 없잖아요."

하고 일어섰다.

상좌에 가까운 쪽에서 다실로 들어갔다. 들어가 상좌에 앉았다.

지카코가 뒤를 따라와서,

"미타니 기쿠지 씨. 돌아가신 미타니 씨의 아드님이에요."

라고 깍듯이 기쿠지를 소개했다.

소개를 받자 기쿠지는 다시 한 번 인사를 하고 얼굴을 들자 아가씨들이 제대로 보였다.

기쿠지는 좀 긴장하였다. 기모노의 화려한 색채가 눈에 부셔 처음에는 한 사람 한 사람 저마다 분간이 가지 않았던 것이다.

그것이 또렷하게 눈에 들어오게 되자 기쿠지는 오타 부인과 정면으로 마주하고 있다는 것을 깨달았다.

"어머!"

하며 부인은 말했다. 좌중 모두가 알아차릴 정도로 그리움이 짙게 묻어나는 목소리였다.

"그간 격조했습니다. 정말 오랜만이에요."

라고 부인은 말을 이었다.

그리고 바로 옆의 아가씨 소맷자락을 빨리 인사하라는 식으로 가볍게 잡아당겼다. 아가씨는 난처한 듯 얼굴을 붉히며 머리를 숙였다.

기쿠지는 정말로 의외였다. 부인의 태도에는 털끝만큼의 적의도 악의도 보이지 않는다. 정말로 반가워하는 듯했다. 기쿠지와의 뜻밖의 만남이 순간적으로 기뻤던 것 같았다. 좌중 속에서 자기가 어떠한 입장인지도 부인은 잊은 듯하다.

아가씨는 여전히 고개를 숙인 채 그대로 있었다.

주위를 의식한 부인의 뺨도 붉어졌는데, 기쿠지의 옆으로 다가

와서 무엇인가 말하고 싶은 눈으로 기쿠지를 보고 있다가,

"역시 다도를 하고 계시나요?"

"아니오, 저는 전혀."

"그러세요? 그래도 핏줄은 이어받으셨으니까."

부인은 가슴이 벅차오르는 듯 눈빛이 젖었다.

기쿠지는 아버지의 고별식 이후 오타 미망인을 본 적이 없다.

그 4년 전과 거의 변하지 않은 것 같다.

흰 살결의 좀 길어 보이는 목과 거기에 잘 어울리지 않는 둥근 어깨도 전과 같아서 나이보다 젊어 보이는 몸매다. 눈에 비해 코와 입이 작다. 작은 코는 잘 보면 모양이 좋아 호감이 간다. 말할 때 어쩌다 아래턱이 조금 나와 아랫입술이 윗입술보다 나와 보인다.

딸도 조금 길어 보이는 목과 둥근 어깨를 엄마에게서 이어받고 있었다. 입은 엄마보다 큰데 굳게 다물고 있다. 딸의 입에 비해 엄마 입술이 작은 것은 왠지 우스웠다.

엄마보다 크고 진한 눈망울을 지닌 아가씨의 눈은 슬퍼 보였다.

지카코가 화로의 숯을 들여다보고 나서,

"이나무라 씨, 어때요? 미타니 씨에게 한 잔 드리지 않겠어요? 이나무라 씨 아직 차 달이기 예법 안 했죠?"

"네."

하고 천 마리 학 무늬 보자기의 아가씨가 일어났다.

이 아가씨가 오타 부인의 옆에 앉아 있는 것을 기쿠지는 의식하고 있었다.

그러나 기쿠지는 오타 부인과 오타 아가씨를 보고 나서 이나무

라 아가씨에게 눈이 향하는 것을 피하고 있었던 것이다.

지카코는 이나무라 아가씨에게 차를 타게 하여 기쿠지에게 보이려고 한 것이리라.

아가씨는 차 솥 앞에서 지카코를 돌아다보며,

"찻잔은요?"

"글쎄요, 그 오리베 찻잔이 좋을 것 같네요."

지카코가 말했다.

"미타니 씨 아버님께서 애용하셨던 찻잔으로, 제가 아버님께 받은 것이니까요."

아가씨가 앞에 놓은 찻잔은 기쿠지도 본 기억이 있었다. 아버지가 사용했던 것임에는 틀림없지만, 아버지가 오타 미망인에게서 받은 찻잔이었다.

죽은 남편이 애용하던 유품이 기쿠지의 아버지를 통해 지카코에게 넘어가, 이 자리에 이렇듯 나와 있는 것을 오타 부인은 어떤 기분으로 대할 것인가.

기쿠지는 생각 없는 지카코에게 놀랐다.

생각이 없는 걸로 치자면 오타 부인도 상당히 둔감한 편이라고 볼 수 있다.

중년 여자의 과거가 뒤엉킨 앞에서도 청결하게 차를 타는 아가씨를 기쿠지는 아름답게 느꼈다.

3

천 마리 학 무늬 보자기의 아가씨를 기쿠지에게 보이려는 지카코의 의도를 그 사람은 모를 것이다.

담백하게 차를 탔다. 손수 기쿠지 앞으로 차를 가져다주었다.

기쿠지는 차를 마시고 나서 찻잔을 잠시 바라보았다. 검정색 오리베 찻잔의 앞면에 있는 흰 유약 부분에 역시 검정색으로 어린 고사리가 그려져 있었다.

"본 기억이 있으시죠?"

라고 맞은편에서 지카코가 말했다.

"글쎄요."

기쿠지는 애매하게 말하고 찻잔을 내려놓았다.

"그 고사리 싹에 산촌의 분위기가 잘 나타나 있어요. 초봄에 어울리는 찻잔인데 아버님께서도 애용하셨어요. 이맘때 내놓기는 철이 좀 지나긴 했어도 마침 기쿠지 씨에게는."

"아니, 우리 아버지가 잠시 소유했다는 것 따윈 이 찻잔으로 보면 그다지 의미가 없다고 봐야죠. 생각해 보세요. 다도의 대가 리큐*가 살던 1500년대부터 전해 온 찻잔이잖아요? 몇 백 년 동안이나 수많은 다도의 달인들이 소중하게 전해 왔으니까. 우리 아버지 같은 사람이야 뭐."

라고 기쿠지는 말하며 이 찻잔의 연을 잊으려 했다.

오타로부터 부인에게 남겨져, 그 부인에게서 기쿠지의 아버지로 전해지고, 아버지로부터 지카코에게 넘어갔다. 오타와 기쿠지의 아버지 두 남자는 죽고, 두 여자는 여기에 있다. 이것만으로도 기이한 운명의 찻잔이었다.

이 오래된 찻잔을 여기서 또다시 오타 부인과 그 딸은 물론 지카코와 이나무라 아가씨 그리고 다른 아가씨들이 입에 대기도 하고 손으로 어루만진 것이다.

"그 찻잔으로 나도 한잔 마시고 싶어요. 아까는 다른 찻잔이어서."

오타 부인이 불쑥 말했다.

기쿠지는 또 놀랐다. 사람이 너무 좋은 건지 염치가 없는 건지.

가만히 고개를 떨구고 있는 오타 부인의 딸이 딱해서 기쿠지는 보고 있을 수가 없었다.

오타 부인을 위해 이나무라 아가씨가 다시 차를 탔다. 좌중의 눈길은 그쪽으로 쏠렸으나 이 아가씨는 아마도 검정색 오리베 찻잔의 인연도 모르고 있을 것이다. 배운 격식대로 차를 타고 있었다.

자연스럽고 깔끔한 솜씨였다. 자세 바른 가슴부터 무릎에 기품이 보인다.

신록의 그림자가 아가씨 뒤의 장지문에 비쳐, 화려한 기모노 어깨와 소맷자락에 부드럽게 반사되는 것처럼 보인다. 머리카락도 빛나는 듯하였다.

다실치고는 물론 지나치게 환했지만 그것이 오히려 아가씨의 젊음을 빛나게 했다. 처녀다운 빨간 비단보도 늘어진 느낌이 아니라 싱그러운 느낌이었다. 아가씨의 손이 빨간 꽃을 피우는 것 같았다.

아가씨 주위에 희고 작은 천 마리 학이 춤추며 서 있는 느낌이 들었다.

오타 부인은 오리베 찻잔을 손에 올리고,

"이 검은 잔에 푸른 차는 봄의 신록이 돋아나는 것 같아요."

라고 했지만 죽은 남편의 소지품이었다고는 차마 입 밖에 내지 않았다.

그 후 형식적인 차 도구 감상이 있었다. 아가씨들은 도구 같은 건 잘 몰라서 대개 지카코의 설명을 듣고 있을 뿐이었다.

물병이나 차 국자도 전에 기쿠지 아버지 것이었으나 지카코도 기쿠지도 잠자코 있었다.

아가씨들이 일어나 돌아가는 것을 보면서 기쿠지가 앉아 있자 오타 부인이 다가왔다.

"아까부터 실례했어요. 화가 나실 거라고 생각했지만 전 만나 뵈니 반가움이 앞서서."

"네."

"아주 훌륭하게 자라셨네요."

부인의 눈에는 눈물이라도 솟을 것 같았다.

"참, 어머니께서도……. 장례식에 찾아뵈어야지 하고 생각하면 서도 쉽사리 갈 수가 없었어요."

기쿠지는 언짢은 기색을 보였다.

"아버님에 이어서 어머님까지도……. 쓸쓸하시겠어요."

"네."

"아직 안 가실건가요?"

"네, 좀 있다가……."

"언제 이런저런 드리고 싶은 말씀이 있습니다만."

옆방에서 지카코가 불렀다.

"기쿠지 씨."

오타 부인은 미련이라도 남은 듯이 일어섰다. 오타 아가씨는 정원에 나가서 기다리고 있었다.

엄마와 함께 기쿠지에게 고개를 숙여 인사를 하고 갔다. 아가씨는 뭔가 호소하는 듯한 눈빛이었다.

옆방에서는 지카코가 가까운 제자 두세 명과 식모를 데리고 뒷정리를 하고 있었다.

"오타 부인이 무슨 소릴 하던가요?"

"별로······. 아무것도 아니에요."

"그 사람 조심하세요. 얌전한 척하면서 늘 자기는 죄 없는 얼굴을 하고 무슨 생각을 하고 있는지 알 수 없는 구석이 있으니까요."

"그래도 당신이 주재하는 차 모임에는 자주 오는 모양이죠? 언제부터죠?"

기쿠지는 다소 빈정대듯 말했다.

그러고는 이곳의 독기를 벗어나듯이 밖으로 나왔다.

지카코가 따라와서,

"어땠어요? 괜찮은 아가씨죠?"

"고운 아가씨더군요. 하지만 당신이나 오타 부인이나 아버지의 망령이 어른거리지 않는 곳에서 만났더라면 더 좋았을 텐데요."

"그런 데에 신경을 쓰고 계세요? 오타 부인 같은 사람은 그 아가씨와 아무 관계도 없어요."

"난 아가씨에게 미안하다고 생각했을 뿐이에요."

"왜 미안한 거죠? 오타 부인이 왔던 게 마음에 거슬렸다면 사과드리겠지만, 오늘은 부른 게 아니에요. 이나무라 아가씨 건은 별개라고 생각하세요."

"하지만 오늘은 이만 실례하겠어요."

하면서 기쿠지는 멈춰 섰다. 얘기하면서 걷고 있다가는 지카코가 떨어질 것 같지가 않았다.

기쿠지는 혼자가 되자 눈앞의 산기슭에 철쭉이 꽃봉오리를 맺고 있는 게 보였다. 심호흡을 했다.

지카코의 편지에 이끌려 온 자신에게 혐오는 느꼈지만 천 마리학 보자기를 든 아가씨의 인상은 선명했다.

같은 자리에서 아버지가 관계한 여자를 둘이나 본 것이 그다지 울적하게 남지 않는 것도 그 아가씨 때문일지도 몰랐다.

그러나 두 여자가 현재까지 살아서 아버지 얘기를 하고 한편 엄마가 죽은 것을 생각하자 기쿠지는 뭔가 분통도 치밀어 올랐다. 지카코의 가슴의 추한 반점이 눈에 떠오르기도 했다.

저녁 바람이 신록을 따라서 전해 오는 길을 기쿠지는 모자를 벗으면서 천천히 걸었다.

산문(山門) 뒤편 그늘 쪽에 오타 부인이 서 있는 것이 멀리서 보였다.

순간적으로 기쿠지는 길을 피하려고 주위를 둘러보았다. 좌우의 작은 산에 오르면 산문을 지나지 않아도 될 것 같았다.

그러나 기쿠지는 산문 쪽으로 걸어갔다. 조금 뺨이 경직되는 것 같았다.

미망인이 기쿠지를 발견하고 거꾸로 몸을 돌려 다가왔다. 얼굴이 상기되어 있었다.

"다시 한 번 뵙고 싶어서 기다리고 있었어요. 뻔뻔한 여자라고 생각하시겠지만 이대로는 전 아무래도 아쉬워서요. 게다가 지금 헤어지면 또 언제 뵙게 될지 모르는걸요."

"따님은 어떻게 하셨어요?"

"후미코는 먼저 갔어요. 친구와 함께 와서요.

"그럼 따님은 어머님이 저를 기다리고 계신 걸 알고 계시나요?"

기쿠지는 물었다.

"네."

부인은 답하고서 기쿠지의 얼굴을 보았다.

"그럼 따님이 싫어하시진 않던가요? 아까 차 모임에서도 따님이 저를 만나기 싫어하는 것 같아 안쓰러워 보였거든요."

노골적으로도 들리고 완곡하게도 들리도록 기쿠지는 말했지만 부인은 솔직하게,

"그 애는 뵙기가 분명 괴로웠을 겁니다."

"우리 아버지 때문에 따님이 무척 괴로웠을 테니까요."

오타 부인 때문에 자신이 괴로웠던 것처럼, 이라고 기쿠지는 말할 심산이었다.

"그렇지 않아요. 후미코는 아버님에게 무척 귀여움을 받았어요. 그런 얘기도 언젠가 천천히 들려드리고 싶지만, 그 애도 처음에는 아버님께서 상냥하게 대해 주셔도 전혀 따르지 않았어요. 그런데

전쟁이 끝날 무렵 공습이 심해지고 나서 무언가를 느꼈는지 태도가 싹 달라졌어요. 아버님께도 그 애 나름대로 정성을 다하게 되었어요. 어린애가 정성을 다한다고 해봤자 닭이랑 술안주를 아버님께 드리고 싶어서 사러 가는 정도였지만, 무척 위험한 경우도 당하면서 열심이었어요. 공습을 뚫고 멀리서 쌀도 날라 왔고요……. 갑자기 애가 잘해 드리니 아버님께서도 놀라셨어요. 나도 딸이 변하는 모습을 보니 왠지 안타까워서 애처로운 생각도 들고, 또 한층 자신이 힐책당하는 것같이 괴로워서."

기쿠지는 엄마나 자신도 오타 아가씨의 은혜를 입었던가 하고 비로소 짚이는 구석이 있었다. 그 무렵 아버지가 때때로 뜻밖의 선물을 가지고 돌아오곤 했던 것은 오타 아가씨가 사 온 것이었을까.

"어째서 딸애가 갑자기 변했는지 저도 잘 모르겠지만, 매일 이제 언제 죽을지 모른다고 생각했기 때문일지도 몰라요. 분명 저를 불쌍하게 여긴 거겠죠. 무척이나 필사적으로 아버님께도 정성을 다하고 있었어요."

그 패전의 와중에서 오타 부인의 딸은 분명 기쿠지 아버지와의 사랑에 필사적으로 매달려 있는 엄마를 보았을 것이다. 하루하루의 현실이 격렬해서 자신의 죽은 아버지와의 과거를 벗어나 엄마의 현실을 보았을 것이다.

"아까 후미코의 반지를 보셨나요?"

"아뇨."

"아버님께 받은 거예요. 아버님은 저희 집에 와 계시다가도 경보가 나면 댁으로 돌아가셨죠. 그러면 후미코가 배웅을 한다고 우기는 거예요. 혼자서 돌아가시는 길에 어떤 일이 있을지도 모른다며. 배웅을 하러 갔다가 오지 않을 때가 있었어요, 댁에서 머물고 있는 것이라면 다행이지만 도중에 두 사람이 죽은 건 아닌가 하고 걱정이 되어서 말이죠. 아침이 돼서 돌아왔기에 물어보니 댁 문까지 갔다가 돌아오는 길에 어딘가의 방공호에서 밤을 새웠다는 거예요. 그 다음 아버지가 오셨을 때, 후미야, 요전에 고마웠어, 하며 반지를 주셨어요. 그 반지를 기쿠지 씨에게 보이는 것도 그 애로서는 부끄러웠겠죠."

기쿠지는 들으면서 혐오감을 느꼈다. 기쿠지가 당연히 동정을 할 거라고 생각하는 것도 이상했다.

그러나 부인을 확실히 증오한다거나 경계한다거나 할 만큼의 기분은 들지 않았다. 뭔가 따뜻한 느낌의 방심케 하는 그 무엇이 부인에게는 있었다.

그때 딸이 필사적이었던 것도 엄마를 차마 보고 있을 수가 없어서였는지도 모른다.

부인은 딸 얘기를 하며 사실은 자신의 애정을 얘기하는 것처럼 기쿠지에게는 들렸다.

부인은 뭔가 가슴 가득히 쌓아 둔 하소연을 하고 싶은 것일 테지만, 그 대상으로서, 극단적으로 말하면 기쿠지의 아버지와 기쿠지의 분간이 잘 되지 않는 것 같았다. 몹시 그리운 듯이 아버지에게 말하는 셈으로 기쿠지에게 이야기하는 것 같았다.

전에 기쿠지가 엄마와 함께 오타 미망인에게 갖고 있던 적의가 완전히 사그라지지는 않았다고 해도 무척 맥이 빠졌다. 멍하니 있으면 이 여자에게 사랑받았던 아버지를 자신 속에서 느껴질 것 같기조차 했다. 이 여인과 오래전부터 친밀했었다는 착각에 빠져 들 것 같았다.

아버지가 지카코와는 바로 헤어지고 이 여인과는 죽을 때까지 관계를 이어 간 것을 알면서 지카코가 오타 부인을 바보 취급하고 있다고 기쿠지는 느꼈다. 기쿠지도 조금 잔인한 생각이 싹터 손쉽게 부인에게 상처를 줄 수 있을 것 같은 유혹도 느꼈다.

"구리모토의 차 모임에는 자주 나가시나요? 옛날에는 몹시 따돌림 당하시지 않았던가요?"

라고 기쿠지는 말했다.

"네, 아버님이 돌아가시고 나서 그분께 편지를 받고 아버님이 그립기도 하고, 쓸쓸하기도 해서요."

하면서 부인은 고개를 떨구었다.

"따님도 함께요?"

"후미코는 마지못해 저를 따라와 주는 거겠지요."

선로를 건너 기타가마쿠라(北鎌倉) 역을 지나 엔가쿠 사와는 반대편 산 쪽으로 걷고 있었다.

4

오타 미망인은 적어도 마흔다섯 전후일 테니까 기쿠지보다 스무 살 가까이 위인 셈인데, 기쿠지는 연상이라고는 느껴지지 않았다. 기쿠지는 연하의 여자를 안은 것 같았다.

경험이 많은 부인이 자아내는 희열을 기쿠지도 느꼈던 것일 테지만 경험이 적은 미혼이 주눅 드는 느낌은 전혀 없었다.

기쿠지는 처음으로 여자를 알게 된 것 같았고, 또 남자를 알게 된 것 같았다. 자신이 남자라는 자각에 놀랐다. 기쿠지는 여자가 이렇게 나긋나긋하게 수동적이고, 따라오는 듯 유혹하는 존재이며, 따스한 향기에 취하는 수동적 존재인 줄 이제까지 몰랐다.

독신인 기쿠지는 여성과의 관계 후에 무엇인가 모를 꺼림칙함을 느끼는 경우가 많았지만, 가장 꺼림칙해야 할 지금 달콤한 평온함이 있을 뿐이었다.

이런 경우 으레 기쿠지는 얼른 무뚝뚝하게 벗어나고 싶어졌지만, 따뜻하게 착 감겨서 멍하니 있는 것도 처음인 것 같았다. 여자라는 물결이 이렇게 뒤를 쫓아오리라는 것은 알지 못했다. 그 물결에 살이 평온해져서 기쿠지는 정복자가 졸면서 노예에게 발을 씻기게 하는 듯한 만족스러움까지 느꼈다.

또 엄마의 느낌도 있었다. 기쿠지는 목을 움츠리고,

"구리모토의 여기에 커다란 반점이 있는 거, 알고 있나요?"

라고 말했다. 갑자기 괜한 말을 입 밖에 냈다고 스스로도 깨달았지만, 머리가 해이해진 탓인지 지카코에게 그리 미안하다고는 생각하지 않았다.

"유방에 걸쳐, 이 부분에 말이에요. 이런 식으로……."

하고 기쿠지는 손을 내밀었다.

그런 말을 하게 하는 그 무엇인가가 기쿠지의 내부에서 고개를 내밀었다. 왠지 자신을 거스르고 싶은 듯하고 상대에게 상처 주고 싶은 근질근질한 기분이 들었다. 그런 부분을 보고 싶어 하는 달콤한 수줍음을 감추기 위해서였는지도 몰랐다.

"몰라요. 기분 나빠요."

하며 부인은 살며시 옷깃을 여몄지만 순간적으로 무슨 소린지 납득이 가지 않는 듯,

"그런 말 처음 듣지만 기모노 속이라 안 보이잖아요."

라고 태연히 말했다.

"안 보이지는 않죠."

"어머, 어째서요?"

"그렇잖아요. 여기에 있으면 보이죠."

"어머, 짓궂은 분이네요. 제게도 반점이 있나 해서 찾고 계시는 건가요?"

"그런 건 아니지만, 만약 있다면 이럴 때 어떤 기분이 들까?"

"여기 말인가요?"

부인도 자신의 가슴을 보았지만,

"어째서 그런 말씀을 하시는 거죠? 그런 건 아무래도 상관없잖아요?"

부인은 아무런 반응 없이 말했다. 기쿠지가 내뿜은 독설이 부인에게는 전혀 소용이 없는 것 같았다. 그러자 기쿠지 자신에게 그 독이 돌기 시작하는 것 같아서,

"아무래도 좋지는 않죠. 나는 여덟 살인가 아홉 살 때 그 반점을 한번 봤을 뿐이지만, 지금도 눈앞에 떠올라요."

"왜 그럴까요?"

"당신도 그 반점으로 골머리를 앓았던 거겠죠. 구리모토가 엄마나 나 대신이라도 된 것 같은 얼굴을 하고 댁으로 호되게 따지러 간 일이 있잖아요?"

부인은 머리를 끄덕이고는 살짝 물러섰다. 기쿠지는 팔에 힘을 주며,

"그때도 자기 가슴의 점을 끊임없이 의식하고 있어 더욱 심술궂게 나갔던 것임에 틀림없다고 생각해요."

"어머. 무서운 소리를 하시네요."

"조금은 아버지에게 복수하고픈 기분도 작용했을지 몰라요."

"무슨 복수요?"

"반점 때문에 시종 자신을 비하해서 그 때문에 버림받았다는 피해 의식이 있었겠죠."

"반점 얘기는 이제 그만 하세요. 기분만 나빠질 뿐이에요."

그러나 부인은 그 반점을 상상해 보려고 하지는 않는 것 같았다.

"구리모토 씨도 이제는 반점 같은 것에 구애 받지 않고 살아가실 수 있을 거예요. 다 옛일인걸요."

"상처는 아물어도 흔적을 남기지 않나요?"

"지나가 버리면 그리워지는 경우도 있어요."

부인은 아직 다소 꿈을 꾸듯이 말했다.

기쿠지는 이것만은 말하지 않으려 했던 것까지 내뱉어 버리고 말았다.

"조금 전 차 모임에서 당신 옆에 있던 아가씨 말이죠."

"네, 유키코 씨. 이나무라 씨 댁 따님 말이지요."

"그 아가씨를 제게 보이고 싶어서 구리모토는 저를 불렀던 겁니다."

"어머나."

부인은 큰 눈을 더 크게 떴다. 기쿠지를 뚫어지게 쳐다보았다.

"선을 보신 거였어요? 전혀 알아차리지 못했어요."

"선은 아니에요."

"그랬어요? 선을 보고 돌아가는 길에 이런……"

부인의 눈에서 베개로 눈물이 흘러내렸다. 어깨가 떨렸다.

"나빠요. 정말 나빠요. 왜 말씀해 주시지 않았어요?"

부인은 얼굴을 묻고 울었다.

기쿠지는 오히려 뜻밖이었다.

"선을 보고 돌아가는 길이든 아니든 나쁜 일이라면 나쁜 거지요. 그것과 이것과는 관계없어요."

라고 기쿠지는 말했다. 정말 그렇게 생각했다.

하지만 이나무라 아가씨가 차를 타던 모습이 기쿠지에게도 떠올랐다. 그 천 마리 학 무늬의 분홍빛 보자기도 떠올랐다.

그러자 울고 있는 부인의 몸이 추하게 느껴졌다.

"아아, 죄송해요. 참으로 죄 많은 몹쓸 여자죠."

하고 부인은 둥근 어깨를 떨었다.

기쿠지로서도 만일 후회를 한다면 추악한 기분이 들 것임에는 틀림없었다. 선본 일은 그렇다 치더라도, 아버지의 여자였다.

하지만 기쿠지는 이때까지 후회도 하지 않았거니와 추악하다고도 생각하지 않았던 것이다.

기쿠지는 어쩌다 부인과 이렇게 된 것인지도 확실히 모른다. 그 정도로 자연스러웠다. 부인이 지금 한 말로는 자신이 기쿠지를 유혹했다고 후회하는지도 모르지만, 아마도 부인은 유혹할 생각은 없었을 테고 기쿠지도 유혹을 당한 기억은 없었다. 또한 기쿠지는 기분상으로도 아무런 저항도 하지 않았고, 부인도 아무런 저항을 하지 않았다. 도덕의 그늘 따위는 드리우지 않았다고 느꼈다.

엔가쿠 사와는 반대편 언덕에 있는 여관에 들어가 두 사람은 저녁 무렵에 식사를 했다. 기쿠지의 아버지에 대한 얘기가 끊이지 않았기 때문이다. 기쿠지가 들어야 할 이유도 없고 순순히 듣는 것도 이상한 상황인데도 부인은 그런 것도 생각하지 못하는 듯 그리움에 호소하는 것이었다. 들으면서 기쿠지는 편안한 호감을 느꼈다. 부드러운 애정에 휩싸여 있는 듯이 느꼈다.

아버지가 행복했었겠다고 기쿠지는 느꼈다.

그게 잘못되었다고 한다면 그도 그렇기는 하다. 부인을 뿌리칠 기회를 놓쳐 버리고 마음 가는 대로 몸을 맡긴 것이었다.

그러나 한편에서는 기쿠지의 마음속에 어두운 그림자가 드리워져 있어서 독을 내뿜듯이 지카코나 이나무라 아가씨 얘기를 꺼낸 것인지도 몰랐다.

그 효과가 너무 지나쳤다. 후회를 하면 추악해져서 기쿠지는 부인에게 더 잔혹한 말을 내뱉을 것만 같은 자기혐오가 스멀스멀 피어올랐다.

"잊어버려요. 별거 아니에요."

라고 부인은 말했다.

"이런 거, 별것도 아니었던 거예요."

"당신은 아버지를 떠올린 것뿐인 거겠죠."

"네?"

부인은 놀라서 얼굴을 들었다. 베개에 얼굴을 묻고 울고 있어서 눈꺼풀이 붉다. 흰자위도 조금 풀린 듯하고 눈동자에는 아직 여자의 나른함이 남아 있는 것을 기쿠지는 알아차렸다.

"그런 말을 들어도 어쩔 수 없지만, 저는 슬픈 여자네요."

"거짓말."

하고 기쿠지는 거칠게 가슴을 풀어 헤치며,

"점이라도 있으면 잊지 않을 텐데요, 인상적이어서⋯⋯."

기쿠지는 자신의 말에 놀랐다.

"몰라요. 그렇게 본들 전 이미 젊은 몸이 아니에요."

기쿠지는 치아를 보이며 다가갔다.

부인의 아까 그 물결이 되돌아왔다.

기쿠지는 안심하고 잠들었다.

잠결에 작은 새들이 지저귀는 소리가 들렸다. 기쿠지는 작은 새 소리 속에서 잠이 깨는 것이 처음인 것 같다는 생각이 들었다.

아침 안개가 신록의 나무들을 적시고 있을 것처럼 느껴져 기쿠지의 머릿속도 산뜻해지는 것 같았다. 아무런 생각도 떠오르지 않았다.

부인은 기쿠지에게 등을 돌리고 잠들어 있었다. 어느새 돌아누웠을까 하고 기쿠지는 좀 의아해 하며 팔꿈치를 괴고 어슴푸레 보이는 부인의 얼굴을 들여다보았다.

5

다도회가 있던 날로부터 보름 정도 지나서 기쿠지 집에 오타 부인의 딸이 찾아왔다.

응접실로 안내하게 하고 나서, 기쿠지는 두근거림을 가라앉히기 위해 스스로 찬장을 열어 양과자를 접시에 담아 보기도 했지만, 아가씨가 혼자서 온 것인지, 혹은 오타 부인이 기쿠지의 집에 들어오기가 뭐해서 밖에서 기다리는 건지 어떤 건지 판단도 서지 않았다.

기쿠지가 응접실 문을 열자 아가씨는 의자에서 일어났다. 고개를 숙인 얼굴에 아래턱이 살짝 나온 입술을 꼭 다물고 있는 것이 기쿠지 눈에 들어왔다.

"기다리게 해서 미안합니다."

기쿠지는 아가씨 뒤쪽으로 지나가서 정원을 향한 유리문을 열었다.

아가씨의 뒤를 지날 때, 화분의 흰 모란 향기가 은은하게 났다. 아가씨는 둥그스름한 어깨를 조금 앞으로 굽혔다.

"앉으세요."

라고 기쿠지는 말하며 자신이 먼저 의자에 앉자 이상하게도 마음이 안정되었다. 아가씨에게서 그녀의 엄마 모습을 보았기 때문이다.

"갑자기 찾아뵙는 건 실례라고 생각했습니다만."

아가씨는 고개를 숙인 채 말했다.

"천만에요. 찾아오시는 데 어렵지 않으셨나요?"

"아, 네."

기쿠지는 이 아가씨가 공습 때 대문까지 아버지를 배웅해 준 적이 있다는 것을 떠올렸다. 엔카쿠 사에서 부인을 만났을 때 들었다.

기쿠지는 그것을 말하려다가 그만두었다. 그 대신 아가씨를 보았다.

그러자 그때 오타 부인의 따스함이 따뜻한 물처럼 되살아났다. 부인이 모든 것을 부드럽게 받아 주었던 일을 기쿠지는 떠올렸다. 기쿠지는 포근함에 싸여 있었던 것이다.

그때 안심한 탓으로 기쿠지는 아가씨에 대한 경계도 느슨해진 것 같았지만 그렇다고 똑바로 얼굴을 마주 볼 수 없었다.

"저."

하고는 아가씨는 말을 끊고 얼굴을 들었다.

"엄마 일로 부탁드리러 왔어요."

기쿠지는 숨을 삼켰다.

"엄마를 용서해 주셨으면 해요."

"네에? 용서라니요?"

기쿠지는 되물으면서 부인은 자신에 대한 일도 딸에게 털어놓았을 거라고 느꼈다.

"용서를 빌어야 한다면 제 쪽이죠."

"기쿠지 씨 아버님에 대한 일도 용서해 주셨으면 해요."

"아버지 일만 해도 용서를 구한다면 아버지 쪽이지 않은가요? 엄마도 지금은 안 계시니 용서한다고 해도 누가 용서를 할 수 있겠어요."

"기쿠지 씨 아버님께서 그렇게 빨리 돌아가신 것도 엄마 탓이 아닐까 해요. 게다가 기쿠지 씨 어머니께서도……. 이 이야긴 엄마한테도 분명하게 말했어요."

"그건 지나친 생각이에요. 후미코 씨 어머님이 딱하군요."

"저희 엄마가 먼저 세상을 떠났으면 좋았을 텐데요."

아가씨는 수치심으로 견딜 수 없어 하는 듯했다.

기쿠지는 자신과 오타 부인에 대해서 아가씨가 말하는 것이라고 깨달았다. 그 일이 아가씨를 얼마나 부끄럽게 하고 상처를 입혔을까.

"어머니를 용서해 주셨으면 해요."

아가씨는 또 필사적으로 호소하듯이 말했다.

"용서하고 말고도 없이 전 어머께 감사하고 있어요."

기쿠지도 단호하게 말했다.

"엄마가 나빠요. 엄마는 몹쓸 사람이니까 내버려 두셨으면 해요. 더 이상 상관 말아 주세요."

아가씨는 떨리는 목소리로 빠르게 말했다.

"부탁드려요."

용서하라는 아가씨의 말뜻을 기쿠지는 깨달았다. 엄마에게 멀어져 달라는 의미도 포함되어 있는 것이었다.

"전화도 이제 하지 말아 주세요……."

말하면서 아가씨는 얼굴을 붉혔다. 그 수치심을 이겨 내려는 듯
이 오히려 머리를 들어 기쿠지를 쳐다보았다. 눈물을 글썽이고 있
었다. 크게 뜬 눈망울에는 조금도 적의가 없이 필사적으로 애원하
고 있는 것 같았다.

"잘 알았습니다. 미안했습니다."

라고 기쿠지는 말했다.

"부탁드려요."

아가씨의 수줍은 빛은 더욱 짙어서 새하얀 살결의 기다란 목까
지 물들었다. 가녀린 목의 아름다움을 돋보이게 하기 위해서인지
옷깃에 하얀 장식이 있었다.

"전화로 약속해 놓고, 엄마가 오지 않았던 건 제가 말린 거예요.
어떻게든 나가려는 엄마를 끌어안고 놓아주지 않았어요."

하고 아가씨는 조금 목소리의 긴장을 풀며 말했다.

기쿠지가 오타 미망인을 전화로 불러낸 것은 그 일이 있고 나서
사흘 후였다. 부인은 자못 기뻐하는 목소리였는데도 만나기로 한
찻집에는 오지 않았다.

그 전화 한 통만 있었을 뿐 기쿠지는 부인을 만나지 않았다.

"나중에 엄마가 안쓰러워졌지만 그때는 그저 한심한 생각이 들
어서 무작정 말렸어요. 그럼 후미코, 네가 거절해 달라고 하시기
에 전화기에 다가갔지만 저도 말이 차마 나오지 않았어요. 엄마는
그저 전화기를 보면서 뚝뚝 눈물을 흘리며 울고 계셨어요. 엄마는
전화기가 있는 곳에 기쿠지 씨가 계신 것처럼 생각하신 거죠. 엄

마는 그런 사람이에요."

두 사람 다 잠시 입을 다물고 있다가 기쿠지가 말했다.

"그 다도 모임이 있던 날, 어머님이 저를 기다리고 계셨을 때 후미코 씨는 왜 먼저 돌아갔습니까?"

"엄마가 그렇게 나쁜 사람이 아니라는 걸 기쿠지 씨가 알아주셨으면 해서였어요."

"오히려 나쁘지 않아서 탈이지요."

아가씨는 눈을 내리깔았다. 작고 잘생긴 코 밑으로 아래턱이 조금 나온 입술이 보이고 온화해 보이는 둥그스름한 얼굴은 엄마를 닮았다.

"전부터 저는 어머님께 따님이 있다는 것을 알고 있어서 그 따님과 우리 아버지 이야기를 나누어 보고 싶다는 상상을 한 적이 있어요."

아가씨는 고개를 끄덕였다.

"저도 그런 걸 생각한 적이 있어요."

기쿠지는 오타 미망인과의 사이에 아무런 일도 일어나지 않아서 이 아가씨와 구애 받지 않고 아버지 이야기를 할 수 있었다면 얼마나 좋았을까 하고 생각했다.

하지만 기쿠지가 진심으로 미망인을 용서하고 아버지와 미망인에 대해서 용서할 맘이 든 것은 오타 부인과 관계를 가졌기 때문이었다. 얄궂은 운명의 장난이었다. 아가씨는 쓸데없이 너무 오래 있었다고 생각했는지 당황하며 일어섰다.

기쿠지는 배웅하러 나왔다.

"우리 아버지의 이야기도 그렇지만 언젠가 또 후미코 씨와 어머님의 아름다운 인품에 대해 이야기를 할 수 있을 때가 오면 좋겠네요."

기쿠지는 말도 안 되는 구실이라고 생각했지만 한편으로는 그렇게도 느끼고 있었다.

"네. 그렇지만 곧 결혼하시잖아요."

"제가 말입니까?"

"네, 엄마가 그러셨어요. 이나무라 유키코 씨와 선을 보셨다면서요……?"

"그렇지 않아요."

문을 나서면 바로 비탈길이었다. 언덕은 중간쯤에서 조금 굽어 거기서 돌아보면 기쿠지네 정원수 우듬지만이 보였다.

그녀의 말에서 기쿠지는 천 마리 학 무늬 보자기의 아가씨 모습을 문득 떠올리고 있자, 거기서 후미코가 멈춰 서서 작별 인사를 했다.

기쿠지는 아가씨와는 반대로 언덕을 올라갔다.

숲의 석양

1

회사에 있는 기쿠지에게 지카코로부터 전화가 걸려 왔다.

"오늘은 곧장 귀가하실 건가요?"

돌아갈 생각이었으나 기쿠지는 떨떠름한 표정을 지으며,

"글쎄요."

"오늘은 바로 돌아오세요. 아버님을 위해서 말이에요. 아버님이 주재하시던 연례 다도회 날이잖아요. 그걸 떠올리자 저 가만히 있을 수가 없어서요."

기쿠지는 잠자코 있었다.

"다실을 말이죠, 듣고 계세요? 다실을 청소하고 있자니까 갑자기 요리가 해보고 싶어진 거예요."

"당신, 어디 있는 겁니까?"

"댁, 기쿠지 씨 댁에 와 있어요. 죄송해요, 미리 말씀드리지 않아서."

기쿠지는 놀랐다.

"거기에 생각이 미치니까 저 가만히 있을 수가 없어서요. 그래서 다실 청소라도 해드리면 마음이 가라앉을까 해서요. 미리 전화라도 했더라면 좋았겠지만 기쿠지 씨에게 거절당할 게 뻔하잖아요."

아버지가 세상을 떠난 후에 다실은 쓸모가 없어졌다.

어머니가 살아 계신 동안은 그래도 어머니가 이따금 들어가서 혼자 앉아 있는 듯했다. 그러나 화로에 불을 피우지 않고 그냥 쇠주전자에 끓인 물을 들고 갔다. 기쿠지는 어머니가 다실에 들어가는 것을 좋아하지 않았다. 거기서 어머니가 홀로 고요히 뭘 생각하고 있을지 마음에 걸렸다.

다실에 혼자 있는 어머니를 기쿠지는 들여다보고 싶다고 생각하면서도 본 적은 없었다.

그러나 아버지 생전에 다실 관리를 도맡아 한 것은 지카코였다. 어머니가 다실에 들어가는 일은 좀처럼 없었다.

어머니가 돌아가시고 나서 다실은 항상 문이 닫힌 채였다. 아버지 생전부터 있던 늙은 가정부가 1년에 몇 번인가 통풍을 시키는 정도였다.

"언제부터 청소를 하지 않았어요? 다타미 바닥을 아무리 닦아도 곰팡이 냄새가 나서 참을 수가 없어요."

지카코의 목소리가 뻔뻔스러워졌다.

"청소를 하고 있자니 요리가 하고 싶어져서 말이에요. 갑자기 떠오른 거라 재료가 잘 갖춰지지 않았지만 조금 마련하고 있어요.

그래서 곧장 돌아오셨으면 해서."

"참 네, 어이가 없군."

"기쿠지 씨 혼자서는 쓸쓸할 테니까 회사 친구라도 서너 명 데려오시면 어때요?"

"힘들겠는데요, 다도를 할 줄 아는 친구들은 없어요."

"잘 모르시는 분이 오히려 좋아요. 준비가 변변치 못하거든요. 가벼운 기분으로 모시고 오면 돼요."

"안 돼요."

기쿠지는 내뱉듯이 말했다.

"그래요? 실망이네요. 어떻게 하면 좋을지 모르겠네. 그럼 아무나, 아버님 다도 친구 분은……, 오시라 하기도 좀 그렇고. 그럼, 이나무라 댁 아가씨를 부를까요?"

"말도 안 돼. 그만두세요."

"왜요? 괜찮잖아요? 전에 그 얘기 있잖아요, 그쪽에서는 마음 내켜 하시니까, 다시 한 번 아가씨를 찬찬히 보시고 잘 얘기를 해 보시면 좋잖아요? 오늘 초대해 보면, 아가씨가 오시면 아가씨 쪽은 좋다는 셈이 되는 거죠."

"싫어요, 그렇게는."

기쿠지는 가슴이 답답해져서,

"그만두세요. 나는 가지 않을 테니."

"그래요, 뭐, 이런 얘기, 전화로는 좀 그렇죠. 나중에 하기로 하지요, 어쨌든 이런 상황이니까 빨리 돌아오세요."

"이런 상황이라는 게 무슨 상황이에요? 내가 알 바 아니에요."

"괜찮아요. 제가 좋아서 하고 있을 뿐이니까요."

라고 말하면서도, 그러나 지카코의 강압적인 독기가 전해져 왔다.

지카코의 유방에 반쯤 걸쳐진 커다란 반점이 떠올랐다.

그러자 기쿠지는 지카코의 다실을 쓰는 빗자루 소리가 자신의 머릿속을 비로 쓰는 소리처럼 들려오기도 하고, 툇마루를 닦는 걸레로 자신의 머릿속을 문지르는 것처럼 느껴지기도 했다. 그런 혐오감이 앞섰는데, 지카코가 주인 없는 집에 들어와서 마음대로 요리까지 한다는 것은 말도 안 되는 이야기였다.

아버지에 대한 공양으로 다실을 깨끗이 치우고 꽃이라도 꽂고 돌아가는 거라면 그나마 납득할 수 있다.

그러나 기쿠지의 그 메슥거리는 혐오 속에 이나무라 아가씨의 모습이 한 줄기 빛처럼 반짝거렸다.

지카코와는 아버지가 돌아가시고 나서 자연히 멀어졌는데, 이나무라 아가씨를 미끼로 새로이 기쿠지와 인연을 맺어 달라붙으려 하는 것일까.

지카코의 전화는 여느 때처럼 털털하게 접근하기 때문에 쓴웃음 지으며 방심하게 되는 분위기도 있지만, 강요하듯 하면서 또한 협박하는 것처럼도 들렸다.

협박하는 것처럼 받아들이는 것은 자신에게 약점이 있기 때문이라고 기쿠지는 생각했다. 약점에 겁을 내기 때문에 지카코의 방자한 전화에 화를 낼 수도 없다.

지카코는 기쿠지의 약점을 잡았기 때문에 옳거니 하고 쳐들어

온 것일까.

기쿠지는 회사가 끝나자 긴자 거리로 나가 비좁은 술집에 들렀다.

지카코의 말대로 돌아가지 않을 수는 없지만 자신이 약점을 짊어지고 있다는 의식에 더욱 울적한 것이었다.

엔가쿠 사의 다회에서 돌아가던 길에 뜻하지 않게 기쿠지가 오타 미망인과 기타가마쿠라 여관에 묵게 된 것을 지카코는 알 리가 없을 것 같은데, 그 후 미망인과 만난 것일까.

전화에서 강요하는 듯한 어조는 지카코의 뻔뻔함뿐만은 아닌 것 같은 의문이 들었다.

그러나 단순히 이나무라 아가씨와의 이야기를 지카코다운 방식으로 추진시키려고 하는 것뿐일지도 모른다.

기쿠지는 술집에서도 마음을 가라앉힐 수가 없어서 돌아가는 전차를 탔다.

전철을 타고 유라쿠초를 지나 도쿄 역으로 가는 동안에 키가 큰 가로수가 늘어선 큰길을 기쿠지는 전동차 창문으로 내려다보았다.

그 길은 선로와 거의 직각으로, 동서로 지나고 있어 마침 석양을 반사하고 있었다. 금속판처럼 눈부시게 빛나고 있었다. 그러나 가로수는 그 석양을 등지고 있어서 초록색이 거무스름하게 가라앉아 나무 그늘은 선선해 보였다. 가지가 퍼지고 넓은 잎들이 우거져 있었다. 길 양쪽은 견고한 양식 건물이었다.

그 큰길에 이상하게도 인적이 없다. 황궁 수로의 막다른 곳까지 조용한 전망이 펼쳐졌다. 눈부시게 빛나는 차도도 조용하다.

몹시 붐비는 전차 안에서 내려다보니 그 거리만 해질녘의 기묘한 시간 속에 떠 있는 듯해 어쩐지 이국적인 느낌이 들었다.

그 가로수 그늘을 연분홍 비단에 하얀 천 마리 학 무늬 보자기를 안고 이나무라 아가씨가 걸어가는 것이 보이는 것처럼 기쿠지는 느꼈다. 천 마리 학 무늬 보자기가 분명히 보이는 것 같았다.

기쿠지는 산뜻한 기분이 들었다.

지금쯤 아가씨가 집에 도착해 있을 거라고 생각하자 기쿠지는 가슴이 두근거렸다.

그렇다 해도 지카코가 기쿠지에게 전화로 친구들을 데리고 오라고 했다가 기쿠지가 떨떠름해하자, 그럼 이나무라 아가씨를 부르자고 한 것은 어떤 속셈일까. 처음부터 아가씨를 부를 셈이었을까. 역시 기쿠지로서는 알 수 없었다.

집에 오자 지카코가 현관에 서둘러 나와,

"혼자예요?"

기쿠지는 고개를 끄덕였다.

"혼자 오셔서 다행이에요. 와 계세요."

하고 지카코는 다가와서 기쿠지의 모자와 가방을 받아들면서,

"어디 잠깐 들렀다 오셨군요."

기쿠지는 얼굴에 술기운이 남아 있는 걸까 하고 생각했다.

"어디에 가셨었어요? 나중에 다시 회사에 전화를 하니까 벌써 나가셨다고 하기에 귀가 시간을 가늠하고 있었어요."

"놀랍구만."

지카코는 이 집에 제멋대로 들어와서 제멋대로 구는 데 대한 인사는 하지 않았다.

거실까지 따라와서 가정부가 꺼내 놓은 기모노를 입혀 줄 심산인 모양이다.

"됐어요. 그러면 실례되니까, 제가 갈아입을게요."

기쿠지는 상의를 벗은 채 지카코를 뿌리치듯이 건넌방으로 들어갔다.

방 안에서 옷을 갈아입고 나왔다.

지카코는 앉은 채로 있다가,

"독신이라 그런지 어련하시네요."

"아."

"불편한 생활은 적당히 끝내지요."

"아버지를 보면서 질려 버려서."

지카코는 힐끔 기쿠지를 봤다.

지카코는 가정부의 소매 달린 앞치마를 빌려 입고 있었다. 원래는 이것도 기쿠지의 어머니 것이었다. 소매를 걷어 올리고 있었다.

손목에서 안쪽은 어울리지 않게 희고, 살집이 좋은데다가 팔꿈치 안쪽에 동여매기 한 것 같은 힘줄이 서 있었다. 기쿠지는 문득 의외라는 생각이 들었지만, 그것은 단단하고 두터운 살집인 듯하였다.

"역시 다실이 좋겠지요. 응접실로 안내했는데."

라고 지카코는 조금 정색을 하며 말했다.

"글쎄, 다실은 전등이 들어올지 모르겠군. 불을 켜고 사용한 걸

본 적이 없어요."

"뭣하면 촛불이라도 켜지요. 오히려 재미있을 거예요."

"내키지 않네요."

지카코는 생각난 듯 말했다.

"참, 그리고 아까 이나무라 씨에게 전화로 말씀드리니까, 어머니와 함께 가야 하냐고 아가씨가 말씀하시기에, 같이 와 주시면 더 좋겠다고 부탁했지만 어머님은 여의치 않으셔서 따님만 오시라고 정했어요."

"정했다니, 당신이 멋대로 정한 거지. 갑자기 지금 당장 오라는 것은 아주 실례되는 얘기라고 여겼겠죠."

"그건 알고 있지만, 아가씨가 벌써 저기에 와 계세요. 와 주셨으면 이쪽의 실례도 자연히 사라지는 게 아닌가요?"

"어째서?"

"그래도, 그렇잖아요. 오늘 오신 이상 아가씨도 이번 얘기를 뭐 내켜 하시는 거겠지요. 절차는 조금 기발해도 상관없어요. 얘기가 잘된 후에 구리모토는 기발한 일을 하는 여자라고 둘이서 웃으시면 돼요. 될 일은 무슨 일이 있어도 되는 법이에요. 제 경험으로는 말이죠."

지카코는 작심을 하고 기쿠지 속을 들여다본 듯한 말투였다.

"그쪽에 말은 해뒀어요?"

"네, 말했어요."

확실히 하세요, 라고 지카코는 말하는 풍이었다.

기쿠지는 일어나서 객실 쪽으로 복도를 건너갔는데, 큰 석류나무가 있는 곳에서 안색을 바꾸려고 노력했다. 언짢은 기색을 이나무라 아가씨에게 보여서는 안 되었다.

어두운 석류나무 그늘에 시선을 주자 지카코의 반점이 또 머리에 떠올랐다. 기쿠지는 고개를 흔들었다. 응접실 앞의 정원석에 석양이 조금 남아 있었다.

장지문은 열려 있었고 아가씨는 그 문 가까이에 있었다.

넓은 객실의 좀 어두운 안쪽을 아가씨의 빛이 뿌옇게 비추는 것 같았다.

방에 장식을 해두는 도코노마에는 수반에 창포가 꽂혀 있었다.

아가씨도 붓꽃 그림의 기모노 띠를 매고 있었다. 서로 비슷한 창포와 붓꽃은 우연의 일치일 수도 있겠지만 요즘 흔한 계절의 표현이라서 얼른 구색을 맞추었을지도 몰랐다.

도코노마 꽃은 붓꽃이 아니고 창포라서 잎도 꽃의 길이도 길게 꽂혀 있었다. 지카코가 방금 꽂았다는 것은 꽃의 느낌으로 알 수 있었다.

2

그 다음 날인 일요일은 비가 내렸다.

오후에 기쿠지는 혼자서 다실에 들어갔다. 어제 썼던 차 도구 같은 걸 정리하기 위해서였다.

또 이나무라 아가씨의 잔향이 그리웠기 때문이기도 했다.

가정부에게 우산을 가져오게 하여 응접실에서 정원의 징검돌로 내려가려 하자 처마 홈통에 깨어진 데가 있어 석류나무 앞쪽으로 빗물이 좍좍 흘러 떨어지고 있었다.

"저길 고치지 않으면 안 되겠는데."

라고 기쿠지는 가정부에게 말했다.

"그러네요."

기쿠지는 비 내리는 밤은 잠자리에 들고 나서도 그 물소리가 오래전부터 거슬렸던 것을 떠올렸다.

"하지만 고치자면 이것저것 한도 끝도 없으니까 말이야, 너무 심해지기 전에 팔아 버리는 게 좋겠어."

"큰 집을 가진 분들은 요즘은 모두 그렇게들 말씀하세요. 어제도 아가씨가 넓다고 놀라셨어요. 아가씨는 이 집에 들어오실 생각이실 테니까요."

팔지 말라고 가정부는 말할 셈인 모양이다.

"구리모토 선생이 뭔가 그렇게 말했어?"

"네. 아가씨가 오시자 선생님께서 집 안을 구석구석 안내해 주신 것 같아요."

"나 참 네, 어처구니가 없군."

어제 아가씨는 기쿠지에게 그와 같은 말은 하지 않았다.

기쿠지는 아가씨가 응접실에서 다실로 갔을 뿐이라고 생각하여 오늘 왠지 자신도 무심코 응접실에서 다실로 가려고 했던 것이다.

기쿠지는 어젯밤에 잠을 이루지 못했다.

다실에는 아가씨의 향기가 감돌고 있을 듯한 기분이 들어 밤중에 일어나 다실로 가보고 싶었다.

"영원히 닿지 않을 아득한 사람이야."

라고 이나무라 아가씨를 생각하며 자려고 했던 것이다.

그 아가씨가 지카코에게 휘둘려 집 안을 둘러봤다고 하는 것이 기쿠지로선 몹시 의외였다.

기쿠지는 가정부에게 다실로 숯불을 가지고 오라고 일러두고 징검돌을 건너갔다.

어젯밤에 지카코는 기타가마쿠라까지 돌아가야 하기 때문에 이나무라 아가씨와 함께 나갔고 뒷정리는 가정부가 끝내 놓았다.

객실의 한쪽 구석에 정리해 놓은 도구를 기쿠지는 그냥 집어넣기만 하면 되는데도 원래 넣어 두던 장소를 확실히 몰랐다.

"구리모토 쪽이 더 잘 알고 있단 말이군."

하고 기쿠지는 중얼거리며 도코노마에 있는 가인(歌人)의 초상화를 바라보았다.

에도 시대 초기의 화가 홋쿄* 소타쓰(法橋宗達)의 소품으로 엷은 먹선으로 그린 담채화였다.

"누구죠?"

라고 어제 이나무라 아가씨가 물었을 때, 기쿠지는 대답할 수가 없었다.

"글쎄, 누굴까요. 시인의 초상화에 함께 써넣는 와카(和歌, 전통 정형시가)가 없어서 저는 모르겠는데요. 이런 그림의 가인은 모두 비슷한 모습을 하고 있잖습니까?"

"와카의 36신선(三十六歌仙) 중 한 사람인 무네유키(源宗于, 미나모토노 무네유키) 아닐까요."

라고 지카코가 말을 거들었다.

"와카 자체는 늘 푸르른 소나무의 신록도 봄이 되면 한결 색이 돋보인다는 내용이라 조금 계절이 지난 감이 있습니다만 아버님이 좋아하셔서 봄에는 자주 꺼내 놓으셨어요."

"아무래도 무네유키인지, 츠라유키(紀貫之, 기노 츠라유키)인지 그림으로 봐서는 구분이 가지 않네요."

라고 기쿠지는 다시 말했다.

오늘 봐도 전혀 누구인지 구별이 가지 않는 넉넉한 얼굴이었다.

하지만 적은 선으로 된 작은 그림에서 큰 풍채가 느껴진다. 그렇게 한동안 바라보고 있자 어렴풋이 청아한 풍취가 전해 온다.

이 가인의 초상화에서도 그렇고 어제 객실의 창포 꽃꽂이에서도 기쿠지는 이나무라 아가씨를 생각하는 것이었다.

"물을 끓이느라 늦어졌습니다. 조금 데우고 나서 가져오는 편이 좋을 것 같아서요."

하며 가정부가 숯불과 물 끓인 주전자를 가지고 왔다.

다실이 눅눅해서 기쿠지는 불이 있었으면 했을 뿐이었다. 차 솥을 불에 올려놓을 생각은 없었다.

그러나 기쿠지가 "불" 하고 말하자, 가정부는 눈치껏 뜨거운 물도 준비했을 것이다.

기쿠지는 아무렇게나 숯을 부어 피워 넣고 솥을 올려 보았다.

아버지의 교제 방식 때문에 기쿠지는 어렸을 적부터 다도 모임에는 익숙했지만 스스로 차를 끓일 만큼 흥미는 없었다. 아버지도 배우라고는 하지 않았다.

지금도 물이 끓어오르자 기쿠지는 솥뚜껑을 조금 비껴 놓기만 하고는 우두커니 앉아 있었다.

조금 곰팡내가 난다. 다타미도 눅눅해져 있는 것 같았다.

수수한 벽 색깔도 어제는 이나무라 아가씨 모습을 오히려 돋보이게 했지만 오늘은 어두웠다.

양옥집에 사는 사람이 기모노를 입고 온 느낌이라서,

"구리모토가 갑작스레 이런 초대를 해서 폐가 되셨죠. 다실에서 뵙는 것도 구리모토가 멋대로 생각해 내서요."

라고 어제 기쿠지는 아가씨에게 말했다.

"아버님이 주재하시던 연례 차 모임 날이라고 선생님께 들었어요."

"그렇다더군요. 저는 그런 건 전혀 모르고 있었고 생각하지도 않는데 말이죠."

"그런 날에 저 같은 초심자를 부르시다니 선생님이 놀리시는 거 아닌가요? 요즘은 다도 연습도 게을리 하고 있는데 말이죠."

"구리모토도 오늘 아침에서야 생각이 나서 서둘러 다실을 청소하러 온 모양입니다. 그러니까 곰팡이 냄새가 좀 나는 겁니다."

라고 기쿠지는 얼버무리고,

"하지만 어차피 아는 사이가 될 바에는 구리모토 같은 사람의 소개가 아니었더라면 좋았을 텐데, 이나무라 씨에게 미안하다고 전 생각하고 있어요."

아가씨는 의아하다는 듯 기쿠지를 바라보았다.

"어째서죠? 선생님이 안 계시면 소개시켜 주실 분이 없는걸요."

실로 간단한 반박이지만 사실 맞는 말이었다.

분명히 지카코가 없었다면 두 사람은 이 세상에서 서로 만날 일도 없었을 것이다.

기쿠지는 눈앞에서 빛이 번쩍이는 채찍으로 맞은 것 같았다.

그리고 그런 아가씨의 말투는 기쿠지와의 혼담을 승낙하는 것으로 들렸다. 기쿠지에게는 그렇게 느껴졌다.

아가씨의 의아스런 눈빛이 기쿠지에게 빛으로 느껴진 것은 그 때문이기도 했다.

그렇지만 기쿠지가 지카코를 구리모토라고 이름을 막 부르는 것을 아가씨는 어떻게 받아들이고 있는 것일까. 짧은 동안이긴 하지만 기쿠지 아버지의 여자였다는 걸 과연 알고 있기는 한 것일까.

"저에게는 구리모토의 좋지 않은 기억도 있어서요."

기쿠지는 목소리가 가늘게 떨렸다.

"그 여자에게 운명을 건드리게 하고 싶지 않아요. 그 여자에게 이나무라 씨를 소개 받았다고는 아무래도 믿기지가 않군요."

지카코가 자신의 밥상도 그곳으로 들고 왔다. 이야기는 끊겼다.

"저도 같이 앉겠습니다."

하며 지카코는 앉더니, 부지런히 움직여 가빠진 숨을 가라앉히듯이 가슴을 조금 숙여 아가씨의 안색을 살폈다.

"손님이 한 분이라 좀 쓸쓸하긴 하지만 아버님께서도 기뻐하실 거예요."

아가씨는 다소곳이 눈을 내리뜨고,

"전 아버님의 다실에 들어올 자격이 없어요."

지카코는 그것을 흘려들으며 기쿠지 아버지 생전에 이 다실이 어떤 식으로 쓰였는지를 생각나는 대로 계속 말을 이어갔다.

지카코는 이 혼담이 이루어질 거라고 맘먹은 것 같았다.

돌아갈 때 현관에서,

"기쿠지 씨도 한번 이나무라 씨의 댁에 가시는 게……. 이번엔 날짜를 미리 상의해서요."

라고 지카코가 말하자 아가씨는 고개를 끄덕였다. 뭔가 말하려고 한 듯했지만 말하지 않았다. 온몸에 순간 본능적인 부끄러움이 피어올랐다.

기쿠지는 뜻밖이었다. 그 부끄러움이 아가씨의 체온처럼 느꼈다.

하지만 기쿠지는 어둡고 추한 막에 둘러싸여 있는 듯 견딜 수가 없었다.

오늘이 되어서도 그 막은 걷히질 않았다.

이나무라 아가씨를 소개해 준 지카코가 불결할 뿐만 아니라 기쿠지 자기 자신 안에 불결함이 있었다.

지카코 가슴의 반점에 더러운 이빨로 달려들어 물고 있는 아버지를 기쿠지는 망상하기도 하였다. 그 아버지의 모습이 자신에게도 겹쳐져 왔다.

아가씨는 지카코에게 아무 생각도 없는데 기쿠지는 얽매여 있었다. 기쿠지가 비겁하고 우유부단한 것은 이 때문만은 아니겠지만 이것도 원인인 것 같았다.

기쿠지는 지카코를 혐오하는 것처럼 꾸며서 이나무라 아가씨와의 혼담을 지카코가 강요하고 있다는 식으로 가장하고 있다. 또 지카코는 이러한 식으로 이용되는 편리한 여자이다.

이것을 아가씨가 꿰뚫어 보고 있는가 하고 기쿠지는 정면에서 얻어맞은 느낌을 받은 것이었다. 기쿠지 스스로도 그때 그러고 있는 자신을 발견하고 깜짝 놀랐던 것이었다.

식사가 끝나고 지카코가 차를 준비하러 나갔을 때 또다시 기쿠지가,

"구리모토가 우리들을 움직이는 운명이라면 그 운명에 대한 견해도 이나무라 씨와 저와는 꽤 차이가 있다고 할 수 있지요."

라고 말한 데에도 뭔가 변명하는 뉘앙스가 들어 있었다.

아버지가 돌아가신 후, 기쿠지는 어머니가 혼자서 이 다실에 들어와 있는 것을 좋아하지 않았다.

지금도 생각하는 것이지만, 아버지와 어머니와 자신이 각각 혼자서 이 다실에 있을 때는 각자 다른 것을 생각하고 있었던 것 같다.

비가 나뭇잎을 때리고 있었다.

그 속으로 우산 위에 빗물 듣는 소리가 가까이 다가들더니 장지문 밖에서,

"오타 씨가 오셨습니다."

라고 가정부가 말했다.

"오타 씨? 아가씨인가?"

"부인이십니다. 뭐랄까, 병환인 것같이 야위셔서……."

기쿠지는 순간적으로 벌떡 일어섰지만 선 채 그대로 있었다.

"어디로 모실까요."

"여기가 좋겠어."

"네."

오타 미망인은 우산도 쓰지 않고 왔다. 현관에 두었을 것이다.

얼굴이 비에 젖었나, 기쿠지는 생각했는데 그것은 눈물이었다.

쉴 새 없이 눈에서 뺨으로 흘러내렸기에 눈물인지 알았다.

언뜻 비인가 하고 생각했을 정도로 기쿠지는 처음엔 멍해 있었지만,

"아니, 어찌 된 겁니까?"

라고 외치듯이 다가갔다.

부인은 젖은 툇마루에 앉으면서 양손을 짚었다.

기쿠지 쪽을 향해 부드럽게 쓰러질 듯이 보였다.

툇마루 문턱 근처가 뚝뚝 떨어지는 눈물로 젖었다.

빗방울인가 하고 기쿠지가 다시금 생각했을 정도로 눈물은 계속해서 떨어졌다.

부인은 기쿠지에게서 눈을 떼지 않음으로써 쓰러지는 것을 버티고 있는 것 같았다. 이 시선을 피하면 뭔가 위험하다고 기쿠지도 느꼈다.

눈가는 움푹 패어 잔주름이 잡혔고 눈 밑은 거무스름했다. 그리고 묘하게 병적인 쌍꺼풀이 생겼지만, 애처롭게 호소하는 눈빛은 젖어서 빛나고 있었다. 뭐라 표현할 수 없는 다정함도 어려 있었다.

"죄송해요. 만나고 싶어서 가만히 있을 수가 없었어요."

하고 부인은 그리움에 차서 말했다.

다정함은 그 모습에도 있었다.

이 다정함이 없었다면 기쿠지가 똑바로 보고 있을 수 없을 정도로 부인은 초췌했다.

기쿠지는 부인의 고통에 마음이 아팠다. 그리고 고통은 자신 탓이라는 걸 알면서도 부인의 다정함에 이끌려 자신의 고통이 누그러지는 듯한 착각에 빠졌다.

"젖으니까 빨리 올라오세요."

기쿠지는 갑자기 부인의 등에서 가슴까지 깊이 껴안고 거의 끌어 올리다시피 했다. 조금 잔혹하게 다뤘다.

부인은 자신의 다리로 서려고 하며,

"놓아주세요, 놓으세요. 가볍죠?"

"그렇군요."

"가벼워졌어요. 요즘 말랐거든요."

느닷없이 부인을 안아 올리고 있는 자신에게 기쿠지는 조금 놀랐다.

"따님이 걱정하고 계시지 않을까요?"

"후미코 말인가요?"

부인이 그렇게 말하는 투에 후미코도 여기까지 와 있나 싶어서,

"따님도 함께 오셨나요?"

"그 애 몰래……"

하고 부인은 흐느껴 울듯이,

"그 애가 눈을 떼지 않거든요. 한밤중에도 제가 조금 어쩌기라

도 하면 금방 눈을 뜨는 거예요. 그 애도 저 때문에 정신이 좀 이상해졌는지, 엄마는 왜 나 하나밖에 아이를 낳지 않았어? 미타니 아저씨의 아이라도 낳았으면 좋았잖아? 라는 식으로 무서운 말까지 하기도 해요."

이야기하는 동안 부인은 앉음새를 바로 하였다.

기쿠지는 부인의 이야기에서 아가씨의 슬픔을 느꼈다.

그것은 어머니의 슬픔을 보고만 있을 수 없는 후미코의 슬픔일 것이다.

그렇다 해도, 기쿠지 아버지의 아이라도, 라고까지 후미코가 말했다고 하는 것은 기쿠지를 뜨끔뜨끔하게 하였다.

부인은 여전히 기쿠지를 가만히 보고 있었다.

"오늘도 저를 뒤쫓아올지도 몰라요. 그 애가 없는 사이에 빠져 나왔지만……. 비가 오니까 제가 나가지 않을 거라고 생각하고 있겠죠."

"비 오는 날?"

"네, 비가 오는 날은 이제 돌아다닐 수 없을 정도로 제가 허약해져 있다고 생각하고 있을 거예요."

기쿠지는 그저 고개를 끄덕였다.

"요전에, 후미코가 여기에도 찾아왔었죠?"

"오셨어요. 어머니를 용서해 달라고 따님이 이야기하는데, 전 어떻게 대답할지 말문이 막혔습니다."

"그 애의 마음은 잘 알고 있는데도, 전 왜 또 찾아온 걸까요? 아, 무서워요."

"그렇지만 저는 부인에게 감사하고 있었어요."

"고마워요. 그때 그것만으로도 과분했는데……. 뒤늦게 제가 괴로워하곤 해서 죄송해요."

"하지만 부인을 정말로 구속하는 것도 없잖아요? 있다고 한다면 우리 아버지의 망령 정도겠지요?"

그러나 부인의 안색은 기쿠지의 말에 동요되지 않았다. 기쿠지는 헛짚은 느낌이었다.

"잊읍시다."

라고 부인은 말하며,

"구리모토 씨의 전화에 왜 그렇게 흥분했는지 부끄러워요."

"구리모토가 전화를 했었습니까?"

"네, 오늘 아침에요. 이나무라 댁 유키코 씨와 혼사가 결정되었다고……. 왜 알려 주신 걸까 몰라."

오타 부인은 또다시 눈시울을 적셨지만 느닷없이 미소를 지었다. 그것이 울음 섞인 웃음이 아니라 정말로 천진한 미소였다.

"혼사가 결정된 게 아닙니다."

라고 기쿠지는 부인하고,

"부인은 뭔가 저와의 일을 구리모토가 눈치 채게 하진 않으셨습니까? 그 후에 구리모토와 만나지 않았나요?"

"만나지 않았어요. 하지만 무서운 사람이니까 알고 있을지도 몰라요. 오늘 아침 전화할 때도 틀림없이 이상하게 생각했을 거예요. 제가 문제죠. 너무나 놀라서 뭔가 외친 모양이에요. 전화라도 저쪽에서 알았을 거예요. 부인, 방해하지 말아 주세요, 라는 말을 듣고는 그만."

기쿠지는 미간을 찌푸렸다. 바로는 말도 나오지 않았다.

"방해하다니, 그런……. 전 유키코 씨와의 혼담에 관해서는 그저 제가 나빴다고 생각하지만요. 오늘 아침부터 구리모토 씨가 무섭고 소름 끼쳐서 집에 있을 수가 없었어요."

하고 부인은 뭔가에 홀리기라도 한 듯 어깨를 떨쳤다. 입술 한쪽이 일그러져 치켜 올라가는 듯 했다. 나이의 추함이 보였다.

기쿠지는 일어나 다가가서 부인의 어깨를 누르듯이 손을 뻗었다. 그 손을 부인이 붙잡고,

"무서워, 무서워요."

하고 주위를 둘러보며 떨고 있었으나 갑자기 힘이 빠지더니,

"여기 다실이군요?"

무슨 의미의 말인가 하고 기쿠지는 머뭇거리며,

"그래요."

라고 애매하게 말했다.

"좋은 다실이네요."

죽은 남편도 자주 초대 받았던 일을 부인은 떠올린 것인가? 아니면 기쿠지의 아버지를 생각하는 것인가?

"처음 오셨나요?"

라고 기쿠지는 물었다.

"예."

"무엇을 보고 계신가요."

"아니에요. 아무것도 아니에요."

"소타쓰가 그린 가인 그림입니다."

부인은 고개를 끄덕이고 그대로 고개를 떨구었다.

"전에 집에 오신 적이 없었나요?"

"네. 한 번도 없어요."

"그러셨던가요?"

"아니오. 딱 한 번, 아버님 고별식에……."

라며 부인은 말을 흐렸다.

"물이 끓고 있으니까 어떻습니까. 피로가 풀릴 겁니다. 저도 마시고 싶군요."

"네. 괜찮으시겠어요?"

라며 부인은 일어나려다가 조금 비틀거렸다.

한쪽 구석에 정리돼 있는 상자에서 기쿠지는 찻잔 등을 꺼냈다. 어제 이나무라 아가씨가 썼던 차 도구라는 걸 깨달았지만 그대로 꺼냈다.

부인은 솥뚜껑을 잡으려 하다가 손이 떨려 뚜껑이 솥에 부딪쳐 조금 소리가 울렸다.

차 국자를 들면서 가슴이 기울어 부인의 눈물이 솥 귀퉁이를 적셨다.

"이 솥도 아버님께서 인수해 주신 거예요."

"그렇습니까? 몰랐습니다."

라고 기쿠지는 말했다.

죽은 남편이 소지하고 있던 솥이라고 부인에게서 듣고도 기쿠지는 반감을 느끼지 않았다. 솔직하게 그것을 말하는 부인을 이상하다고도 느끼지 않았다.

부인은 차를 다 끓이자,

"못 가져가겠어요. 이쪽으로 좀 와 주세요."

기쿠지는 차 솥 옆으로 가서, 거기서 차를 마셨다.

정신을 잃은 듯이 부인이 기쿠지의 무릎으로 쓰러져 왔다.

기쿠지가 어깨를 껴안자 부인은 약간 등줄기를 떨며 숨이 가늘어져 가는 것 같았다.

그리고 기쿠지의 팔은 어린아이를 안은 것처럼 부인의 몸은 부드러웠다.

3

"부인."

하면서 기쿠지는 거칠게 부인을 흔들었다.

기쿠지는 양손으로 목을 조르는 것 같은 모양으로 목 아래에서부터 쇄골에 걸쳐 잡고 있었다. 쇄골이 이전보다 튀어나와 있다는 걸 알았다.

"부인에게는 아버지와 내가 구분이 갑니까."

"잔혹해요. 너무하네요."

눈을 감은 채 달콤한 목소리로 부인은 말했다.

부인은 다른 세계로부터 바로는 돌아오려고 하지 않는 듯했다.

기쿠지는 부인에게 말한다기보다도 오히려 자신의 마음속의 불안을 향해 말했던 것이다.

기쿠지는 순순히 다른 세계로 끌려들어 갔다. 별세계라고밖에 생각할 수 없었다. 거기에서는 아버지와 기쿠지의 구별 같은 건 없는 것 같았다. 그러한 불안이 나중에 싹틀 정도였다.

부인은 인간이 아닌 여자인가 싶었다. 인간 이전의 여자, 혹은 인간 최후의 여자인가, 라고도 생각했다.

부인은 다른 세계로 들어가 버리면, 세상을 뜬 남편, 기쿠지의 아버지, 기쿠지, 라고 하는 구별은 느끼지 못하는가 하고 의심되었다.

"당신은 아버지를 떠올리면, 그때는 이미 아버지와 나를 하나로 착각하는 거 아닌가요."

"용서하세요. 아아, 무서워요. 이 얼마나 죄 많은 여잔가요."

부인의 눈에서 눈물이 흘러내렸다.

"아, 죽고 싶어. 죽고 싶어요. 지금 죽을 수 있다면, 얼마나 행복할까요. 지금 말이에요. 기쿠지 씨. 내 목을 조르려 하셨던 거 아닌가요. 왜 졸라 주시지 않았나요."

"농담 말아요. 하지만 그런 말을 들으니 좀 조르고 싶군요."

"그래요? 고마운 일이에요."

라며 부인은 약간 긴 목을 내뻗었다.

"야위어서 조르기 좋을 거예요."

"따님을 남겨 놓고 죽을 수 없을 거예요."

"아니오. 이렇게 하고 있어도 어차피 지쳐서 죽을 거예요. 후미코는 기쿠지 씨에게 부탁할게요."

"따님이 당신과 같다면요."

부인이 그 순간 눈을 떴다.

기쿠지는 자신의 말에 흠칫했다. 전혀 뜻밖의 말이었다.

부인은 어떻게 들었을까.

"보세요. 이렇게 맥박이 흐트러지고…… . 이제 얼마 남지 않았어요."

라며 부인은 기쿠지의 손을 들어 유방 밑에 갖다 댔다.

아버지와 자기를 동일시한다는 기쿠지의 말에 놀라서 고동이 이는 것일까.

"기쿠지 씨 몇 살이죠?"

기쿠지는 대답하지 않았다.

"서른 전이죠? 미안해요. 슬픈 여자예요. 저도 잘 모르겠어요."

부인은 한 손을 짚고 반쯤 일어나 다리를 포개어 굽혔다.

기쿠지는 앉았다.

"저 말이에요. 기쿠지 씨와 유키코 양의 결혼을 망치려고 온 게 아니었어요. 하지만 이걸로 끝이에요."

"결혼한다고 결정하지는 않았지만, 그렇다고 한다면 당신은 나의 과거를 씻어 주었다고 생각해요."

"그래요?"

"중매를 선다는 구리모토도 아버지의 여자예요. 그 여자는 과거의 독기를 내뿜고 있어요. 당신은 아버지의 마지막 여인이지만 아버지도 행복했었다고 난 생각해요."

"유키코 양과 빨리 결혼하시면 좋겠어요."

"그건 내 맘이에요."

부인은 멍하게 기쿠지를 보고 있다가 뺨의 핏기가 가시더니 이마를 눌렀다.

"어질어질 현기증이 나네요."

아무리 말려도 부인이 돌아가겠다고 해서 기쿠지는 차를 불러 자신도 함께 탔다. 부인은 눈을 감고 차의 한쪽 구석에 기대고 있었다. 불안한 모습으로 목숨이 위태로워 보였다.

기쿠지는 부인의 집에 들어가지는 않았다. 차에서 내릴 때 부인의 차가운 손가락은 기쿠지의 손바닥 안에서 쓱 사라져 가는 것 같았다.

그날 밤 2시쯤, 후미코로부터 전화가 걸려 왔다.

"미타니 기쿠지 씨이신가요. 어머니가 조금 전에……."

거기서 끊어졌지만, 또렷이 말했다.

"돌아가셨어요."

"네에? 어머님이 어떻게 되셨다고요?"

"돌아가셨습니다. 심장 마비를 일으키셨어요. 요즈음 수면제를 많이 복용하고 계셨기에."

기쿠지는 말을 잃었다.

"그래서 저, 기쿠지 씨에게 부탁드릴 게 있습니다만."

"네."

"기쿠지 씨와 절친한 의사 선생님이 계시면 가능하다면 모셔 와 주실 수 없겠습니까?"

"의사? 의사 말입니까. 서둘러야 하겠네요."

의사가 안 왔나 하고 기쿠지는 놀랐지만 문득 깨달았다.

부인은 자살한 거다. 그것을 감추려고 후미코는 기쿠지에게 부탁을 하고 있는 것이다.

"알겠습니다."

"부탁합니다."

후미코는 어지간히 생각하고 기쿠지에게 전화를 걸었음에 틀림이 없었다. 그래서 정중하게 용건만을 말했을 것이다.

기쿠지는 전화 옆에 앉아 눈을 감았다.

기타가마쿠라의 여관에서 오타 미망인과 머물고 돌아오는 전차에서 본 석양이 기쿠지의 머리에 문득 떠올랐다.

이케가미(池上)에 있는 절 혼몬 사(本門寺) 숲의 석양이었다.

붉은 석양은 마치 숲의 나뭇가지 끝을 스치며 흘러가는 듯이 보였다.

숲은 저녁놀 진 하늘에 검게 떠올라 있었다.

우듬지를 흐르는 석양도 지친 눈에 스며들어 기쿠지는 눈을 감았다.

그때 기쿠지는 눈 안에 남은 저녁놀 진 하늘에서 이나무라 아가씨 보자기에 그려진 하얀 천 마리 학이 날고 있는 영상을 문득 그렸던 것이다.

시노 물병

1

기쿠지는 오타 부인의 초칠일재 다음 날에 갔다.

회사를 퇴근하고 가면 저녁 무렵이 되므로 조퇴할 생각이었다. 그러나 당장이라도 나가려고 안절부절못하면서도 왠지 일과 시간 이 끝날 때까지 그대로 있었다.

현관에 후미코가 나왔다.

"어머!"

후미코는 무릎을 꿇고 양손을 짚은 채 기쿠지를 올려다보았다. 어깨가 떨리기 시작하는 것을 양손으로 지탱하고 있는 것 같았다.

"어제는 꽃을 보내 주셔서 정말 감사했습니다."

"아닙니다."

"꽃을 보내셨기에 못 오시나 생각하고 있었어요."

"그랬습니까. 꽃을 먼저 보내고 나중에 오는 경우도 있잖습니까."

"하지만, 거기까지는 생각하지 못했어요."

"어제도 이 근처 꽃집까지는 왔습니다만……."

후미코는 알겠다는 듯 고개를 끄덕이며,

"꽃에 성함이 없었지만 저는 바로 알았어요."

기쿠지는 어제 꽃집의 꽃들 사이에 서서 오타 부인을 생각했던 것을 떠올렸다.

꽃향기가 문득 기쿠지의 죄책감을 덜어 준 것도 떠올렸다.

지금 또 후미코도 기쿠지를 다정하게 맞이했다.

후미코는 흰 무명옷을 입고 있었다. 분도 바르고 있지 않다. 조금 거칠어진 입술에 엷은 입술연지를 발랐을 뿐이었다.

"어제는 삼가는 편이 좋겠다고 생각했어요."

라고 기쿠지는 말했다.

자, 들어오세요, 라는 식으로 후미코는 무릎을 옆으로 틀었다.

후미코는 울지 않으려고 현관에서 인사 같은 말을 한 것 같은데, 이번에는 더 이상 같은 자세로 말하면 눈물이 나올 것 같았던 모양이다.

"꽃을 받은 것만으로도 얼마나 기뻤는지 모르겠습니다만, 어제 오셨어도 좋았을 텐데."

하고 후미코는 기쿠지의 뒤에서 일어서서 말했다.

기쿠지도 애써 가볍게 대답했다.

"친척 분들에게 안 좋은 인상을 주면 미안하니까요."

"저는 이제 그런 건 생각하지 않아요."

라고 후미코는 단호하게 말했다.

객실에는 납골함 앞에 오타 부인의 사진이 세워져 있었다.

꽃은 어제 기쿠지가 보낸 것뿐이었다.

기쿠지로서는 뜻밖이었다. 기쿠지의 꽃만 남기고 다른 꽃은 후미코가 정리해 버린 것일까.

그러나 어쩌면 쓸쓸한 초칠일재였는지도 모른다. 그렇게 기쿠지는 느꼈다.

"물병이군요."

후미코는 기쿠지가 영전(靈前)의 꽃병을 말하고 있는 걸 알고,

"네. 마침 적당할 것 같아서요."

"좋은 시노 물병인 것 같군요."

물병치고는 조금 작았다.

꽃은 흰 장미와 연보라색 카네이션이었는데, 그 꽃다발이 원통형의 물병에 잘 어울렸다.

"엄마도 가끔 꽃을 꽂기도 해서 팔지 않고 남아 있었어요."

기쿠지는 납골함 앞에 앉아 분향을 하였다. 합장을 하고 눈을 감았다.

기쿠지는 사죄했다. 그러나 부인의 사랑에 감사하는 마음이 피어올라 그것에 감싸지는 듯했다.

부인은 죄책감에 휩싸여 그로부터 벗어날 수가 없어서 죽은 것일까. 사랑에 휩싸여 누를 길이 없어 죽은 것일까. 부인을 죽인 것은 사랑인가 죄인가. 기쿠지는 일주일 동안 상념에 빠져 있었다.

부인의 유골 앞에서 눈을 감고 있는 지금, 부인의 몸은 머리에 떠오르지 않는데, 부인의 촉감이 향기에 취한 것처럼 기쿠지를 따

뜻하게 감싸 오는 것이었다. 괴이하긴 했지만 기쿠지에게 자연스러운 것은 오타 부인 때문이기도 했다. 촉감이 되살아난다고는 해도 그것이 조각적인 느낌이 아니라 음악적인 느낌이었다.

부인이 죽은 뒤로 기쿠지는 밤에 잠을 이룰 수 없어 술에 수면제를 타서 마시고 있었다. 그런데도 잠이 쉬 깨고 꿈을 많이 꾸었다.

그러나 악몽에 시달리는 것이 아니라 꿈이 깰 무렵에 감미로운 분위기에 도취되기도 했다. 잠에서 깨서도 기쿠지는 황홀한 기분에 빠져 있었다.

죽은 사람이 여전히 꿈에서까지 포옹하는 느낌을 주는 것이 기쿠지로서는 기괴하게 느껴졌다. 기쿠지의 얕은 경험으로는 생각지 못한 일이었다.

"이 얼마나 죄 많은 여자인가요."

라며 기타가마쿠라의 여관에서 기쿠지와 묵었을 때도, 기쿠지의 집에 와 다실에 들어왔을 때도 부인은 말했었다. 그것이 오히려 부인의 기분 좋은 전율과 흐느낌을 자아낸 것처럼 지금 기쿠지는 유골 앞에 앉아서 부인을 죽게 한 것을 생각하는 마당에도, 그것이 죄라고 한다면 역시 죄라고 말하던 부인의 목소리가 되살아나는 것이었다.

기쿠지는 눈을 떴다.

뒤에서 후미코가 흐느껴 울었다. 소리 죽여 울고 있던 것이 한줄기 새어 나와 다시 억누르는 것 같았다.

기쿠지는 그곳에서 움직일 수가 없어서,

"언제쯤의 사진입니까."

라고 물었다.

"5, 6년 전이에요. 작은 사진을 확대했어요."

"그렇군요. 다도에서 차를 타는 사진 아닙니까?"

"어머, 잘 아시네요."

얼굴 부분을 크게 확대한 사진이었다. 옷깃의 여밈 부분 밑은 잘렸고 양 어깨 끝자락 부분도 잘려 있었다.

"어떻게 다도 하는 사진이라는 걸 아셨어요?"

라고 후미코는 말했다.

"그런 느낌이 들었어요. 눈을 약간 내리뜨고 무언가 하시는 표정이잖아요. 어깨도 보이진 않지만 몸에 생기가 있는 걸 알 수 있어요."

"조금 옆으로 향해서 찍은 사진이라 괜찮을까 생각했습니다만 어머니가 좋아하던 사진이었어요."

"평온한 인상을 주는 좋은 사진이군요."

"그렇지만 옆으로 향한 듯한 느낌을 주는 게 역시 안 좋았어요. 분향을 받을 때에 분향하는 분 쪽을 보고 있지 않거든요."

"흠? 그런 점도 있겠군요."

"외면하고 고개를 숙이고 있는걸요."

"그렇군요."

기쿠지는 죽기 전 날 부인의 차를 타던 모습을 떠올렸다.

국자를 든 부인의 눈물이 차 솥 모퉁이를 적셨다. 기쿠지 쪽에서 다가가서 찻잔을 손에 들었다. 다 마실 때까지 차 솥 위의 눈물은 말라 있었다. 찻잔을 놓은 순간 부인이 기쿠지의 무릎으로 쓰러져 왔다.

"이 사진을 찍었을 무렵에는 엄마도 통통한 편이었죠."

라고 후미코는 말하고 나서 머뭇거리며,

"게다가 저하고 너무 닮은 사진을 장식하는 것이, 뭐랄까 부끄러워서요."

기쿠지는 문득 돌아보았다.

후미코는 시선을 떨어뜨렸다. 아까부터 기쿠지 뒷모습을 응시하던 눈이었다.

기쿠지는 이제 영전 앞에서 일어나 후미코와 마주 앉아야만 했다.

그러나 후미코에게 뭐라 사죄를 말할 수 있을까.

꽃병이 시노 물병인 것을 다행히 여기며 기쿠지는 그 앞에 가볍게 손을 짚고 다기를 보듯이 바라보았다.

흰 유약 속에 은은한 붉은빛이 떠올라 차가우면서도 따뜻한 듯 윤기 나는 표면에 기쿠지는 손을 대어 만져 보았다.

"부드러운, 꿈같아서 좋은 시노는 우리들도 좋아하죠."

부드러운 여자의 꿈같다고 말하려다가 "여자의"는 생략했다.

"마음에 드시면 엄마 유품으로 드릴게요."

"아뇨."

기쿠지는 당황해서 얼굴을 들었다.

"괜찮으시다면 가지고 가세요. 엄마도 기뻐하실 거예요. 그리 나쁘지 않은 물건 같아요."

"물론 좋은 것일 테죠."

"저도 엄마한테 그렇게 들었기에 보내 주신 꽃을 꽂은 거예요."

기쿠지는 갑자기 뜨거운 눈물이 복받쳐 올랐다.

"그러면 받도록 하겠습니다."

"엄마도 기뻐하실 거예요."

"그러나 전 물병으로 용도를 살려서 쓰는 일은 없을 것 같아요. 꽃병이 되어 버릴 겁니다."

"엄마도 꽃을 꽂아 두었고, 그걸로 족해요."

"꽃도 다도 꽃이 아니에요. 차 도구가 다도를 떠나 버리는 것은 섭섭한 일이에요."

"저도 다도는 그만두려고 생각하고 있어요."

기쿠지는 돌아본 김에 일어났다.

방에 장식을 해두는 도코노마 가까이에 있는 방석을 툇마루 쪽으로 비켜 놓고 앉았다.

후미코는 지금까지 기쿠지의 뒤에 물러서서 대기하는 자세로 방석도 없이 앉아 있었다.

기쿠지가 움직였기 때문에 후미코는 객실 한가운데에 남겨지게 되었다.

손가락을 가볍게 구부려 무릎에 놓고 있던 손이 떨릴 듯이 주먹을 쥐더니,

"기쿠지 씨, 엄마를 용서해 주세요."

라고 후미코는 말하고 고개를 푹 떨구었다.

그 여세로 후미코의 몸도 쓰러지는가 싶어 기쿠지는 깜짝 놀라서,

"무슨 말씀이세요. 용서를 구하고 싶은 것은 제 쪽입니다. 용서

를 빌 말도 없다고 저는 생각하고 있어요. 사죄할 방법도 없고 후미코 씨에게 부끄러워서 얼굴을 대하기도 어려운 처지예요."

"부끄러운 것은 우리들이에요."

그 수치심을 후미코는 얼굴빛에 드러내었다.

"쥐구멍에라도 들어가고 싶을 정도예요."

화장기 없는 뺨에서 하얗고 긴 목까지 발그레하게 물들어 가자 후미코가 마음고생으로 까칠해진 게 보였다.

그 엷은 핏기는 오히려 후미코의 빈혈을 느끼게 했다.

기쿠지는 가슴이 아파,

"저를 얼마나 미워하고 계실까 생각했습니다."

"미워하다니. 그런? 엄마는 기쿠지 씨를 미워하고 계셨을까요?"

"아니, 하지만 제가 어머니를 돌아가시게 한 거잖습니까?"

"엄만 스스로 돌아가셨어요. 저는 그렇게 생각해요. 엄마가 돌아가시고 일주일 동안 혼자 생각했어요."

"그때부터 댁에는 혼자 계신 건가요?"

"네. 뭐, 전부터 엄마와 저, 둘만의 그런 생활이었는걸요."

"그런 어머니를 제가 돌아가시게 했군요."

"스스로 돌아가셨어요. 기쿠지 씨가 돌아가시게 했다고 말씀하신다면, 제 쪽이 오히려 더 엄마를 돌아가시게 한 게 돼요. 엄마가 돌아가셨기 때문에 누군가를 미워해야 한다면 제 자신을 미워하게 되겠지만, 곁에 있던 사람이 책임을 느끼거나 후회를 하거나 한다면 엄마의 죽음이 어둡고 불순한 것이 될 거예요. 뒤에 남은 사람의 반성이나 후회는 죽은 사람의 무거운 짐이 될 것같이 여겨져요."

"그도 그럴지 모르지만, 제가 어머니와 만나지 않았다면……."

기쿠지는 말을 이을 수가 없었다.

"죽은 사람은 용서만 받게 된다면 그것만으로 충분하다고 생각해요. 엄마도 용서 받고 싶어서 돌아가셨는지도 몰라요. 엄마를 용서해 주실 수 있나요?"

후미코는 그렇게 말하고 일어나서 나갔다.

기쿠지는 후미코의 말로 머릿속의 막이 한 겹 걷힌 것 같은 기분이 들었다.

죽은 사람의 부담을 덜어 준다는 생각도 가능하리라 느꼈다.

죽은 사람 탓으로 얄팍하게 번민하는 건 죽은 사람을 욕보이는 것과 닮은꼴일진대 사람들은 자기 편한 식으로 행동하는 것일지도 모른다. 죽은 사람은 살아 있는 사람에게 도덕을 강요하지는 않는다.

기쿠지는 다시 부인의 사진으로 눈길을 돌렸다.

2

후미코가 차 쟁반을 들고 들어왔다.

붉은 라쿠야키*와 검은 라쿠야키 원통 찻잔이 쟁반에 놓여 있었다.

검은 찻잔 쪽을 기쿠지 앞에 내밀었다.

엽차였다.

기쿠지는 찻잔을 들어서 바닥의 낙인을 들여다보며,

"누군가요?"

라고 건조하게 물었다.

"에도 시대 장인인 료뉴(了入)가 만든 걸 거예요."

"붉은 찻잔도요?"

"네."

"쌍으로 되어 있군요."

라며 기쿠지는 붉은 찻잔 쪽을 보았다.

후미코는 그것을 무릎 앞에 놓아둔 채였다.

물 잔으로 알맞은 찻잔인데 문득 기쿠지에게 기분 나쁜 상상이 떠올랐다.

후미코의 아버지가 죽고 기쿠지의 아버지가 살아 있었을 무렵 그의 아버지가 그녀의 어머니를 찾아 왔을 때, 이 한 쌍의 라쿠야 키 잔이 찻잔 대용으로 쓰인 것은 아니었을까. 기쿠지 아버지에게 검은색 잔을 내놓고, 후미코 어머니는 붉은색을 써서 부부 찻잔으로 사용했던 건 아니었을까.

료뉴가 만든 거라면 그리 대단하지도 않으니까 두 사람의 여행용 찻잔으로 썼을지도 모른다.

만약 그렇다면 그것을 알고 있는 후미코가 지금 기쿠지에게 이 찻잔을 내왔다는 것은 지나치게 심한 행위였다.

그러나 기쿠지는 의미가 담긴 야유나 획책으로 보이지는 않았다.

아가씨다운 단순한 감상으로 이해했다.

오히려 그 감상은 기쿠지에게까지 번졌다.

후미코나 기쿠지 둘 다 그녀 어머니의 죽음이라는 감성에 휩싸여 있어서 이렇듯 야릇한 감상에 빠지는 듯한데, 한 쌍의 라쿠야키 찻잔은 기쿠지에게 후미코와 공통된 슬픔을 깊게 드리웠다.

기쿠지 아버지와 후미코 어머니의 사이, 또 그녀 어머니와 기쿠지의 사이, 그리고 그녀 어머니의 죽음, 이 모든 것을 후미코도 알고 있었다.

후미코 어머니의 자살을 은폐한 일에서도 두 사람은 공범이었다.

후미코는 엽차를 준비하면서 운 듯 눈이 좀 붉어져 있었다.

"오늘 오길 잘했다고 생각해요."

라고 기쿠지가 말했다.

"아까 후미코 씨의 말은 죽은 사람과 살아 있는 사람은 이미 용서하거나 용서하지 않거나 할 수도 없다는 의미로도 받아들여지는데요, 나는 어머님께 용서를 받았다고 다시금 생각해 봐도 좋을까요?"

후미코는 고개를 끄덕였다.

"그렇지 않으면 엄마도 용서 받지 못하는 것이 돼요. 엄마는 자신을 용서할 수 없었겠지만요."

"하지만 내가 여기에 와 이렇게 후미코 씨와 마주 앉아 있는 건 무서운 일인지도 모르겠군요."

"어째서죠?"

하며 후미코는 기쿠지를 보았다.

"죽은 것이 나쁜 게 되나요? 저도요, 엄마가 돌아가셨을 때는 엄마가 아무리 오해를 받더라도 죽음은 변명이 되지 않는다고 분해했어요. 죽음은 모든 이해를 거부하는 것인걸요. 누구든 그걸 용서할 여지가 없는걸요."

기쿠지는 잠자코 있었지만 죽음이라는 비밀에 후미코도 맞닥뜨려 본 것인가라는 생각이 들었다.

죽음은 그 어떤 이해도 거부한다고 후미코에게 듣는 것은 의외였다.

실제로 지금, 기쿠지가 이해하는 부인과 후미코가 이해하는 엄마는 상당히 다를 것이다.

후미코는 여자로서의 엄마를 알 길이 없다.

용서를 하든 용서를 받든 기쿠지로서는 여체의 꿈꾸는 듯한 물결을 타고서 흔들리는 일이었다.

검정색과 붉은색으로 된 한 쌍의 라쿠야키 찻잔에서도 기쿠지는 꿈을 꾸는 듯한 기분이 감돌아서 밀려올 것처럼 느꼈다.

후미코는 그러한 엄마를 모른다.

엄마 몸에서 태어난 자식이 엄마의 몸을 모른다는 것은 왠지 미묘하긴 한데, 그런데도 엄마 몸의 형태는 묘하게 그녀에게 옮겨진 것 같았다.

현관에서 후미코가 맞아 주었을 때부터 기쿠지가 부드러운 느낌을 받은 것도 후미코의 부드러운 동그스름한 얼굴에서 어머니의 모습을 본 탓도 있었다.

부인이 기쿠지에게서 아버지의 모습을 보고 과오를 범했다고 한다면 기쿠지가 후미코를 보고 그녀의 어머니와 닮았다고 생각하는 것은 전율할 만한 주술적 속박일 테지만 기쿠지는 그녀에게 순순히 끌려들었다.

후미코의 아래턱이 조금 나온 입술이 까칠해져 있는 것을 보더라도 기쿠지는 이 사람과 다툴 수가 없다고 느꼈다.

어떤 짓을 하면 이 아가씨는 저항감을 보일 것인가?

기쿠지는 이런 느낌도 피어나서,

"어머님도 마음씨가 고우셔서 살아 계실 수 없었던 거죠."

라고 말했다.

"하지만 저는 어머니께 잔혹했어요. 자신의 도덕적 불안을 그런 형태로 어머니와 부딪친 점도 있었을 거예요. 전 겁쟁이고 비겁해서⋯⋯."

"엄마가 나빴어요. 엄마는 몹쓸 사람인걸요. 아버님과의 일도 그렇고 기쿠지 씨일도요, 저로서는 그게 엄마 성격이라고는 생각할 수 없지만요."

후미코는 말끝을 흐리며 얼굴을 붉혔다. 좀 전보다도 혈색이 돌았다.

기쿠지의 시선을 피하기라도 하듯 조금 얼굴을 외면하며 고개를 숙였다.

"하지만 엄마가 돌아가신 다음 날부터, 저는 엄마를 점점 아름답다고 생각하게 되었어요. 제가 생각한 게 아니라 엄마가 저절로 아름다워지기 시작했다고나 할까요."

"어느 쪽도 마찬가지겠지요, 죽은 사람에게는."

"엄마는 자신의 추함에 견딜 수 없어 돌아가셨는지도 모르겠지만요……."

"그렇진 않다고 생각해요."

"그리고 애처로워 견딜 수 없어서."

후미코는 눈물을 글썽였다. 엄마의 기쿠지에 대한 애정에 대해 말하고 싶은 것이리라.

"죽은 사람은 이제 우리 마음에 소유한 채 존재하겠지요, 소중하게 여깁시다."

라고 기쿠지는 말했다.

"하지만 모두들 너무나 빨리 돌아가셨어요."

기쿠지와 후미코의 두 부모를 의미한다는 것을 후미코도 알아차린 듯하다.

"후미코 씨나 나나 외돌토리라."

라고 기쿠지는 말을 이었다.

자신의 그런 말에서 깨닫게 된 것인데, 오타 부인에게 이 후미코라는 딸이 없었다면 기쿠지 자신은 부인의 일로 더욱 어둡고 왜곡된 마음에 갇혀 있었을지도 모른다.

"후미코 씨는 우리 아버지에게도 친절하게 대해 주셨다면서요. 어머님께 들었습니다."

기쿠지는 그만 말해 버렸다. 자연스럽게 말한 셈이었다.

아버지가 오타 부인을 애인으로 삼아 이 집을 드나들었을 때의 일을 후미코와 얘기해도 괜찮을 것 같은 생각이 들었다.

그러나 후미코는 갑자기 손을 바닥에 짚고 엎드린 자세로,

"용서해 주세요. 엄마가 너무 가엾어서……. 그 시절부터 엄만 당장이라도 죽을 것 같았어요."

라며 그대로 가슴을 숙인 채 꼼짝 않고 있다가 울기 시작하더니 끝내는 어깨가 축 처졌다.

기쿠지의 방문이 갑작스러웠기 때문에 후미코는 양말을 신고 있지 않았다. 두 발바닥을 허리 쪽으로 감추듯이 하여 그야말로 잔뜩 몸을 움츠린 모습이었다.

다타미에 대고 있는 머리카락과 닿을락말락하게 붉은색 라쿠야키 원통 찻잔이 있었다.

후미코는 우는 얼굴을 양손으로 가린 채 나갔다.

한동안 돌아오지 않아,

"오늘은 이만 실례하겠습니다."

라고 말하고 기쿠지는 현관으로 나갔다.

후미코는 보자기로 싼 꾸러미를 껴안고 왔다.

"짐스럽겠지만 이거 가지고 가세요."

"네?"

"시노예요."

어느새 꽃을 빼내 물을 버리고, 물기를 닦아 상자에 넣어 보자기에 싼 후미코의 민첩함에 기쿠지는 매우 놀랐다.

"오늘 당장 가지고 가라는 말씀인가요? 꽃이 꽂혀 있던 것을?"

"어서 가지고 가세요."

후미코는 슬픈 나머지 서두른 것일까 하고 기쿠지는 생각하면서,

"그렇다면 받아 가겠습니다."

"가져다 드리면 좋을 텐데, 찾아뵐 수가 없어요."

"왜죠?"

후미코는 대답하지 않았다.

"그럼, 몸조심하세요."

기쿠지가 나가려 하자,

"고마웠어요. 저, 엄마 일 개의치 마시고 어서 결혼하세요."

라고 후미코는 말했다.

"뭐라고요?"

기쿠지는 돌아보았지만 후미코는 얼굴을 들지 않았다.

3

받아 온 시노 물병에 기쿠지도 역시 흰 장미와 연한 색의 카네이션을 꽂아 보았다.

기쿠지는 오타 부인이 죽고 나서야 부인을 사랑하게 된 듯한 기분에 사로잡혀 있었다.

더구나 그런 자신의 사랑은 부인의 딸 후미코에 의해 확실히 알게 된 것처럼 느껴지는 것이다.

일요일에 기쿠지는 후미코에게 전화를 넣었다.

"역시 댁에 혼자 계십니까?"

"네. 벌써 쓸쓸하지만요."

"혼자 있으면 안 좋은데요."

"네."

"조용한 댁의 분위기가 전화에 들리는 것 같군요."

후미코는 희미하게 웃었다.

"친구 분 중에 누구라도 부르는 게 어때요?"

"하지만 남이 오면 엄마 일을 알 것만 같은 기분이 들어서요……."

기쿠지는 할 말이 없었다.

"혼자면 밖에도 못 나가지 않나요?"

"그렇지는 않아요. 잠그고 나가요."

"그럼 한번 놀러 오세요."

"고맙습니다. 조만간."

"몸은 어떠세요?"

"야위었어요."

"잠은 잘 자나요?"

"밤에는 거의 못 자요."

"그래선 안 되는데."

"조만간 이곳을 처분하고 친구 집에 방을 얻을지도 모르겠어요."

"조만간이라니, 언제요?"

"이 집이 팔리면 그때요."

"댁이 말입니까?"

"네."

"파실 생각이신가요?"

"네. 파는 편이 낫다고 생각하지 않으세요?"

"글쎄요. 나도 이 집은 팔았으면 하고 생각하고 있습니다만."

후미코는 잠자코 있었다.

"여보세요. 전화로 이런 얘기 하고 있어도 좀 그렇네요. 일요일이라 집에 있으니까 오시지 않을래요?"

"네."

"주신 시노 물병 말이죠. 서양 꽃을 꽂아 놓았는데, 오셔서 다기로 되살려 주셨으면……."

"다도를 해보라는 말씀이신가요?"

"다도랄 것까지는 없지만, 시노 물병을 다도용으로 한번 써보지 않으면 아까울 것 같아서요. 그리고 차 도구는 역시 다른 차 도구와 구색을 맞추어 서로 빛을 발하도록 하지 않으면 진정한 아름다움이 돋보이지 않으니까요."

"하지만 오늘은 저 요전에 뵈었을 때보다 더 초라하게 보여서 못 뵙겠어요."

"다른 다도의 손님이 오는 것도 아닌데요."

"그래도……."

"그렇습니까."

"안녕히 계세요."

"몸조심하세요. 누가 온 모양이니, 그럼 또."

손님은 구리모토 지카코였다.

좀 전의 전화를 듣지는 않았나 싶어 기쿠지는 얼굴이 딱딱해졌다.

"마음이 울적하네요. 오랜만에 날이 개어서 나왔어요."

라고 인사를 하면서 지카코는 벌써 시노 물병에 눈길을 주고 있었다.

"이제부터 여름이라서 다도도 한가해지니까요, 잠깐 다실에 앉아 보았으면 해서요……."

지카코는 선물로 갖고 온 과자에 부채를 함께 내놓았다.

"다실은 또 곰팡이 냄새가 나려고 하겠지요?"

"그럴 겁니다."

"오타 씨의 시노 물병이지요? 좀 볼게요."

라고 지카코는 아무렇지도 않게 말하며 꽃 쪽으로, 무릎걸음으로 다가갔다.

손을 짚어 고개를 숙이자, 양쪽 어깨뼈가 튀어나와 독을 내뿜는 것처럼 보였다.

"사셨나요?"

"아니, 받았어."

"이걸? 대단한 선물을 받으셨군요. 유품인 셈인가요?"

지카코는 고개를 들고 돌아앉아,

"역시 이 정도 가는 물건은 사시는 게 좋지 않겠어요? 따님한테 받았다면 무서운 느낌이 들어서요."

"뭐, 생각해 보지."

"그렇게 하세요. 오타 씨의 다도 도구가 여러 가지 여기에 왔지만요, 아버님은 모두 사셨어요. 부인을 돌봐 주시게 된 다음에도요……."

"그런 건 당신한테 듣고 싶지 않은데."

"아, 네."

하며 지카코는 불쑥 가뿐히 일어섰다.

건너편에서 가정부와 얘기하는 소리가 들렸다. 소매 달린 앞치마를 걸치고 나왔다.

"오타 부인은 자살한 거죠?"

지카코는 불시에 말했다.

"그렇지 않아."

"그래요? 저는 탁 감이 왔어요. 그 부인에게는 무언가 요기가 감돌고 있었거든요."

지카코는 기쿠지를 보았다.

"아버님께서도 그 부인은 알 수 없는 여자라고 말씀하셨어요. 여자가 보는 눈은 또 다르지만, 참 어디까지나 순진할 것처럼 보이는 사람이었거든요. 우리들 성미에는 맞지 않아요. 끈적끈적해서……."

"죽은 사람의 험담은 그만두지."

"그건 그렇지만, 죽은 사람이 기쿠지 씨 혼담에까지 지장을 주잖아요? 아버님께서도 그 부인에게는 무척 괴로움을 당하셨으니 말이죠."

괴로웠던 건 지카코였을 것이라고 기쿠지는 생각했다.

지카코의 경우는 아버지도 그저 잠깐 동안의 장난이었고, 오타 부인 때문에 지카코가 어떻게 된 것도 아니었을 테지만, 아버지가 죽을 때까지 관계가 계속된 오타 부인을 지카코가 얼마나 미워했는지 모른다.

"기쿠지 씨처럼 젊은 분이 그 부인을 이해할 리가 만무해요. 죽어 주어서 다행이지 않습니까? 그렇고말고요."

기쿠지는 고개를 돌렸다.

"기쿠지 씨의 결혼까지 방해하다니 어디 참을 수 있겠어요. 그래도 미안한 마음은 들었을 테고 자기의 마성을 억누르지도 못해 죽은 게 분명해요. 그런 위인이었으니까 아마 죽으면 아버님과 만날 수 있을 거라고도 생각했을 거예요."

기쿠지는 소름이 끼쳤다.

지카코는 정원으로 내려가서,

"저도 다실에서 마음을 가라앉히고 오겠습니다."

라고 말했다.

기쿠지는 잠시 앉은 채 꽃을 보고 있었다.

하얗고 발그스름한 꽃 색깔이 시노의 표면 빛깔과 겹쳐서 희미해지는 것 같았다.

집에서 혼자 엎드려 울고 있을 후미코의 모습이 머리에 떠올랐다.

어머니의 입술연지

1

기쿠지가 이를 닦고 안방에 돌아오자, 가정부가 표주박 꽃 걸이에 나팔꽃을 꽂고 있었다.

"오늘은 일어날 거야."

라고 기쿠지는 말하면서도 다시 이불 속으로 들어갔다.

반듯이 누운 채로 베개 위에서 머리를 젖혀 마루 구석에 걸린 꽃을 보았다.

"한 송이가 피어 있어서요."

가정부는 옆방으로 물러가 있었다.

"오늘도 쉬시는 거지요?"

"응. 하루 더 쉴래. 그래도 일어나긴 할 거야."

기쿠지는 두통을 동반한 감기에 걸려 4, 5일 회사를 쉬고 있었다.

"어디에 나팔꽃이 있었지?"

"정원 옆의 양하*에 엉킨 채 한 송이 피어 있었습니다."

스스로 싹이 터 자란 모양이다. 흔해 빠진 남색 꽃으로 가는 덩굴에 꽃도 잎도 작다.

그래나 오래된 붉은 옻칠이 거무스름해진 표주박에 녹색 이파리와 남색 꽃이 드리워져 싱그러웠다.

가정부는 아버지 때부터 있었기 때문에 이런 데 익숙하다.

꽃 걸이에는 옻칠이 엷어진 화압*이 보이고, 색 바랜 상자에도 다도의 대가인 소탄(宗旦)*의 이름이 있어서, 이게 진짜라고 한다면 3백 년 된 표주박이다.

기쿠지는 다도와 꽃에 대해서 모르고, 가정부도 소양이 있는 게 아니다. 그러나 아침에 마시는 차라면 나팔꽃도 좋을 것 같은 기분이 들었다.

3백 년 동안 전해 온 표주박에 하루아침에 시드는 나팔꽃을 꽂아 놓았다고 생각하며, 기쿠지는 잠시 동안 바라보고 있었다.

역시 3백 년쯤 된 시노 물병에 서양 꽃을 가득 꽂는 것보다는 어울리는 것일까 하고 생각했다.

그래도 꽃꽂이 화재(花材)로서 나팔꽃은 어느 정도나 지탱할 것인지 불안한 느낌이 들었다.

아침 식사 시중을 드는 가정부에게 기쿠지가 말했다.

"저 나팔꽃, 보고 있는 동안에 금방 시드나 했더니 그것도 아니군."

"그렇습니까요?"

기쿠지는 후미코로부터 어머니의 유품으로 받은 시노 물병에 한 번 모란을 꽃을 셈이었던 게 떠올랐다.

물병을 받아 왔을 때 이미 모란꽃 시기는 지났으나, 그래도 그때 어딘가에는 핀 것이 남아 있었을 것이다.

"저 표주박 같은 게 집에 있다는 것도 난 잊어버리고 있었어. 용케도 찾아냈군."

"예에."

"언제 아버지가 나팔꽃을 표주박에 꽂는 걸 본 적이 있어?"

"아니오. 나팔꽃도 표주박도 덩굴이니까 어울릴까 해서……."

"뭐? 덩굴이라……."

기쿠지는 웃으며 맥이 빠졌다.

신문을 읽고 있자니 머리가 무거워져 다실에 누워서,

"잠자리는 그대로군."

이라고 기쿠지가 말하자 가정부는 설거지하던 손을 닦고 와서,

"청소를 좀 하겠어요."

그 후에 기쿠지가 침실로 가보니 거기에 나팔꽃은 없었다.

표주박의 꽃 걸이도 안방에 걸려 있지는 않았다.

"흐음."

꽃이 시들려고 하는 것을 보이지 않으려 했을 것이다.

나팔꽃도 표주박도 같은 '덩굴'이라는 발상에는 웃어넘겨 버렸지만 아버지의 일상생활 방식이 가정부의 이런 데에도 남아 있는 것 같았다.

그런데 방 한가운데에 시노 물병이 꺼낸 채로 놓여 있었다.

후미코가 와서 본다면 소홀하게 다루고 있다고 생각할 것이 분

명했다.

이 물병을 후미코에게서 받아 왔을 때, 기쿠지는 곧바로 흰 장미와 엷은 색 카네이션을 꽂았던 것이었다.

어머니의 납골함 앞에 후미코가 그렇게 해 두었기 때문이다. 그 흰 장미와 카네이션은 후미코의 어머니 초칠일재에 기쿠지가 올린 꽃이었다.

물병을 안고 돌아오는 길에 전날 후미코 집에 배달시켰던 꽃집에서 기쿠지는 같은 꽃들을 사 가지고 왔다.

그러나 그 후 물병에 손을 대기만 해도 가슴이 두근거리는 것 같아 기쿠지는 이제 꽃을 꽂을 수가 없었다.

길을 걸어가거나 하다가 중년 여자의 뒷모습이 눈에 띄어 순간 몹시 끌리는 것을 깨닫고,

"죄인과 뭐가 다르랴."

라고 기쿠지는 중얼거리며 어두운 얼굴을 하기도 했다.

정신이 들어서 보니 뒷모습이 오타 부인을 닮은 것도 아니었다.

단지 허리 부근만이 부인과 닮아 풍만할 뿐이다.

기쿠지는 순간 떨리는 듯한 갈망을 느꼈지만, 그 같은 순간에 달콤한 취기를 느낌과 동시에 두려움에 놀라서 범죄의 순간으로부터 깨는 것 같았다.

"나를 죄인으로 만드는 것은 뭐란 말인가."

기쿠지는 뭔가 뿌리치려는 듯이 말해 보지만 그 대답 대신에 부인과 만나고 싶은 마음이 간절해질 뿐이었다.

기쿠지는 죽은 이의 감촉이 때때로 생생하게 느껴지는 것으로

부터 헤어나지 못하면 자신은 구제될 수 없을 거라고 생각했다.

역시 도덕적인 가책이 관능을 병적으로 만드는 것인가, 라고도 생각했다.

기쿠지는 시노 물병을 상자에 넣고 잠자리에 들었다.

정원을 보고 있자니 천둥이 치기 시작했다.

멀지만 격렬한 천둥이었고, 게다가 울릴 때마다 가까이 다가 왔다.

번개가 정원수를 지나기 시작했다.

그 전에 소나기가 먼저 내렸다. 천둥은 멀어져 가는 것 같았다.

정원의 흙에 물보라가 이는 세찬 비였다.

기쿠지는 일어나서 후미코에게 전화를 걸었다.

"오타 씨는 이사 가셨습니다만……."

이라고 상대방은 말했다.

"네?"

기쿠지는 철렁했다.

"실례했습니다. 그런데……."

후미코가 집을 판 것이라고 기쿠지는 생각했다.

"이사 간 곳을 알려 주실 수 있으신지요?"

"네. 잠깐 기다려 주세요."

상대방은 가정부 같았다.

바로 전화로 돌아와서 종이에 적힌 것을 읽듯이 주소를 가르쳐 주었다. '도자키 씨 댁'이라고 했다. 전화번호도 알려 주었다.

기쿠지는 그 집에 전화를 걸었다.

후미코는 생각보다 밝은 목소리로,

"오래 기다리셨습니다. 후미코입니다."

"후미코 씨인가요? 미타니 기쿠지입니다. 댁에 전화를 했었어요."

"죄송해요."

라고 목소리를 낮추는 게 어머니 목소리를 닮았다.

"언제, 이사하셨나요?"

"네, 저……."

"이사 간다고 안 알려 주셨네요."

"친구 집에 요전부터 신세를 지고 있어요. 집은 팔았어요."

"아, 네."

"알려 드릴까 어떻게 할까 망설였어요. 처음에는 안 알려 드릴 생각이었고, 알려 드려서도 안 된다고 결심했습니다만, 요즘엔 알리지 않은 것이 또 맘에 걸렸어요."

"그도 그렇겠군요."

"어머, 이해해 주시는 거죠?"

기쿠지는 말하는 동안에 마음이 산뜻해졌다. 전화로도 이런 느낌이 든단 말인가.

"시노 물병 말인데요. 받아 와서 그것을 보고 있자니 만나고 싶어지는 거예요."

"그러세요? 집에 시노가 하나 더 있어요. 조그만 찻잔이에요. 그때 물병이랑 같이 드리려고 했는데, 엄마가 물 잔으로 쓰셔서 찻잔 언저리에 엄마 입술연지가 배어 있어서……."

"예?"

"엄마가 그렇게 말씀하셨어요."

"도자기인데 어머님 입술연지가 묻은 채로라는 말입니까?"

"묻어 있는 채로 있는 게 아니에요. 그 시노는 원래 불그스레한 색을 띠고 있었는데 입술연지가 찻잔 언저리에 묻으면 닦아도 잘 지워지지 않는다고 엄마가 그러셨어요. 엄마가 돌아가시고 나서 찻잔을 보니까 한 곳이 붉게 되어 있는 것 같았어요."

후미코는 무심코 말하는 것일까.

기쿠지는 아련해져서 듣기 힘겨워 화제를 돌리려고,

"소나기가 굉장한데요. 그쪽은 어때요?"

"억수같이 쏟아지고 있어요. 천둥이 무서워서 웅크리고 있었어요."

"이 비가 그치면 상쾌해질 겁니다. 나도 4, 5일 쉬고 있는 참이어서 오늘은 집에 있습니다. 괜찮으시다면 놀러 오세요."

"고맙습니다. 찾아뵙더라도 취직을 한 후에 뵐 생각이었어요. 저 취직할 생각이에요."

기쿠지가 대답도 하기 전에 후미코가 말했다.

"전화를 주셔서 기쁘니까 찾아뵐게요. 이젠 만나서는 안 되는 거지만……."

기쿠지는 소나기가 지나가기를 기다렸다가 가정부에게 이부자리를 치우게 했다.

기쿠지는 후미코를 부른 결과를 초래한 스스로에게 놀랐다.

그러나 오타 부인 사이에서 생긴 어두운 죄의식이 그 딸의 목소리를 통해서 사라져 버릴 줄 기쿠지는 생각지도 못했다.

그녀의 목소리가 어머니를 살아 있는 것처럼 느끼게 한 것일까?

기쿠지는 면도를 하면서 비누칠한 면도솔을 정원수의 잎 사이로 흔들어 빗방울에 적시기도 했다.

점심때가 지나서 후미코일 거라고만 생각한 기쿠지가 현관에 나가자 구리모토 지카코였다.

"아, 당신이었군."

"날이 더워져서요. 오래간만에 안부 여쭈러 왔어요."

"몸이 좀 안 좋아서요."

"저런 딱하셔라. 안색이 좋지 않으시네요."

지카코는 미간을 찌푸리며 기쿠지를 보았다.

후미코는 양장 차림으로 올 텐데 나막신 소리를 후미코로 착각한 것은 이상하다고 기쿠지는 생각하면서,

"이를 고쳤나요? 젊어 보이네요."

"장마로 한가할 때……. 너무 희게 되었네요. 금방 변색될 테니까 괜찮아요."

지카코는 기쿠지가 누워 있던 다타미방으로 들어가더니 도코노마를 보았다.

"아무것도 없어서 시원해 보이지 않나?"

라고 기쿠지는 말했다.

"네. 장마니까요. 그래도 꽃 정도는……."

이라고 지카코는 돌아서며,

"오타 부인의 시노는 어떻게 하셨어요?"

기쿠지는 잠자코 있었다.

"그건 돌려드리는 게 좋지 않겠어요?"

"그건 내가 정할 일인데."

"그렇지도 않아요."

"적어도 당신이 지시할 일은 아니지."

"그렇지도 않아요."

지카코는 하얀 의치로 웃으면서,

"오늘은 충고드릴 셈으로 왔어요."

라고 말하고, 갑자기 양손을 뻗더니 뭔가를 떨어 버리는 듯이 벌리고,

"이 댁에서 마성을 몰아내려고요……."

"놀래게 하지 말아요."

"하지만 저는 중매쟁이로서 오늘은 답을 받아야겠어요."

"이나무라 댁 아가씨 얘기라면 호의는 고맙지만 거절하지."

"어머나, 어머나. 중매쟁이가 마음에 안 든다고 마음에 든 혼담을 그만두신다는 건 옹졸한 생각입니다요. 중매쟁이는 다리를 놓아 줄 뿐이니까 다리는 밟고 지나가면 되는 거예요. 아버님께서는 이런 저를 편하게 이용해 주셨어요."

기쿠지는 불쾌한 기색을 나타냈다.

지카코는 이야기에 열중하면 더욱더 어깨를 치켜 올리는 버릇이 있었다.

"분명히 말씀드리지만 저는 오타 부인과는 다릅니다요. 아주 편하지요. 이런 일도 말이죠, 뭐 감추고 자시고도 말고 한번 말씀은 드려야겠는데요, 유감스럽게도 저는 아버님 외도 축에도 끼질 못

천 마리 학 **141**

했어요. 뭔 일 있나요? 하고는 끝이지요……."

하고 고개를 숙였다.

"그래도 원망 같은 건 안 해요. 그때부터 쭉 뭔가 제가 부리기
편리할 때는 쉽게 이용하셨으니까……. 남자 분들은 뭔가 있었던
여자 쪽이 부리기 좋은 거예요. 저는 또 아버님 덕분에 세상의 건
전한 상식이 발달되었어요."

"흠."

"그러니 제 건전한 상식을 이용하세요."

지카코의 말처럼 기쿠지도 정말 그러한 듯한 홀가분함에 끌려
들어 갔다.

지카코는 허리띠에서 부채를 꺼냈다.

"너무 남자답거나 너무 여성스러워도 인간은 건전한 상식이 자
라지 않는 법이에요."

"그래요? 상식은 중성이란 말이군."

"비꼬시는 건가요? 하지만 중성이 되면 남자와 여자의 심리가
분명히 보이지요. 오타 부인은 외동 따님을 남겨 두고 용케도 죽
을 수 있었다고 생각하지 않으세요? 제 생각으로는 그 사람이 어
쩌면 목적이 있었던 게지요, 자기가 죽고 나면 기쿠지 씨가 딸을
봐주지 않을지……."

"무슨 소릴 하는 거야?"

"저 혼자 곰곰이 생각하자니 문득 이런 의구심이 생겨서 말이
죠. 의구심이란 게 뭐냐 하니까 기쿠지 씨의 이번 혼담에 아무래
도 오타 부인이 죽어서 방해를 했다 이 말씀이죠. 이건 그냥 단순

히 죽은 게 아니라 이겁니다. 뭔가 분명히 있어."

"당신의 기괴한 망상이지."

라고 기쿠지는 말하면서도 지카코의 그 기괴한 망상에 스스로 가슴이 찔렸다.

번개가 스치고 간 것 같았다.

"기쿠지 씨, 이나무라 아가씨에 대해 오타 부인에게 말씀하셨지요?"

기쿠지는 짐작 가는 것이 있었지만 시치미를 뗐다.

"내 혼담이 결정되었다고 오타 부인에게 전화한 건 당신이지."

"네, 알렸어요. 방해하지 말아 달라고 말하고말고요. 오타 씨가 죽은 건 그날 밤이었습죠."

침묵이 흘렀다.

"근데 제가 전화 건 걸 어떻게 아시나요? 그 사람이 울며 찾아왔나요?"

기쿠지는 허를 찔렸다.

"그렇겠지요. 그 사람은 전화로 '아악' 하고 소리를 치지 뭐예요."

"그렇다면 당신이 죽인 셈이 되지."

"그렇게 생각하시는 게 기쿠지 씨는 마음이 편하시겠죠. 저는 악역에는 익숙해졌으니까요 뭐. 아버님께서는 저를 필요에 따라 냉혹한 악역에 익숙한 여자로 편리하게 이용하셨어요. 그 은혜에 보답하는 건 아니지만 오늘은 악역을 자청해서 온 겁니다."

기쿠지는 지카코가 뿌리 깊은 질투와 증오까지도 토해 내는 것처럼 들렸지만,

"내막은 뭐 모르는 셈치고……."

라며 지카코는 자신의 코를 보는 것 같은 눈초리로,

"기쿠지 씨는 저를, 불쾌한 여자가 설레발친다고 얼굴만 찡그리고 계시면 된다는 말씀입니다요……. 그 사이에 마성의 여자를 몰아내고 좋은 연분이 맺어지게 할 거예요."

"그 좋은 연분 얘기는 그만둘 수 없나?"

"아 네, 네에. 오타 부인의 얘기라면 저도 마찬가지로 하고 싶지 않아요."

라고 지카코는 목소리를 누그러뜨리며,

"오타 부인도 나쁜 사람이라는 건 아니고……. 자기가 죽어서 암암리에 딸을 기쿠지 씨와 맺게 해달라고 그저 기도하는 것 같아서……."

"또 어처구니없는 소리를 하는군."

"하지만 그렇다니까요. 그 사람이 살아 있을 적부터 기쿠지 씨에게 딸을 주고 싶다는 생각을 한 번도 안 했다고, 생각하세요? 그렇다면 둔하신 거예요. 자나 깨나 아버님밖에는 몰랐던 사람이잖아요. 꼭 귀신 들린 것처럼 말이지, 순정이라면 순정이지만서도. 뭐에 씌워서 딸까지 말려들게 하고는 결국에 목숨을 걸고……. 그러나 옆에서 보면 무서운 재앙이나 저주 같아요. 마성의 그물이 뻗친 거죠."

기쿠지는 지카코와 눈을 마주쳤다.

지카코는 작은 눈을 치뜨고 있다.

그 눈길을 돌리지 않았으므로 기쿠지는 고개를 돌렸다.

지카코가 떠들게 놔두고 기쿠지가 쩔쩔매고 있는 것은 처음부터 약점도 있었지만, 지카코의 기괴한 말에 놀랐기 때문이었다.

죽은 오타 부인은 딸 후미코가 기쿠지와 맺어지기를 정말 바랐던 것일까. 기쿠지는 생각도 해보지 못했다. 또 믿지도 않는다.

지카코의 질투가 독을 토해 낸 것일 거다.

지카코의 가슴에 찰싹 붙어 있는 흉측한 반점 같은 사악한 추측일 것이다.

그러나 이 기괴한 말들이 기쿠지를 번개처럼 스쳤다.

기쿠지는 두려웠다.

스스로도 그것을 바라고 있지 않았던가.

어머니 다음에 딸에게 마음이 옮겨 가는 경우가 세상에 없긴 않겠지만 어머니의 포옹 속에 아직 도취해 있으면서 그대로 어느샌가 딸 쪽으로 흘러가는 것을 스스로 깨닫지 못한다면 역시 마성의 포로가 아니던가.

기쿠지는 오타 부인을 만나고 나서부터 자신의 성격이 일변해 버린 건 아닌가 하는 생각이 지금 들었다.

뭔가 도취되어 있다.

"오타 씨 댁 아가씨가 오셨는데 손님이 계시다고 했더니 다시 오신다고……."

라고 가정부가 알려 주었다.

"아니, 돌아가셨어?"

기쿠지는 일어나 나갔다.

2

"아까는 실례가……."

희고 기다란 목을 뻗어 후미코는 기쿠지를 올려다보았다.

목에서 가슴에 이르는 쇄골 부분에 좀 노르스름한 그늘이 져 있었다.

빛 탓인지 야위어서인지 그 엷은 그늘에 기쿠지는 안심을 느꼈다.

"구리모토가 와 있어요."

기쿠지는 시원하게 말할 수 있었다. 맘에 걸리며 걸어 나왔지만 후미코를 보자 오히려 마음이 가벼워졌다.

후미코는 고개를 끄덕이며,

"선생님의 양산이 있어서……."

"아, 이 양산 말입니까?"

손잡이가 긴 쥐색 양산이 현관에 기대어 있었다.

"뭐하시면 별채의 다실에서 기다려 주시겠어요? 구리모토 노친네는 이제 돌아갈 테니까요."

기쿠지는 그렇게 말하고, 후미코가 올 것을 알고 있었으면서도 왜 지카코를 쫓아 보내지 않았는지 스스로에게 의문을 품었다.

"저는 상관없는데요……."

"그렇습니까? 그럼 안으로 드시죠."

후미코는 지카코의 적개심을 모르는 것처럼 객실로 안내 받아 지카코에게 인사를 했다.

엄마의 문상에 대한 감사 인사도 했다.

지카코는 제자의 다도 연습하는 모습을 볼 때처럼 조금 왼쪽 어깨를 들고 몸을 젖혀,

"어머님도 마음씨 고운 분이라 — 고운 사람이 살아갈 수 없는 세상에서는 마지막 꽃이 진 것 같은 기분이 들거든요."

"그렇게 상냥하지도 않았어요."

"나중엔 후미코 씨 혼자 남게 되어 어머님도 마음에 걸리셨을 텐데 말이죠."

후미코는 눈을 내리깔고 있었다.

아래턱이 조금 나온 입술이 꽉 다물어져 있다.

"적적하실 테니 슬슬 다도 쪽을."

"네. 이젠……."

"시름을 잊을 수 있어요."

"이제 다도 같은 거 할 처지도 아닌걸요."

"무슨 그런 말씀을."

지카코는 무릎에 포갠 손을 떼고,

"실은 말이죠, 이 댁도 장마가 갠 것 같아서 오늘은 다실에 통풍이라도 시킬 생각으로 찾아뵈었어요."

라고 말하고. 기쿠지를 힐끔 보았다.

"후미코 씨도 오셨으니 어때요?"

"네?"

"어머님의 유품인 시노 물병을 사용해서……."

후미코는 지카코를 올려다보았다.

"어머님의 추억 얘기라도 나누죠."

"하지만, 다실에서 우는 건 싫어요."

"뭐, 울죠. 괜찮아요. 조만간 기쿠지 씨의 부인이 오시면, 저도 다실에는 맘대로 드나들 수 없어져요. 추억이 깃든 다실이지만……."

지카코는 조금 웃고는 정색을 했다.

"이나무라 댁의 유키코 씨와의 혼담이 결정되면요."

후미코는 고개를 끄덕였다. 아무것도 표정에 나타나지 않았다. 그러나 어머니를 닮은 둥그스름한 얼굴이 수척해 보였다.

기쿠지는 말했다.

"결정되지 않은 얘기를 하면 그쪽에 실례라는 걸 모르나요?"

"결정된다면 그렇다는 얘기예요."

라고 지카코는 되받아서,

"호사다마라는 말이 있으니 후미코 씨도 결정될 때까지는 안 들으신 걸로 해주세요."

"네."

후미코는 또 고개를 끄덕였다.

지카코는 가정부를 불러 다실 청소를 하러 갔다.

"여기 그늘은 나뭇잎이 아직 젖어 있네. 조심해요."

정원에서 지카코 목소리가 들렸다.

3

"아침에 전화했을 때 이쪽의 빗소리가 들릴 정도였지요?"

라고 기쿠지는 말했다.

"전화로도 빗소리가 들리나요? 전 무심코 있었어요. 이 정원의
빗소리가 전화에 들렸다는 거지요?"

후미코는 그 정원으로 눈을 돌렸다.

정원수 저쪽에서 지카코가 다실을 비로 쓰는 소리가 들렸다.

기쿠지도 정원을 보면서,

"나도 후미코 씨 댁 쪽의 빗소리가 전화로 들린 것 같지는 않은
데 나중에는 그런 기분이 들 만큼 세찬 비가 쏟아졌지요."

"네에. 천둥이 무서워서……."

"맞아요. 전화로도 그렇게 말했어요."

"쓸데없는 것까지 엄말 닮은걸요. 천둥이 치면 엄마는 소맷자락
으로 작은 제 머리를 감싸 주곤 했어요. 여름에는 밖에 나갈 때,
엄만 오늘은 천둥이 치지 않을까 하고 자주 하늘을 쳐다보시는 일
도 있었어요. 지금도 전 천둥이 치면 소맷자락으로 얼굴을 가리려
고 할 때가 있어요."

후미코는 어깨에서 가슴까지 살짝 수줍음을 띠며,

"저, 시노 찻잔을 가지고 왔어요."

하며 일어나서 나갔다.

후미코는 객실로 돌아오자 그것을 풀지 않은 채 기쿠지 무릎 앞
에 놓았다.

그러나 기쿠지가 망설였기 때문에 후미코는 그것을 끌어당겨 상자에서 꺼냈다.

"라쿠야키 원통 찻잔도 어머님은 물 잔으로 쓰셨던 모양이군요. 료뉴였습니까?"

라고 기쿠지는 말했다.

"네. 검정 라쿠야키도, 붉은 라쿠야키도 엽차나 센차(煎茶)는 빛깔이 안 드러난다며 이 시노 찻잔 쪽을 자주 쓰셨어요."

"그렇군요. 검정 라쿠야키로는 엽차 색이 안 보이니까요."

거기에 놓인 시노 원통 찻잔을 기쿠지가 들어서 보려고 하지 않으니까,

"좋은 시노는 아니지만요."

"천만에요."

그러나 기쿠지는 손을 내밀기가 어려웠다.

오늘 아침 후미코가 전화로 말했던 것처럼 그 시노의 하얀 유약은 은은한 붉은빛을 띠고 있었다. 잠시 바라보고 있는 동안에 흰 바탕 속에서 붉은 기색이 떠오르는 것 같다.

그리고 찻잔 언저리가 약간 엷은 갈색을 띠고 있었다. 한 군데는 엷은 갈색이 진한 것 같다.

거기가 입을 댄 부분일까.

차의 앙금이 낀 것처럼 보인다. 그러나 입술을 댄 자국인지도 모른다.

그 엷은 갈색도 다시금 보니까 역시 붉은빛을 띤 것처럼 보인다.

오늘 아침 후미코가 전화로 말했던 것처럼 그녀 어머니의 입술

연지가 스며든 자국인 것일까?

그렇게 생각하니 유약 부분에 생긴 가는 금에도 갈색과 붉은색이 섞인 색이 들어가 있었다.

입술연지가 바랜 듯한 색, 붉은 장미가 시들어 마른 듯한 색, 어딘가에 묻은 피가 변색된 듯한 색이라고 생각하자 기쿠지는 마음이 울렁거렸다.

토할 것 같은 불결함과 출렁이는 유혹을 동시에 느꼈다.

찻잔 몸통에 푸르스름한 검정색으로 두꺼운 잎사귀만 있는 풀이 그려져 있다. 잎 중에는 적갈색을 띤 것도 있다.

그 풀 그림은 단순하고 싱그러워 기쿠지의 병적인 관능을 깨우는 것 같았다.

찻잔의 모양도 늠름해 보였다.

"좋은데요."

라고 기쿠지는 말하며 찻잔을 손에 들었다.

"저는 잘 모르지만, 엄마가 좋아하셔서 물 잔으로 쓰셨어요."

"여자의 물 잔으로는 맞춤하네요."

기쿠지는 자신의 말에서 또 후미코 어머니의 여성성을 생생하게 느꼈다.

그렇다고는 해도 후미코는 어머니의 입술연지가 스며들었다는 시노를 왜 가지고 와서 보여 주는 것일까?

후미코가 순진한 건지 둔한 건지 기쿠지는 알 수 없었다.

다만 후미코의 아무런 저항도 없는 그 뭔가가 기쿠지에게 전해오는 것 같았다.

기쿠지는 무릎 위에서 찻잔을 돌려 보면서도 입이 닿는 언저리에 손가락이 닿는 것은 피했다.

"넣어 두세요. 구리모토 노친네가 또 뭐라 하면 성가시니까요."

"네."

후미코는 찻잔을 상자에 넣고 쌌다.

기쿠지에게 줄 생각으로 가져온 것 같은데 후미코는 말할 기회를 놓친 것 같았다. 찻잔이 기쿠지의 마음에 들지 않는다고 생각한 것인지도 몰랐다.

후미코는 찻잔을 싼 꾸러미를 다시 현관에 두러 일어났다.

정원에서 지카코가 몸을 앞으로 구부리고 올라왔다.

"오타 씨의 물병을 꺼내 주시겠어요?"

"우리 집에 있는 걸 쓰는 게 어때요. 후미코 씨도 와 계시니……."

"무슨 말씀이세요. 후미코 씨가 와 계시니까 쓰자는 거죠. 유품인 시노로 어머님의 추억 이야기 하자는 것이죠."

"그렇지만 당신은 오타 부인을 미워하잖아요."

기쿠지는 말했다.

"미움 같은 게 뭐가 있겠어요? 성미가 맞지 않을 뿐이에요. 죽은 사람을 미워할 수가 없죠. 하지만 성미가 맞지 않아서 저는 그 부인을 이해하지 못했고, 또 한편으로는 오히려 그 부인을 꿰뚫어 보고 있었던 점도 있어요."

"꿰뚫어 보는 건 당신의 버릇 같은데……."

"꿰뚫어 볼 수 없도록 하시면 될 문제예요."

후미코가 복도에 와서는 문턱 옆에 앉았다.

지카코는 왼쪽 어깨를 들고 돌아보더니,

"저기, 후미코 씨. 어머님의 시노를 쓰죠?"

"네. 그러세요."

라고 후미코는 대답했다.

기쿠지는 조금 전 막 벽장에 넣었던 시노 물병을 꺼냈다.

지카코는 부채를 가볍게 허리띠에 꽂더니 물병 상자를 안고 다실로 갔다.

기쿠지도 문턱 옆으로 나와서,

"오늘 아침엔, 전화로 이사하셨다는 말을 듣고 흠칫했어요. 집에 관한 일처리를 혼자서 다 하셨습니까?"

"네. 그래도 아는 분이 사 주셔서 간단했어요. 그분은 오이소(大磯)에서 임시로 거처하고 계셨는데 작은 집이라며 바꿔도 좋다고 말씀해 주셨지만, 아무리 작은 집이라 해도 저 혼자서 살 수 없죠. 일을 하려면 셋방이 편해요. 그래서 우선 친구 집에 신세를 지고 있어요."

"직장은 정하셨어요?"

"아니오. 막상 일을 시작하려고 하니 아무것도 몸에 익힌 것이 없어서요."

하며 후미코는 미소를 지었다.

"직장을 구하고 나서 찾아뵐 생각이었어요. 집도 없고 직업도 없이 빈둥빈둥 떠돌고 다닐 때 찾아뵙는 건 슬픈걸요."

그럴 때 보는 편이 더 좋다고 기쿠지는 말하고 싶어서 외톨이인 후미코를 생각했지만 그리 쓸쓸한 모습은 아니었다.

"나도 이 집을 팔고 싶습니다만 꾸물거리고 있어요. 그렇지만 팔 생각으로 있으니까 물받이도 고치지 않고, 다타미도 보시다시피 새로 갈지 못하고 있어요."

"이 집에서 결혼하실 거잖아요. 그때……."

라고 후미코는 솔직하게 말했다.

기쿠지는 후미코를 보며,

"구리모토 얘기 말입니까? 제가 지금 결혼할 수 있을 거라고 생각하세요?"

"엄마 때문에요……? 엄마가 그만큼 슬퍼했으면 이제 엄마 일은 과거지사로 덮어 두어도 좋다고 생각해요……."

4

손에 익어서인지 지카코가 다실을 준비하는 데에도 빨랐다.

"물병과 구색은 어떠신가요?"

라고 지카코가 물었지만 기쿠지는 알 수 없었다.

기쿠지가 대답하지 않아선지 후미코도 잠자코 있었다. 기쿠지도 후미코도 시노 물병을 바라보고 있었다.

오타 부인의 납골함 앞에서 꽃병으로 쓰이던 것이 오늘은 본래의 물병이 되어 있었다.

오타 부인의 손에 있던 것이 구리모토 지카코 손에서 다뤄지고 있다. 오타 부인이 죽고 나서 딸 후미코 손에 전해졌고, 다시 후미코에게서 기쿠지에게 건네졌다.

묘한 운명과도 같은 물병인데 차 도구란 그런 물건인지도 모른다.

오타 부인이 소유자이기 전에 이 물병이 만들어지고 나서 3, 4백 년이나 되는 동안에 어떤 운명을 지닌 사람들의 손에서 손으로 전해져 온 것일까?

"풍로나 솥과 같은 철기 옆에 두니 시노가 더욱 미인으로 보이는군요."

라고 기쿠지는 후미코에게 말했다.

"하지만 철에 지지 않는 강한 품새네요."

시노의 흰 표면은 깊은 곳에서 촉촉하게 윤기가 돌았다.

기쿠지는 이 시노를 보고 있으면 만나고 싶어진다고 전화로 후미코에게 말한 적이 있었는데, 그 어머니의 흰 피부에는 역시 여자의 강인한 깊은 맛이 어려 있었던 것일까?

더워서 기쿠지는 다실 장지문을 열어 두었다.

후미코가 앉은 뒤쪽 창문에는 단풍나무가 푸르렀다. 단풍 잎사귀가 짙게 드리운 그늘이 후미코의 머리칼에 깔렸다.

그 후미코의 긴 목에서부터 위쪽이 창의 밝은 빛 속에 있어서, 짧은 소매를 막 입기 시작한 듯한 팔은 푸른 기가 도는 것처럼 희게 보였다. 그렇게 살찌지 않았는데도 어깨는 둥글어 보이고 팔도 둥그스름한 느낌을 가지고 있었다.

지카코도 물병을 바라보았다.

"물병은 역시 다도에 쓰이지 않으면 살아나지 않습니다요. 서양 꽃을 아무렇게나 꽂아 두어서는 아깝고말고요."

"엄마도 꽃을 꽂으셨어요."

라고 후미코가 말했다.

"후미코 씨 어머님의 유품인 물병이 여기에 와 있다니 꿈만 같 구먼요. 하지만 어머님도 틀림없이 기뻐하시겠지요."

지카코는 비꼴 셈인지도 몰랐다. 그러나 후미코는 아무렇지도 않게,

"엄마도 물병을 꽃병으로 쓰시는 것 같았고, 저는 이제 다도는 안 할 거니까요."

"그런 말씀 마세요."

지카코는 다실을 둘러보며,

"나는 역시 여기에 앉으면 가장 마음이 편안한 듯한 느낌이 든 답니다. 제법 여기저기 살펴봤지만서도요."

하며 기쿠지를 보고,

"내년이 되면 벌써 아버님의 5주기구먼요. 제삿날 다도회를 여 셔요."

"그렇군. 하나부터 열까지 전부 가짜 도구를 늘어놓고는 손님을 부른다면, 유쾌할지도 모르겠군."

"무슨 말씀 하세요? 어버님의 다도 도구는 가짜 따위 단 하나도 없고말고요."

"그럴까요? 하지만 전부 가짜인 다도회는 분명 재미있을 거예 요."

라고 기쿠지는 후미코에게 말했다.

"이 다실에는 난 왠지 곰팡내 나는 독가스가 어려 있는 것 같은 기분이 드는데, 가짜투성이의 다도회라면 독기를 털어 내게 될지도 모르겠네요. 그것을 아버지에 대한 공양으로 하고 다도와는 인연을 끊을 거예요. 전부터 인연은 끊겼지만……."

"이 할망구가 귀찮게 찾아와서 다실을 드나든다고 말씀하시는 거지요."

지카코가 빠르게 차 솥을 썼다.

"말하자면 그래요."

"그런 말씀 마시와요. 그렇지만 새 인연을 맺으면 낡은 인연은 끊겨져도 괜찮아요."

자아, 라는 듯이 지카코는 기쿠지 앞에 차를 내밀었다.

"후미코 씨, 기쿠지 씨의 농담을 듣고 있자니 어머님의 유품이 방향을 잘못 찾아온 걸까요. 나는 이 시노를 보고 있으면 어머님의 얼굴이 거기에 비쳐 있는 것 같은 생각이 드는구먼요."

기쿠지는 다 마시고 난 찻잔을 내려놓고, 문득 물병을 바라보았다.

그 검은 칠 뚜껑에 지카코의 모습이 비쳐 있는지도 모른다.

그러나 후미코는 무심하게 있었다.

후미코가 지카코에게 저항하지 않으려는 건지 지카코를 무시하려는 건지 기쿠지는 알 수 없었다.

후미코가 싫은 내색도 하지 않고 지카코와 다실에 들어와 앉아 있는 것도 묘한 일이었다.

지카코가 기쿠지의 혼담에 대해 말하는 것에도 후미코는 반응을 보이지 않았다. 전부터 후미코 모녀를 증오하던 지카코는 말하는 것 하나하나가 후미코를 모욕을 주는 것이었지만 후미코는 반감을 나타내지 않는다.

그러한 모든 것들이 겉치레에 지나지 않을 만치 후미코는 깊은 슬픔에 잠겨 있는 것일까.

어머니의 죽음으로 인해 그런 것들을 초월해 버린 것일까.

아니면 어머니의 성격을 이어받아 스스로에게도 타인에게도 저항하지 않는 불가사의한 무구함을 닮은 딸인 것인가.

그러나 기쿠지는 지카코의 증오나 모욕으로부터 후미코를 지키려고 애쓴다는 자세도 아니었다.

그것을 깨닫고는 자신이야말로 괴상하다고 기쿠지는 생각했다.

끝으로 자신이 탄 차를 마시고 있는 지카코도 기쿠지에게는 괴상한 몰골로 보였다.

지카코는 허리띠 사이에서 시계를 꺼내어,

"아무래도 작은 시계는 노안(老眼)에는 맞지가 안아서 원……. 아버님의 회중시계라도 주시와요."

"회중시계 없거든요."

기쿠지가 딱 잘라 거절하자,

"있습니다. 자주 하시고 계셨다고요. 후미코 씨 댁에 가셨을 때도 회중시계를 차고 계셨잖아요?"

라며 지카코는 일부러 벙한 표정을 지어 보였다.

후미코는 눈을 내리깔았다.

"2시 10분인가요? 시계 침 두 개가 서로 모여서 희미하게 보이네."

지카코는 일이 바쁜 사람처럼 굴었다.

"이나무라 댁 아가씨가 그룹을 만들어 주셨어요. 오늘은 3시부터 그 강습이 있답니다. 이나무라 댁을 방문하기 전에, 잠시 들러 기쿠지 씨 대답을 받아 가려고요."

"이나무라 씨에게는 분명히 거절한다고 말해 주세요."

라고 기쿠지가 말해도,

"네. 네. 분명하게 말이죠!"

하고 지카코는 웃음으로 얼버무리며,

"어서 그 그룹의 강습을 이 다실에서 하는 날이 왔으면 좋겠습니다요."

"아 그럼, 이나무라 씨한테 이 집을 사 달라고 하면 되겠군. 어차피 조만간에 팔 거니까."

"후미코 씨, 저기까지 같이 가시렵니까?"

기쿠지를 상대하지 않고 지카코는 후미코에게 말했다.

"네."

"서둘러 치울 테니……"

"저도 도울게요."

"그러세요?"

그러나 지카코는 후미코를 기다리지 않고 서둘러 부엌으로 갔다. 물소리가 들렸다.

"후미코 씨는 안 가셔도 되잖아요? 함께 가지 마세요."

라고 기쿠지는 작은 소리로 말했다.

후미코는 고개를 저으며,

"무서워요."

"무서울 거 없어요."

"저는 무서운걸요."

"그럼 그 부근까지 적당히 같이 나갔다가 따돌리고 오세요."

후미코는 다시 고개를 젓더니 여름옷의 무릎 뒤 주름을 잡아당기며 일어났다.

기쿠지가 밑에서 손을 내밀어 잡아 주려 하였다.

후미코가 비틀거리나 싶어서였는데 후미코는 얼굴을 붉혔다.

지카코에게서 회중시계에 대한 말을 들을 때 눈언저리가 좀 붉어졌었는데 그 수치심이 확 피어난 것 같았다.

후미코는 시노 물병을 안고 부엌으로 갔다.

"어머, 역시 어머니 물건을 가지고 오셨어요?"

안에서 지카코의 쉰 목소리가 들렸다.

쌍둥이별

1

후미코도 이나무라 아가씨도 모두 결혼해 버렸다고 구리모토 지카코가 기쿠지네 집에 와서 말했다.

8시 반쯤까지는 환한 여름 시간이라 기쿠지는 저녁식사 후 툇마루에 엎드려서 가정부가 사 온 반딧불 초롱을 바라보고 있었다. 희끄무레한 반딧불은 어느새 누르스름한 빛을 더하고 날도 저물었다. 그러나 기쿠지는 불을 켜러 일어나지도 않았다.

기쿠지는 4, 5일간 회사에서 여름휴가를 얻어 나가노 현에 있는 노지리 호(野尻湖)의 친구 별장에 갔다가 오늘 막 돌아온 참이었다.

친구는 결혼해서 갓난아기가 있었다. 갓난아기에 익숙지 않은 기쿠지는 태어난 지 며칠 정도 되었는지, 그에 비해 큰 건지 작은 건지 짐작이 가지 않아 어떻게 인사할지 망설였으나,

"발육이 좋은 애기군."

하고 말하자,

"그렇지도 못해요, 태어났을 때는 너무 작아서 속상했었어요. 요즘은 거의 정상으로 많이 자랐지만요."

라고 친구 아내는 대답했다.

기쿠지는 갓난아기 앞에 손을 흔들어 보이고,

"눈을 깜빡거리지는 않는군요."

"보이기는 하지만 깜빡거리는 것은 아직 좀 더 있어야 돼요."

기쿠지는 아기가 벌써 몇 달이나 된 걸로 보고 있었는데 백일이 될까 말까 하다는 것이었다. 젊은 아내는 머리숱이 적고 얼굴에 혈색도 없어, 산후의 까칠함이 남아 있는 듯 보인 것도 그래서 납득이 갔다.

모든 게 그 갓난아기를 중심으로 돌아가고 아기만을 보고 있는 것 같은 친구 부부의 생활에 기쿠지는 소외감이 들었다. 그러나 돌아오는 기차에 오르자 온순해 보이는 친구 아내가 생기 없는 듯 까칠하면서도, 넋을 잃고서 황홀하다는 듯 아기를 안고 있는 호리호리한 모습이 기쿠지 머리에서 떠나지 않았다. 친구는 부모 형제와 함께 살고 있어서, 첫아기를 낳고 호반의 별장에서 잠시 남편과 둘이서만 오붓하게 지내게 된 아내는 몽롱한 듯 안락한 시간을 보내는 것 같았다.

기쿠지는 집으로 돌아와서 툇마루에 엎드린 지금도 신성한 슬픔처럼 떠오르는 친근한 느낌으로 친구 아내의 모습을 생각하고 있었다.

그때 지카코가 왔다.

지카코는 방 안으로 성큼성큼 들어와서,

"아니 이런. 이 어둔 곳에서."

그리고 기쿠지 발쪽의 복도에 앉았다.

"독신은 딱하십니다요. 그렇게 뒹굴고 계셔도 불 하나 켜 줄 사람도 없다니요?"

기쿠지는 다리를 접어 오므렸다. 잠시 그대로 있었지만 마지못한 듯이 일어나 앉았다.

"그냥 누워 계세요."

라며 지카코는 오른손으로 기쿠지를 누이려는 것 같은 손짓을 하고는 새삼스럽게 인사를 했다. 교토에 갔다가 돌아오는 길에 하코네에 들러 왔다고도 했다. 교토의 이에모토(家元)*에서 차 도구상을 하는 오이즈미를 만나,

"오래간만에 아버님 이야기를 잔뜩 했지 뭡니까. 미타니 어른이 몰래 이용했던 여관에 안내한다고 하더니 기야마치(木屋町)의 자그마한 여관에 데리고 가는 거 아니겠습니까. 아버님께서 오타 부인하고도 함께 이용하셨던 모양이지요. 오이즈미가 저더러 거기에 묵으라고 하지 않겠어요? 눈치가 없어도 이만저만해야지요. 아무리 제가 대담하다 해도 아버님이나 오타 부인 둘 다 세상을 뜬 걸 떠올리면 한밤중에 좀 그렇지 않겠어요."

그런 말을 하는 지카코야말로 눈치가 없다고 생각하면서 기쿠지는 잠자코 있었다.

"기쿠지 씨도 노지리 호에 다녀오셨습니까요?"

지카코는 알고 있으면서 묻는 투였다. 집에 오자마자 가정부에게 그런 말을 듣고 아무런 양해도 없이 들어오는 것이 지카코 방식이었다.

"방금 막 돌아왔습니다."

기쿠지는 무뚝뚝하게 대답했다.

"전 3, 4일 전에 돌아왔습니다."

라고 지카코도 격식 차린 말투로 말하고는 왼쪽 어깨를 쑥 치켜올리더니,

"그런데 말이죠, 돌아와 보니 안타까운 일이 벌어졌지 뭐예요. 엄청 놀랐어요. 어처구니없는 실수를 저질러서 기쿠지 씨에게도 면목이 없어요."

이나무라 아가씨가 결혼해 버렸다고, 지카코는 말했다.

다행히 툇마루가 어두웠으므로 기쿠지는 놀란 얼굴을 감출 수가 있었다. 그러나 아무렇지도 않은 듯,

"그래요? 언제?"

"남 일처럼 아무렇지 않으신가 보네요."

라고 지카코는 빈정거리며 말했다.

"거야 뭐, 난 유키코 씨 얘기는 그쪽에게 여러 차례 거절한 걸로 아는데요."

"말로는 그랬죠. 제게는 그런 식으로 보이고 싶었던 거겠죠. 처음부터 마음이 내키지도 않았는데 오지랖 넓은 할망구가 멋대로 나서서 집요하게 굴고 있네, 아, 별로야. 그런데 뭐 상대방 아가씨는 나쁘진 않네, 하는 식으로요."

"무슨 소릴 하는 건지 원?"

기쿠지는 웃어 버렸다.

"아가씨는 마음에 드셨잖습니까요?"

"괜찮은 아가씨였지."

"그걸 전 뻔히 알고 있었답니다."

"괜찮은 아가씨라 해서 꼭 결혼하고 싶다는 법은 없어요."

그러나 기쿠지는 이나무라 아가씨가 결혼했다는 소리를 듣고 가슴이 덜컹해진 다음 심한 갈증처럼 아가씨의 모습을 떠올리려 하는 것이었다.

기쿠지는 딱 두 번 유키코를 만났었다.

지카코는 엔가쿠 사 차 모임에서 기쿠지에게 유키코를 보이기 위해 일부러 그녀에게 차를 타게 하였다. 장지문에 드리워진 어린 잎 그림자가 유키코의 어깨와 소맷자락, 그리고 머리카락까지 환한 가운데 자연스럽고 품위 있게 차를 탔다. 그 인상은 남아 있는데 그녀의 얼굴은 떠올리기 어려웠다. 그때의 붉은 비단보라든가 또 절 안쪽에 있는 다실로 걸어갈 때 지니고 있었던 분홍색 비단에 하얀 천 마리 학 무늬가 그려진 보자기 등은 지금도 선명하게 떠오르는 것이었다.

그 후 한 번 유키코가 기쿠지 집에 온 날에는 지카코가 차를 탔다. 기쿠지는 이튿날이 되어서도 다실에 아가씨의 향기가 남아 있는 것처럼 느꼈을 정도로, 붓꽃이 그려진 아가씨의 허리띠 따위는 지금도 눈에 선한데 그녀의 모습은 선명하지 않았다.

기쿠지는 3, 4년 전에 돌아가신 아버지나 어머니 얼굴조차 명확하게는 떠올릴 수 없을 정도였다. 사진을 보면 그래, 하고 납득을 한다. 가까운 사람, 사랑하는 사람일수록 떠올리기 어려운 것인지도 모른다. 오히려 추한 것일수록 선명하게 기억으로 머무르기 쉬운 모양이다.

유키코의 눈이나 뺨은 빛같이 추상적인 기억으로 남아 있는데, 지카코의 유방에서부터 명치에 걸친 반점은 두꺼비처럼 구체적인 기억으로 남아 있다.

툇마루는 지금 어둡지만 지카코는 아마 흰 삼베로 된 긴 속옷을 입고 있을 거라고, 기쿠지는 알 것 같았다. 설사 밝다고 한들 가슴 반점이 보일 리 없음에도 기쿠지의 기억과 연결된 그 점이 보이는 것이었다. 어두워서 보이지 않기 때문에 오히려 보이는 것이었다.

"괜찮은 아가씨라고 생각하시면 놓치는 게 아니에요. 이나무라 유키코 씨란 사람은 이 세상에 한 명밖에 없으니까 말이에요. 평생을 걸려 찾으셔도 같은 사람은 없을 테지요. 이런 간단한 이치를 기쿠지 씨는 아직도 모르시는군요."

라고 지카코는 꾸짖는 듯한 어조로,

"경험이 적고 사치스러워요. 뭐 이걸로 기쿠지 씨와 유키코 씨 두 사람의 인생은 변해 버렸답니다. 아가씨는 기쿠지 씨와의 혼담에 마음이 있었던 모양인데, 아가씨가 다른 곳에 가서 불행해지면 기쿠지 씨에게 책임이 없다고는 할 수 없을 겁니다요."

기쿠지는 대답하지 않았다.

"아가씨는 자세히 보셨겠지요? 그 아가씨가 몇 년쯤 지나서, 기쿠지 씨와 결혼했더라면 좋았을 걸 하고 후회하며 기쿠지 씨를 생각하셔도 괜찮으세요?"

지카코 목소리에는 독기가 서려 있었다.

유키코가 이미 결혼해 버렸다고 한다면 무엇 때문에 지카코는
쓸데없는 말을 늘어놓는 것일까.

"반딧불 초롱이에요? 이맘때에?"

지카코는 목을 쑥 내밀고,

"이제 슬슬 가을 곤충의 계절인뎁쇼? 아직도 반딧불이 있을까
만서도. 유령의 집 같아요."

"가정부가 사 온 거겠죠."

"가정부란 건 이 정도 수준이지요. 기쿠지 씨가 다도를 하셨다
면 이런 일은 없을 거예요. 일본의 계절이라는 것이 있는데 말입
니다요."

지카코의 말을 듣고 보니 반딧불이 유령처럼 보이는 것 같기도
하다. 노지리 호반에서는 벌레가 울고 있던 것을 기쿠지는 떠올렸
다. 이맘때까지 있다는 건 좀 이상한 반딧불임에 틀림없었다.

"사모님이 계시면 철 지난 쓸쓸함이 감돌게 두지는 않으셨을
텐데."

하며 지카코는 침울한 듯이,

"이나무라 댁 아가씨를 며느님으로 정해 드리는 게 아버님께
해드리는 제 마지막 보은이라고 여기고 있던 참이었는데 말입니
다요."

"보은이라고?"

"네. 게다가 기쿠지 씨가 어두컴컴한 데 드러누워 반딧불 같은

걸 보고 계시니까 오타네 후미코 씨까지 결혼했다는 거 아닙니까요?"

"뭐라고! 언제?"

기쿠지는 유키코의 결혼 애기보다도 이 말에 더 뒤통수를 맞은 것 같아서 놀란 기색을 감추려는 생각조차 그만 사라졌다. 그럴 리가 없다는 기쿠지의 기색이 지카코에게도 보였던 모양이다.

"저도 교토에서 돌아와서 보고는 기가 막혔어요. 서로 짜기라도 한 것처럼 뚝딱하고 둘 다 시집을 가버리니 원, 젊은 사람들은 도통 알 수가 있어야지요."

하며 지카코는 말했다.

"후미코 씨가 시집을 가서 기쿠지 씨를 방해할 사람도 없어졌나 했더니 그때는 이미 이나무라 아가씨도 시집 가버린 후였다는 거 아닙니까요? 이나무라 댁에는 저까지 체면이 구기고 말고요. 이 게 다 기쿠지 씨의 우유부단함 덕분입니다요."

그러나 기쿠지는 후미코의 결혼을 여전히 믿기 어려웠다.

"역시 오타 부인이 죽어서까지 기쿠지 씨에게 방해를 해댄 건 아닌지 원. 그래도 후미코 씨가 결혼해서 부인의 마성도 이제 이 댁에서 물러날라나요."

지카코는 정원으로 눈을 돌렸다.

"이제 마음 깨끗이 정리하시고 정원수 손질이나 해보시지요. 어 두운 데도 나뭇가지와 잎사귀들이 무성할 대로 자란 게 다 보이잖 습니까. 후텁지근해서 답답해 보이누만요."

아버지가 돌아가시고 나서 4년, 기쿠지는 정원사를 부른 적이 없었다. 과연 정원수는 무성해질 대로 자라서 한낮 더위의 잔열을 느끼게 하는 내음으로도 그것을 알 수 있었다.

"가정부는 물도 안 뿌리지 않습니까요? 그 정도는 시키셔야지요?"

"쓸데없는 참견."

그러나 지카코의 말에 일일이 낯을 찌푸리면서도 지카코가 계속해서 지껄이는 대로 내버려 두는 식이었다. 지카코와 만나면 늘 이랬다.

지카코는 잔소리를 해대면서 기쿠지에게 비위를 맞추기도 하고 또 속을 떠보려 한다. 그 호흡에 기쿠지는 익숙해져 있었다. 기쿠지는 노골적으로 반발하고 또 은근히 경계도 한다. 지카코는 그것을 알면서 대개는 모르는 척하고 때로는 알고 있다는 것을 드러내기도 한다.

그리고 지카코는 기쿠지가 의외라고 생각할 만한 잔소리는 거의 하지 않는다. 기쿠지가 자기혐오로 여기는 것들을 들쑤셔 대는 것이다.

오늘 밤도 지카코는 유키코와 후미코가 결혼했다고 알려 주고 기쿠지의 반응을 살피는 듯하였다. 무엇 때문일까 하고, 기쿠지는 한시도 마음을 놓을 수가 없었다. 지카코는 유키코를 기쿠지에게 이어 주려고 후미코를 기쿠지로부터 떼어 놓으려고 했다. 그러나 두 아가씨가 결혼해 버린 마당에 기쿠지가 어떻게 생각하든 지카코가 나설 자리는 아닐진대 아직도 기쿠지 마음의 그림자를 쫓아오는 것 같았다.

기쿠지는 일어나서 방과 마루 전등을 켤까 하고 생각했다. 어두운 데서 이렇게 지카코와 얘기하고 있는 것은 사실 이상하기도 하고 또 그럴 만큼 친한 사이도 아니었다. 정원수 손질까지 참견을 해도 기쿠지는 그러려니 흘려듣고 있을 뿐이다. 그러나 전등 때문에 일어나는 것이 기쿠지는 어쩐지 귀찮았다.

지카코도 방에 들어오자마자 전등 얘기를 꺼냈으면서 스스로 일어서려고 하지 않는다. 이러한 일에 부지런하게 움직이는 것이 지카코의 습성이며 가업의 일부분이기도 했다. 그러고 보니 기쿠지에 대해서 애쓰는 마음도 훨씬 준 것 같다. 또는 지카코가 나이든 탓일까, 다도 선생으로서 조금 관록이 붙은 탓일까.

"이건 그저, 교토의 오이즈미의 전갈인데요, 만일 이쪽에서 차도구를 내놓으실 마음이 있으실 때는 사고 싶다고 했어요."

하며 지카코는 차분한 말투로,

"이나무라 댁 아가씨도 놓치고, 기쿠지 씨도 분발해서 새 생활을 다시 시작하신다면 다도 도구도 필요 없으실 테지요. 저는 아버님 대부터 내려온 역할이 없어져 서운하지만 실상 다실도 제가 올 때만 들여다볼 뿐이니까요."

아하, 하고 기쿠지는 납득이 갔다.

지카코의 목적은 노골적이었다. 유키코와 결혼할 가망이 없어지자 이제 기쿠지와는 가망이 없다고 보고, 마지막으로 도구상과 짜고 다기를 빼내려는 것이다. 교토에서 오이즈미와 말을 맞추고 왔을 것이다.

기쿠지는 화가 난다기보다 오히려 어깨가 가벼워지는 것 같았다.

"집도 팔려고 하는 참이니 조만간에 부탁할지도 몰라요."

"아무래도 아버님 대부터 출입했던 사람에게 처리하는 게 안심이 되실 겁니다요."

라고 지카코는 덧붙였다.

기쿠지는 집에 있는 다기는 자기보다도 지카코 쪽이 자세히 알고 있을 거라고 생각했다. 지카코는 그것들을 속으로 계산해 봤을지도 모른다.

기쿠지는 다실 쪽을 보았다. 다실 바로 앞의 큰 협죽도(夾竹桃)에 하얀 꽃이 흐드러지게 피어 있었다. 그것이 희미하게 보일 뿐 하늘과 정원수를 구별하기도 어려울 만큼 어두운 밤이었다.

2

퇴근 시간이어서 회사 사무실을 나오려고 하던 기쿠지는 전화가 걸려와 되돌아와서 수화기를 들었다.

"후미코예요."

하는 작은 소리가 귓가에 들려왔다.

"저, 미타니 기쿠지입니다……."

"후미코입니다."

"네. 압니다."

"전화로 실례지만, 전화로 사과드리지 않으면 늦어지기 때문에 그래요."

"네?"

"실은 제가 어제 편지를 드렸는데, 거기에 우표 붙이는 걸 깜빡 잊어버린 것 같아요."

"네? 아직 못 받았습니다만……."

"우체국에서 우표를 열 장 사서 편지를 부치고 돌아와 보니 열 장이 그대로 있는 거예요. 정말이지 정신이 나갔었나 봐요. 편지가 닿기 전에 사과를 드리려면 어떻게 해야 좋을까 생각하다가……."

"그런 일이라면 신경 쓰지 않으셔도……."

라고 기쿠지는 대답하면서, 그 편지라는 건 결혼을 알리는 것일까 생각했다.

"축하드릴 편지입니까?"

"네……? 늘 전화로 말씀 나누고 편지는 처음이라서, 부쳐도 괜찮을까 하고 망설이다가 우표를 그만 깜빡했어요."

"후미코 씨 지금, 어디에 계십니까?"

"공중전화예요, 도쿄 역의……. 다음 사람이 밖에서 차례를 기다리고 있어요."

"공중전화라고요?"

기쿠지는 뭔가 납득이 가지 않았지만,

"축하드려요."

"어머……? 덕분에 겨우……. 하지만 어떻게 아셨어요?"

"구리모토가요, 알려 주더군요."

"구리모토 선생님……? 어떻게 알았을까요. 무서운 사람이에요."

"하지만 이젠 구리모토와 만날 일도 없잖아요. 요전에는 전화에 소나기 소리가 들렸었죠."

"그렇게 말씀하셨어요, 그때도 저는요, 친구 집으로 이사하고 알릴까 어떻게 할까 망설였다고 말씀드렸지만, 이번에도 그랬어요."

"그야 알려 주시는 편이 고맙죠. 저도 구리모토한테 듣고, 축하해야 좋을지 어떨지 망설이고 있던 참이니까요."

"갑자기 행방불명이 되어 버리는 건 서운해요."

라고 꺼져 드는 것 같은 목소리는 어머니와 닮았다.

기쿠지는 갑자기 입을 다물었다.

"행방불명이 되어야 하지만요……."

잠깐 사이를 두고,

"누추한 다타미 여섯 장짜리 방이지만 근무처와 동시에 찾았어요."

"네……?"

"한창 더울 때부터 일하기 시작해서 힘들어요."

"그렇겠군요. 더구나 결혼 초이기도 하고……."

"어머나? 결혼……? 결혼이라고 하셨어요?"

"축하해요."

"어머나? 제가요……? 무슨 말씀을."

"결혼하셨잖아요."

"어머? 제가요……?"

"결혼하신 게 아닌가요?"

"안 했어요. 제가 지금 결혼할 기분이 들 수 있을까……? 그렇게 엄마가 돌아가신 지 얼마나 되었다고……."

"아니, 저."

"구리모토 씨가 그렇게 말했나요?"

"맞습니다."

"어째서일까요. 이해가 안 돼요. 들으시고 기쿠지 씨도 정말이라고 생각하셨나요?"

후미코는 자신을 향해 말하는 것 같기도 했다.

기쿠지는 갑자기 분명한 어조로,

"전화로는 안 되겠으니 만날 수 없을까요?"

"네."

"도쿄 역으로 갈 테니까 거기서 기다려 주세요."

"하지만……."

"아니면, 어디 다른 데서 만날까요?"

"전, 밖에서 만나는 건 내키지 않으니까 댁으로 찾아뵐게요."

"그럼 같이 돌아갈까요?"

"같이 돌아간다면 역시 만나게 되는 거죠."

"저희 회사로 들르지 않으실래요?"

"아니오. 혼자서 찾아뵐게요."

"그렇습니까? 저도 곧 돌아가겠습니다. 후미코 씨가 먼저 도착하면 들어가 있으세요."

후미코가 도쿄 역에서 전차를 탄다면 기쿠지보다도 빠를 것이다. 그러나 기쿠지는 같은 전차에 탈 것 같은 생각도 들어 승강장의 인파를 헤치며 찾아 다녀 보았다.

역시 후미코 쪽이 먼저 집에 도착해 있었다.

정원에 있다고 가정부에게서 듣고 기쿠지도 현관 옆 정원으로 나갔다. 후미코는 백협죽도 그늘의 돌에 걸터앉아 있었다.

지카코가 오고 나서 4, 5일, 가정부는 기쿠지가 돌아오기 전에 물을 뿌려 놓는다. 정원 가운데의 낡은 수도를 쓸 수 있었던 것이다.

후미코가 걸터앉은 돌도 끝자락은 젖어 있는 것처럼 보였다. 두툼한 푸른 잎에 붉은 꽃이라면 흐드러지게 핀 협죽도가 염천(炎天)의 꽃 같겠지만, 그것이 흰 꽃이라서 풍요롭고 시원스러웠다. 꽃들이 부드럽게 흔들리며 후미코의 모습을 감싸고 있었다. 후미코가 입은 옷도 흰 무명옷이었는데 접어 넘긴 옷깃과 주머니 입구를 진한 감색 천이 가늘게 테를 두르고 있었다.

석양은 후미코 뒤의 협죽도 위에서 기쿠지 앞으로 비춰 왔다.

"오셨군요."

하며 기쿠지는 친밀하게 다가갔다.

후미코는 기쿠지보다도 먼저 뭔가 말하려 했지만,

"아까는 전화로……."

그리고 어깨를 움츠리며 몸을 돌리듯이 일어섰다. 그대로 기쿠지가 다가오면 손을 잡을 것처럼 보였는지도 모른다.

"전화로 그런 말씀을 하시니까 온 거예요. 아니라고……."

"결혼 말이군요? 저도 놀랐습니다."

"어느 쪽에요……?"

하며 후미코는 눈을 내리떴다.

"어느 쪽인가 하면, 그러니까 후미코 씨가 결혼하셨다고 들었을 때와 결혼 안 하셨다고 들었을 때죠. 나는 두 번 다 놀랐습니다."

"두 번 다요?"

"그야 그렇죠."

기쿠지는 징검돌을 밟고 가며,

"이곳으로 올라가죠. 올라가서 기다리셨더라면 좋았을걸요."

하며 툇마루에 걸터앉았다.

"요전 날 제가 여행에서 돌아와 여기서 쉬고 있는데 구리모토가 찾아온 거예요. 밤이었죠."

가정부가 안에서 기쿠지를 불렀다. 회사를 나올 때, 전화로 일러둔 저녁 식사 때문일 것이다. 기쿠지는 일어나서 간 김에 흰 삼베옷으로 갈아입고 왔다.

후미코도 화장을 고친 것 같았다. 기쿠지가 앉기를 기다려서,

"구리모토 씨가 뭐라고 하던가요?"

"단지 후미코 씨도 결혼하셨다고만 들었는데요……."

"그걸 기쿠지 씨는 곧이들으셨나요?"

"설마 거짓말이라고는 생각할 수 없는 거짓말이었으니까요……."

"의심도 안 하시고요……?"

후미코의 커다랗고 까만 눈이 금방 젖어 드는 것이 보였다.

"제가 지금 결혼할 수 있을까요? 기쿠지 씨는 제가 그럴 수 있다고 생각하세요? 엄마도 저도 괴로워했고, 슬퍼했고, 그게 가시지 않았는데……."

그 어머니가 살아 있기라도 한 것처럼 기쿠지에게는 들렸다.

"엄마도 저도 남에게 의지하는 성격이지요. 남도 자신을 이해해 줄 거라고 믿는 데가 있는 거죠. 그런 건 꿈일까요? 자기 마음의 거울에 자기를 비춰 볼 뿐 그 이상은……."

후미코는 목소리까지도 울음소리로 얼룩지는 것 같았다.

기쿠지는 잠시 잠자코 있다가,

"요전에는 제가 지금 결혼할 수 있다고 생각하세요, 하고 제 쪽에서 후미코 씨에게 말했었죠. 소나기 오던 날……?"

"천둥 치던 날이요……?"

"그래요. 그걸 오늘은 거꾸로 듣는군요."

"달라요. 그건……."

"제가 결혼할 거라고 후미코 씨는 여러 번 얘기했어요."

"그건, 기쿠지 씨와 저는 전혀 달라요."

하며 후미코는 눈물 고인 눈으로 기쿠지를 응시했다.

"기쿠지 씨와 저는 달라요."

"어떻게 다른 거죠?"

"처지도 다르고요……."

"처지요……?"

"네. 처지도 달라요. 하지만 처지라 해서 안 된다면 신상의 어두움이라고 할까요."

"말하자면, 죄의 깊이……? 그건 저 얘기겠죠."

"아니에요."

후미코는 세차게 고개를 저었다. 눈물이 눈 밖으로 나왔다. 그러나 그것은 한 방울뿐이었으며 뜻밖에도 왼쪽 눈초리에서 멀리 벗어나 귀 가까이로 흘러 떨어졌다.

"죄라면, 엄마가 젊어지고 돌아가신걸요. 하지만 죄라고는 생각지 않아요. 그저 엄마의 슬픔이었다고 생각해요."

기쿠지는 고개를 떨구었다.

"죄였다면 영영 지워지지 않을지도 모르지만 슬픔은 지나가 버리죠."

"그러나 후미코 씨가 신상의 어두움이니 뭐니 그런 말을 하면, 어머니의 죽음을 더욱 어둡게 하는 것이 아닐까요?"

"역시 슬픔의 깊이라고 하는 편이 났겠군요."

"슬픔의 깊이는……."

사랑의 깊이와 같을 거라고 기쿠지는 말하려다 그만두었다.

"그런 것보다도 기쿠지 씨에게는 유키코 씨와의 혼담이 있는걸요. 저와는 달라요."

라고 후미코는 이야기를 현실로 돌리듯이 말했다.

"구리모토 씨는 어머니가 그걸 방해하고 있다고 생각하고 계셨는걸요. 제가 결혼했다고 말하신 것은 저도 방해가 된다고 여겼기 때문일 거예요. 그렇다고밖에 생각할 수가 없어요."

"그런데, 그 이나무라 유키코 씨도 결혼해 버렸다고 하는 거예요."

후미코는 후유 하고 맥 빠진 얼굴을 했지만,

"거짓말……. 거짓말이겠죠. 그것도 분명 거짓말이에요."

하며 또 세차게 고개를 저었다.

"언제 했다는 거예요?"

"이나무라 씨의 결혼이요……? 최근이겠지요."

"거짓말이 틀림없어요."

"유키코 씨도 후미코 씨도 둘 다 결혼해 버렸다고 들은지라 오히려 저는 후미코 씨의 결혼도 정말인가 하고 생각했어요."

라고 기쿠지는 나지막한 소리로,

"하지만 유키코 씨 쪽은 어쩌면 정말인지도 몰라요……."

"거짓말이에요. 이렇게 더울 때 결혼하는 사람은 없어요. 의상이 홑겹인데다 땀이 나잖아요."

"글쎄요. 여름 혼례라는 건 없는 건가요?"

"네. 거의……. 전혀 없는 것도 아니겠지만……. 식은 가을로 미룬다거나……."

후미코는 어째서인지, 젖은 눈에 또다시 눈물이 넘쳐 무릎에 떨어지고, 그 눈물의 얼룩을 스스로 바라보고 있었다.

"하지만 왜 구리모토 씨는 그런 거짓말을 하시는 걸까요?"

"감쪽같이 속았군."

이라고 기쿠지도 말했다.

그러나 그것이 어째서 후미코의 눈물을 자아내는 것일까.

적어도 후미코의 결혼이 거짓말이라는 것은 이것으로 확실하다.

어쩌면 구리모토 지카코는 유키코가 정말로 결혼해 버렸기 때문에 이렇게 된 바에야 후미코도 기쿠지에게서 멀어지게 하려고 결혼했다고 한 건 아닐까. 기쿠지는 그렇게 의심해 보았다.

그러나 그것만으로는 뭔가 납득이 가지 않는다. 기쿠지에게는 역시 유키코의 결혼도 거짓말처럼 여겨지기 시작했다.

"여하튼 유키코 씨의 결혼이 거짓말이든 사실이든 그것을 알 수 없는 동안은 구리모토가 왜 그런 장난을 했는지도 이해할 수 없군요."

"장난……."

"뭐, 장난이라고 해 둡시다."

"하지만 오늘 전화를 걸지 않았으면 저는 결혼한 것으로 되어 있었을 테지요. 너무 지나친 장난이에요."

가정부가 또 기쿠지를 불렀다.

기쿠지는 안에서 편지를 가지고 돌아와서,

"후미코 씨의 편지가 와 있었어요. 우표가 안 붙어 있는……."

하며 별 생각 없이 봉투를 뜯으려 했다.

"안 돼요. 싫어요. 보지 마세요……."

"왜요?"

"싫어요. 돌려주세요."

하며 후미코는 무릎걸음으로 다가와 기쿠지의 손에서 편지를 뺏으려고 했다.

"돌려주세요."

기쿠지는 순간적으로 손을 뒤로 감추었다.

그러는 바람에 후미코는 기쿠지의 무릎에 왼손을 짚었다. 오른손으로 편지를 뺏으려고 했다. 왼손과 오른손은 반대로 움직임을 취하여 몸의 균형이 무너졌다. 기쿠지에게 넘어지려는 것을 왼손이 뒤로 지탱하여 버텼으나, 오른손은 기쿠지의 등 뒤에 있는 것을 잡으려고 하여 앞으로 쭉 뻗었다. 후미코는 몸이 오른쪽으로 비틀어져 기쿠지의 배에 옆얼굴부터 떨어지며 고꾸라질 듯하였다. 순간 후미코는 유연하게 몸을 돌려 비켰다. 기쿠지의 무릎에 짚은 왼손 또한 부드럽게 닿았을 뿐이었다. 어떻게 오른쪽으로 비틀어져 앞으로 고꾸라지는 상반신을 이렇게 부드러운 감촉으로 지탱할 수 있었던 것일까.

후미코가 왈칵 넘어지듯이 다가드는 기색에 몸이 바싹 굳은 기쿠지는 예상치 못한 후미코의 유연한 동작에 앗 하고 소리를 지를 뻔했다. 격렬하게 여자를 느꼈다. 후미코의 어머니인 오타 부인을 느꼈다.

어느 순간에 후미코는 몸을 돌려 피한 것일까. 어디서 힘을 뺀 것일까. 그것은 좀처럼 있을 수 없는 나긋나긋함이었다. 여자의 본능적인 비술(秘術)처럼 생각되었다. 기쿠지는 후미코의 무게감이 강하게 부딪쳐 올 줄 알았는데 후미코는 따스한 향기처럼 다가왔을 뿐이었다.

향기는 강하게 다가왔다. 여름날 아침부터 저녁까지 일한 여자의 체취는 짙어져 있었다. 기쿠지는 후미코의 체취를 느끼고 역시 오타 부인의 체취를 느꼈다. 오타 부인을 포옹했을 때의 체취였다.

"어머, 돌려주시라니까."

기쿠지는 거스르지 않았다.

"찢을래요."

후미코는 옆으로 돌아앉아, 자기의 편지를 잘게 찢었다. 목덜미도 노출된 팔도 땀으로 젖어 있었다.

후미코는 쓰러질 것 같은 몸을 돌릴 때에 얼굴이 순식간에 창백해졌다가 다시 고쳐 앉고 나서 불그스름해졌는데, 그 사이에 땀이 난 것 같았다.

3

근처의 음식점에서 배달된 저녁밥은 빤한 음식이라 별 맛이 없었다.

기쿠지의 물 잔으로 원통 모양의 시노 찻잔이 놓여 있었다. 여느 때와 같이 가정부가 내놓은 것이다.

기쿠지는 갑자기 깨달은 것인데 후미코도 그걸 눈여겨보고,

"어머, 이 찻잔, 쓰고 계셨나요?"

"네."

"어떡하죠."

라고 후미코는 기쿠지만큼은 수치심을 느끼지 않는 목소리로,

"이런 걸 드려서 후회했어요. 그런 내용을 편지에 조금 썼어요."

"무슨 얘기를……?"

"아니 뭐, 하찮은 걸 드린 사죄뿐이었지만……."

"하찮은 게 아니잖습니까."

"별로 좋은 시노가 아니잖아요? 엄마도 평소 물 잔으로 쓸 정도였으니까요."

"나는 잘 모르지만 좋은 시노 아닌가요?"

라고 말하며 기쿠지는 원통 찻잔을 손에 들고 바라보았다.

"하지만 더 좋은 시노는 얼마든지 있는걸요. 그것을 쓰고 계시다가 다른 찻잔을 떠올려서, 그 시노 쪽이 좋다고……."

"우리 집에 시노의 작은 찻잔은 없는 것 같아요."

"댁에 없더라도 다른 곳에서 보실 수 있잖아요. 그것을 쓰시다가 다른 찻잔이 생각나 그 시노 쪽이 좋다고 생각하시면 엄마도 저도 슬플 거예요."

참, 하고 기쿠지는 숨을 삼켰지만,

"나는 이미 다도와는 인연이 없어지는 중이라 찻잔을 볼 일도 없어요."

"그래도 어쩌다가 보시게 될지도 모르죠. 지금까지도 더 좋은 시노를 봐 오셨어요."

"그런 식으로 말한다면 남에게는 최고의 물건밖에 줄 수 없는 것이 되겠군요."

"그래요."

라고 후미코는 똑바로 얼굴을 들어 기쿠지를 정면으로 보며,

"저는 그렇게 생각한걸요. 깨뜨려 버리시라고 편지에도 썼어요."

"깨뜨리라고요? 이걸 말예요?"

외골수로 말하는 후미코에게 기쿠지는 달래듯이 말했다.

"오래된 시노니까, 3, 4백 년 전의 것이죠. 처음에는 요리 그릇인지 뭔지, 찻잔도 물 잔도 아니었는지 모르지만, 작은 찻잔으로 사용되고 나서도 오랜 세월이 지났잖아요. 옛사람들이 소중히 여겨 전해 준 것이에요. 여행용 차 상자에 넣어 멀리 갖고 다닌 사

람도 있었을지 몰라요. 그렇게 후미코 씨 고집대로 깨뜨릴 순 없어요."

찻잔의 입 대는 부분에는 후미코 어머니의 입술연지도 스며들어 있다는 찻잔이다.

입술연지가 찻잔의 언저리에 묻으면, 닦아도 잘 지지 않는다고 어머니가 후미코에게 말했다는 것인데, 기쿠지가 이 시노를 받고나서도 한쪽 언저리가 더욱 진한 것은 씻어도 지지 않았다. 물론 입술연지 같은 색이 아니라 연갈색이지만 은은한 붉은빛을 띠고 있어, 그것은 입술연지가 바래서 낡은 색으로 보이기도 했다. 그러나 시노의 은은한 붉은빛인 것 같기도 했다. 또 찻잔으로 쓰면 입을 대는 부분이 정해지니까 후미코 어머니 전에 시노의 주인이었던 사람의 자국이 남아 있는 것인지도 모른다. 그렇지만 평소 물 잔으로 썼던 오타 부인이 가장 많이 사용하긴 했을 것이다.

이것을 물 잔으로 사용한 것은, 오타 부인이 스스로 떠올린 생각일까. 기쿠지 아버지의 생각으로 부인에게 써보게 한 건 아니었을까. 기쿠지는 그런 생각도 해보았다.

료뉴의 검정과 붉은 한 쌍의 원통 찻잔을 오타 부인은 기쿠지의 아버지와 부부 찻잔처럼 물 잔 대신으로 쓰고 있었던 것 같은 생각도 들었다.

아버지는 시노의 물병을 꽃병으로 삼아 장미나 카네이션을 꽂기도 하고, 시노의 찻잔을 물 잔으로 쓰게 하며 오타 부인의 아름다움을 감상했을지도 모른다.

두 사람이 죽은 후에 그 물병도, 원통 찻잔도 기쿠지네 집에 와 있고, 지금 후미코도 와 있다.

"제 고집이 아니에요. 정말로 깨뜨려 주셨으면 해요."

라고 후미코는 말했다.

"물병을 드려서 기뻐하시기에, 또 하나의 시노가 있다고 생각해서 물 잔을 곁들여 드린 것인데 나중에 부끄러워졌어요."

"물 잔으로 사용할 만한 시노가 아니죠. 사실은 아까워서……."

"하지만 더 좋은 것이 얼마든지 있어요. 그것을 쓰시면서 다른 좋은 시노를 생각하시면 저는 괴로울 거예요."

"최고의 물건만 다른 사람에게 주어야 한다는……?"

"상대와 경우에 따라서지요."

이 말은 기쿠지에게 강하게 와 닿았다.

오타 부인의 유품에서 기쿠지가 부인과 후미코를 떠올리기에, 그리고 더구나 친밀하게 접하는 물건은 최고였으면 좋겠다고 후미코는 생각하는 것이리라.

최고의 명품이야말로 어머니의 유품이었으면 하고 한결같이 바라는 후미코의 말은 기쿠지에게도 통했다.

그것은 후미코의 최고의 감정임에 틀림없을 것이다. 실제로 물병이 그 증거였다.

차갑고도 따스한 것처럼 윤기 나는 시노 표면은 그대로 기쿠지에게 오타 부인을 생각나게 한다. 그러나 거기에 죄라고 하는 어두움도 추함도 따르지 않는 것은 물병이 명품 탓도 있을 것이다.

명품의 유품을 보고 있는 동안에 기쿠지는 역시 오타 부인이 여자의 최고 명품이라고 느꼈다. 명품에는 흠이 없다.

소나기가 내리던 날의 전화에서 기쿠지는 물병을 보고 있으면 후미코와 만나고 싶어진다고 말했던 것이다. 전화였기 때문에 그런 말을 할 수 있었다. 그 말을 듣고 후미코는 시노가 하나 더 있다며 원통 찻잔을 기쿠지의 집에 가져왔던 것이다.

정말이지 이 원통 찻잔은 물병 같은 명품이 아닐 것이다.

"우리 아버지도 여행용 차 상자를 가지고 계셨던 것 같습니다만……."

하며 기쿠지는 생각이 나서,

"틀림없이 이 시노보다 나쁜 찻잔을 넣었겠지요."

"어떤 찻잔인가요?"

"글쎄, 전 본 적이 없어요."

"보고 싶어요. 아버님 것이 좋을 것임에 틀림없어요."

라고 후미코는 말했다.

"아버님 찻잔보다 좋지 않다면, 이 시노를 깨뜨려도 되죠?"

"위험천만인데요."

식사 후에 수박씨를 솜씨 좋게 골라내면서 후미코는 또 그 찻잔이 보고 싶다고 졸랐다.

기쿠지는 가정부에게 다실을 열어 두게 하고 정원으로 나갔다.

차 상자를 찾으러 갈 생각이었는데 후미코도 따라왔다.

"어디에 있는지도, 전 몰라요. 구리모토 쪽이 오히려 잘 알고 있으니까……."

라며 기쿠지는 뒤를 돌아보았다. 활짝 핀 백협죽도가 꽃그늘처럼 드리운 곳에 후미코는 서 있었는데, 양말과 정원용 나막신을 신은 발이 나무 밑자락 사이로 보였다.

차 상자는 개수대 옆의 선반에 있었다.

기쿠지는 다실로 나와 그것을 후미코 앞에 놓았다. 후미코는 기쿠지가 꾸러미를 풀어 줄 거라고 생각하고 단정하게 앉아서 기다리고 있다가 잠시 후 손을 뻗었다. "보겠습니다."

"먼지가 쌓여 있군요."

기쿠지는 후미코가 푼 꾸러미를 잡고 일어서더니 정원에 내밀어 털었다.

"개수대 선반에 매미 시체가 있어서, 벌레가 꼬여 있었습니다."

"다실은 깨끗해요."

"그래요. 요전 날 구리모토가 청소했거든요. 후미코 씨도 이나무라 유키코 씨도 결혼해 버렸다고 말하러 왔을 때 말이죠……. 밤이라서 매미를 모르고 가두고 갔나 봅니다."

후미코는 찻잔인 듯한 보따리를 상자에서 꺼내자 허리를 깊숙이 숙여 자루 끈을 풀면서 그 손가락 끝을 가늘게 떨고 있었다.

후미코의 둥그스름한 양어깨가 앞으로 움츠려져 옆에서 내려다보는 기쿠지에게는 기다란 목이 더욱 눈에 띄었다.

고지식하게 다문 아랫입술과 부드럽게 부푼 귓불이 가련했다.

"가라쓰(唐津) 도자기예요."

라며 후미코는 기쿠지를 올려다보았다.

기쿠지도 가까이에 앉았다.

후미코는 다타미 위에 두고 말했다.

"좋은 찻잔이에요."

역시 물 잔으로 써도 될 법한 원통으로 된 자그마한 가라쓰였다.

"강하고 늠름하군요. 저 시노보다도 훨씬 훌륭해요."

"비교하는 건 무리겠죠. 시노와 가라쓰를……"

"그래도 나란히 놓아 보면 알아요."

기쿠지도 가라쓰의 힘에 이끌려 무릎에 들고 바라보다가,

"그럼, 시노를 가져와 볼까요."

"제가 가져올게요."

라며 후미코가 일어나 나갔다.

"시노와 가라쓰 두 찻잔을 가지런히 놓았을 때 기쿠지와 후미코는 문득 눈이 마주쳤다.

그리고 동시에 찻잔으로 시선을 보냈다.

기쿠지는 당황한 듯이 말했다.

"남자 찻잔과 여자 찻잔이군요. 이렇게 가지런히 놓고 보니……"

후미코는 입을 열 수 없다는 듯이 고개를 끄덕였다.

기쿠지에게도 자신의 말이 이상하게 울렸다.

가라쓰는 그림이 없고 무지였다. 황록색을 띤 푸른빛에 좀 검붉은 빛도 띠고 있었다. 허리가 단단하게 불룩했다.

"아버님께서 여행할 때도 갖고 다니시던 좋아하시던 찻잔이겠죠. 아버님다워요."

후미코는 위험한 말을 위험하다고는 깨닫지 못하는 듯하다.

기쿠지는 시노의 찻잔이 후미코의 어머니답다고는 차마 말할 수 없었다. 그러나 두 개의 찻잔은 기쿠지의 아버지와 후미코의

어머니 마음처럼 여기에 나란히 놓여 있다.

3, 4백 년 옛날 찻잔의 모습은 단정하여 병적인 망상을 불러일으키지는 않는다. 그러나 생명력이 퍼져 있고 관능적이기조차 하다.

기쿠지는 자신의 아버지와 후미코의 어머니를 두 찻잔으로 보자 아름다운 영혼이 나란히 있는 것처럼 생각되었다.

더구나 찻잔의 모습은 현실이기에 찻잔을 사이에 두고, 마주 보고 있는 자신과 후미코의 현실도 무구한 것처럼 여겨진다.

기쿠지는 오타 부인의 초칠일재 다음 날, 두 사람이 마주 보고 있는 것은 두려운 일일지도 모른다고 후미코에게 말했을 정도였지만, 지금은 그 죄의 두려움도 찻잔의 표면에 씻긴 것일까.

"아름답군."

하며 기쿠지는 혼잣말처럼,

"아버지도 분수에 안 맞게 찻잔 같은 걸 만지작거리면서 갖가지 죄업을 짊어진 마음을 마비시키고 있었는지도 모르겠군요."

"어머."

"하지만 이 찻잔을 보고 있자니 원래 주인의 나쁜 점은 떠오르지 않는군요. 아버지 수명이 전래된 찻잔 수명의 몇 분의 일에 지나지 않을 만큼 짧아서……."

"죽음은 우리 발치에 있어요. 무서워요. 자신의 발밑에도 죽음이 있는데 언제까지고 엄마 죽음에 사로잡혀 있어서는 안 된다고 생각해서 저도 이것저것 해봤어요."

"그렇군요. 죽은 사람에게 사로잡혀 있으면 자신도 이 세상에 없는 것 같은 기분이 들게 되죠."

라고 기쿠지는 말했다.

가정부가 쇠 주전자를 가지고 왔다.

기쿠지와 후미코가 다실에 오래 있으니까, 찻물이 필요할 거라고 생각했을 것이다.

기쿠지는 이 가라쓰와 시노의 찻잔으로 여행하는 것처럼 차를 끓여 마시자고 후미코에게 권해 보았다.

후미코는 순순히 고개를 끄덕이고,

"엄마의 시노를 깨뜨리기 전의 이별 인사로 찻잔으로 한번 써주시겠어요?"

하며 차 상자에서 차 솔을 꺼내어 개수대로 씻으러 갔다.

여름 해는 아직 저물지 않았다.

"여행 온 셈치고……."

하며 후미코는 작은 찻잔에 작은 차 솔을 쓰면서 말했다.

"여행이라면, 어딘가의 여관에 있는 셈이군요."

"꼭 여관이라고 한정 지을 수 없죠. 강가일지도 모르고, 산 위일지도 몰라요. 계곡 물 있는 데라고 셈 쳐요. 찬물이 더 좋았을라나……."

후미코는 차 솔을 들 때, 검은 눈도 올려 기쿠지를 흘끗 보았으나 바로 손바닥 위에 가라쓰 찻잔을 돌리며 거기에 눈길을 쏟았다.

그리고 찻잔과 함께 후미코의 눈도 기쿠지의 무릎 앞으로 왔다.

후미코가 기대 오는가 싶은 느낌을 받았다.

이번엔 어머니의 시노에 차를 타는데, 차 솔이 달그락달그락 가장자리에 부딪쳐서 후미코는 손을 멈췄다.

"어려워요."

"작아서 젓기 힘들 것 같군요."

라고 기쿠지는 말했지만 후미코는 가슴을 떨었다.

그리고 일단 동작을 멈추니까 작은 원통 찻잔 안에서 차를 머금은 차 솔을 움직일 도리가 없었다.

후미코는 뻣뻣해진 손목을 바라보며 가만히 고개를 떨구었다.

"기쿠지 씨 어머님이 못 젓게 하세요."

"네에?"

기쿠지는 벌떡 일어나 주문에 걸려 움직이지 못하는 사람을 도와 일으키기라도 하듯이 후미코의 어깨를 붙잡았다.

후미코의 저항은 없었다.

·

4

기쿠지는 잠을 이룰 수 없어 덧문 틈이 밝아지기를 기다려 다실로 가보았다.

다실에 들어가기 전에 손을 씻는 돌로 된 물통[츠쿠바이(蹲踞)] 앞 돌무더기에 역시 시노 파편이 떨어져 있었다.

손바닥 위에 올려놓고 큰 파편 네 조각을 맞추자 찻잔 형태가 되었지만 입을 대는 부분에 한 군데가 모자랐다. 엄지손가락이 들어갈 정도로 이가 빠져 있었다.

그 파편도 있을까 하고 돌무더기 사이를 찾기 시작하다가 바로 그만두었다.

눈을 드니 동녘의 나무 사이로 큰 별 하나가 빛나고 있었다.

샛별 같은 걸 몇 년째 본 적이 없다. 이렇게 생각하며 서서 지긋이 바라보자 하늘에는 구름이 걸려 있었다.

구름 속에서 빛나니까 별은 더욱 크게 보이는 것 같았다. 빛 가장자리가 물에 젖어 있는 것 같았다.

기쿠지는 반짝반짝 빛나는 별을 보면서 찻잔 조각을 주워 맞추고 있는 게 한심하게 여겨졌다.

손에 든 파편을 그곳에 버렸다.

어젯밤 기쿠지가 말릴 새도 없이 후미코가 찻잔을 손 씻는 돌 물통에 던져 깬 것이다.

사라지듯 다실을 나간 후미코가 찻잔을 가지고 있으리라고는 기쿠지도 미처 깨닫지 못했다.

"앗."

하고 기쿠지가 소리를 질렀다.

하지만 기쿠지는 찻잔의 파편을 어두운 돌 그늘에서 찾을 여유도 없이 후미코의 어깨를 받쳤다. 후미코가 쪼그리고 앉아 찻잔을 깬 모습 그대로 그 손 씻는 돌 물통 쪽으로 쓰러지려고 했기 때문이다.

"더 좋은 시노가 있는걸요."

라고 후미코는 중얼거렸다.

기쿠지가 더 좋은 시노와 비교하는 것을 슬퍼하는 걸까.

그 뒤로 기쿠지가 잠 못 이루는 동안 내내 후미코의 그 말이 애절한 순결의 여운을 더했다.

정원이 밝아지기를 기다려 깨진 찻잔을 보러 나간 것이다.

그러나 주운 파편은 별을 보고 다시 버렸다.

그리고 눈을 들자,

"어."

하고 기쿠지는 말했다.

별은 없었다. 기쿠지가 버린 파편을 보던 그 잠깐 사이에 샛별은 구름에 숨었다.

기쿠지는 무언가 빼앗긴 것처럼 잠시 동녘 하늘을 바라보았다.

구름은 그리 두텁지는 않았다. 그러나 별 있는 곳도 알 수 없었다. 하늘 자락은 구름이 끊어져 마을 지붕과 닿을 듯 말 듯 불그스름하게 깊어지고 있었다.

"여기에 버려둘 수도 없지."

기쿠지는 혼잣말을 하며 시노의 파편을 다시 주어 잠옷 품에 넣었다.

내버려 둔 채로는 애처로웠다. 구리모토 지카코 따위가 와서 보고 수상하게 여길 우려도 있다.

후미코가 깊이 생각한 끝에 깼을 테니 파편을 보존하지 말고 손 씻는 돌 물통 옆에 파묻으려고 생각했지만, 어쨌든 종이에 싸서 벽장에 넣고 다시 잠자리에 들었다.

후미코는 도대체 기쿠지가 이 시노를 언제 무엇과 비교할 거라고 염려한 것일까.

그런 불안이 어디서 왔는지 기쿠지는 의아했다.

하물며 어젯밤부터 오늘 아침까지는 무엇과도 후미코를 비교할 수 있으리라는 건 생각조차 할 수 없었다.

후미코는 기쿠지에게 비교할 바 없는 절대적인 그 무엇이 되었다. 결정적인 운명이 되었다.

지금까지 기쿠지는 후미코를 오타 부인의 딸이라고 늘 생각하고 있었지만 그것도 지금은 잊은 것 같다.

어머니의 몸이 미묘하게 딸의 몸으로 옮겨가 거기에 기쿠지가 괴상한 유혹을 느꼈다는 등의 사념 따위는 오히려 지금은 자취조차 없어졌다.

기쿠지는 오랫동안 갇혀 있던 어둡고 추한 막에서 나올 수 있었다.

후미코의 순결의 아픔이 기쿠지를 구해 낸 것일까?

후미코는 저항하지 않고 순결 그 자체의 저항이 있었을 뿐이었다.

그것이야말로 주술적인 속박과 마비의 바닥으로 떨어졌다고 여길 법하지만, 기쿠지는 반대로 주술적인 속박과 마비를 벗어났다고 느꼈다. 중독되어 있던 독약을 마지막으로 허용치까지 전부 털어 넣음으로써, 그것이 오히려 독을 풀어 없앤 기적과도 같았다.

기쿠지는 회사에 출근하여 후미코 가게에 전화를 걸어 보았다. 후미코는 간다(神田)에 있는 나사(羅紗) 옷감 도매상에 취직했다는 것이었다.

후미코는 가게에 출근하지 않았다. 기쿠지는 잠을 이루지 못하고 나왔지만, 후미코는 해 뜰 무렵쯤 깊은 잠에 빠진 것일까? 수치심도 있어서 오늘은 집에 틀어박혀 있는 건가, 기쿠지는 생각했다.

오후에 전화를 걸어도 후미코는 역시 나오지 않아서 가게 사람에게 후미코의 주소를 물었다.

어제 편지에는 이번에 이사한 곳도 써 있었을 텐데. 후미코가 봉투째 찢어서 주머니에 넣어 버렸다. 저녁 먹을 때 근무처 얘기가 나와서 나사 옷감 도매상 이름을 기억하고 있었다. 그러나 주소는 흘려들었다. 후미코 주소가 기쿠지의 몸으로 옮겨진 느낌이었기 때문이다.

기쿠지는 퇴근길에 후미코가 방을 빌리고 있다는 집을 찾아냈다. 우에노 공원의 뒤쪽이었다.

후미코는 없었다.

학교에서 방금 돌아온 듯 세일러복 차림을 한 열두세 살쯤 된 소녀가 현관에 나오더니, 다시 안으로 들어가,

"후미코 씨는 오늘 아침에 친구와 여행 간다며 나가시고 안 계세요."

"여행?"

기쿠지는 되물었다.

"여행을 갔단 말이죠? 오늘 아침 몇 시쯤이었어요? 어디로 간다고 했죠?"

소녀는 다시 안으로 들어가더니 이번에는 좀 멀리서,

"잘 모르겠어요. 우리 어머니가 나가셔서요."

라고 기쿠지를 무서워하는 듯이 대답했다. 눈썹이 엷은 아이였다.

기쿠지는 문을 나오며 되돌아보았으나 후미코의 방이 어딘지 짐작이 가지 않았다. 좁은 정원도 있고 괜찮은 2층집이었다.

죽음은 가까이에 있다던 후미코의 말이 기쿠지의 발을 마비시켰다.

손수건을 꺼내서 얼굴을 닦았다. 닦을수록 핏기가 가시는 것 같아 더욱 쓱쓱 문질렀다. 손수건은 거무스레하게 젖었다. 등에 식은땀도 느꼈다.

"죽을 리가 없어."

라고 기쿠지는 스스로에게 말했다.

기쿠지에게 소생의 희망을 심어 주고 정작 후미코가 죽는다는 건 말이 안 된다.

그러나 어제 그 후미코가 순순히 몸을 맡긴 것은 죽음의 순수함이 아니었을까?

아니면 그 순수함이 어머니같이 죄 많은 여자의 그것이라고 두려워한 것일까.

"구리모토 한 사람을 살아남게 하고……."

라며 기쿠지는 가상의 적을 향해 자신의 독을 토해 내듯 말하더니, 공원 나무 그늘 쪽으로 걸음을 서둘렀다.

호수

모모이 긴페이는 여름의 막바지라고 하기에는 이미 가을 분위기가 감도는 가루이자와에 모습을 드러냈다. 우선 플란넬 바지를 사서 낡은 바지와 바꿔 입고, 새 와이셔츠에 새 스웨터를 껴입었지만 차가운 이슬이 내렸기 때문에 감색 레인코트까지 샀다. 기성품으로 복장을 갖추기에 가루이자와는 편리했다. 신발도 발에 맞는 것이 있었다. 낡은 구두는 신발 가게에 벗어 두었다. 그러나 낡은 옷은 보자기에 싸서 그것을 어떻게 해야 할 것인지 생각했다. 빈 별장 안에 던져 두면 내년 여름까지 발견되지는 않을 것이다. 긴페이는 골목으로 돌아가서 빈 별장 창문에 손을 대어 보았지만 널문은 못이 박혀 있었다. 그것을 부수는 것이 지금은 두려웠다. 범죄처럼 여겨졌다.

도대체 긴페이는 자신이 범죄자로 쫓기고 있는 것인지 아닌지 스스로도 알 수가 없었다. 자신의 범죄가 피해자에게 고소당하지 않았을지도 모른다. 긴페이는 보자기 꾸러미를 부엌 쪽 문에 있는 쓰레기통에 넣었다. 속이 후련했다. 피서객이 게으른 건지 별장 관리인이 태만한 건지 모르지만 쓰레기통은 청소를 하지 않아서 보자기를 눌러 넣자 축축한 종이 따위의 소리가 났다. 쓰레기통 뚜껑은 보자기 꾸러미 때문에 조금 들려 있었다. 긴페이는 개의치 않았다.

하지만 30보쯤 가다가 뒤돌아보았다. 그 쓰레기통이 있는 부근에서 은색의 나방 떼가 안개 속으로 날아오르는 환상을 보았다. 긴페이는 되돌아가려고 멈춰 섰지만 은색의 환영은 머리 위에서 낙엽송을 어렴풋이 파랗게 비치고 사라졌다. 낙엽송은 가로수처럼 이어져 있고 그 속에 장식등 아치가 있었다. 터키탕이었다.

긴페이는 정원에 들어가자 머리에 손을 대어 보았다. 머리 모양은 좋은 것 같았다. 긴페이에게는 안전 면도날로 자신의 머리를 깎는 묘기가 있어서 늘 사람을 놀라게 했다.

미스 터키라고 불리는 마사지 걸이 긴페이를 욕실로 안내했다. 안쪽에서 문을 잠그자 마사지 걸은 흰 겉옷을 벗었다. 배 위로는 젖 가리개를 하고 있을 뿐이었다.

그 마사지 걸이 레인코트 단추를 풀어 주어서 긴페이는 흠칫 몸을 빼려다 그냥 두니까 발밑에 무릎을 꿇고서 양말까지 벗겨 주었다.

긴페이는 향수탕에 들어갔다. 타일 색깔 때문에 물은 초록색으로 보였다. 향수 냄새는 별로 좋지 않았는데도 시나노 지방의 싸구려 여인숙을 전전하며 숨어 다니던 긴페이에게는 어쨌든 꽃향기임에 틀림없었다. 향수탕을 나오자 마사지 걸이 몸을 싹 씻어 주었다. 발밑에 쭈그리고 앉아 발가락 사이까지 아가씨 손으로 닦아 주었다. 긴페이는 마사지 걸의 머리를 내려다보고 있었다. 옛날식 헤어스타일처럼 뒤로 늘어뜨려 목덜미 조금 아래에서 잘려 있었다.

"머리를 감겨 드릴까요?"

"아, 아니……? 머리까지 감겨 준다고?"

"네……. 감겨 드릴게요."

안전 면도날로 깎기만 했을 뿐이지 따지고 보니 오랫동안 머리를 감지 않아서 냄새가 날 거라고 생각한 긴페이는 문득 움찔했지만 양 팔꿈치를 무릎에 대고 머리를 앞으로 내밀었다. 비누 거품으로 머리가 감겨지는 사이에 마음이 가벼워져,

"그쪽 목소리 정말이지 예쁜데."

"목소리……요?"

"응. 들으면 귓전에 맴돌아서 사라지는 게 아쉬워. 귓속에서 아주 부드러운 것이 머릿속까지 스며들어 오는 것 같군. 어떤 악당이라도 당신 목소리를 들으면 인간의 사랑이 그리워질걸."

"어머? 애교 섞인 목소리라는 거죠"

"애교 섞인 목소리가 아냐. 딱히 꼬집어서 얘기할 수 없는 달콤한 목소리인데……. 애수가 깃들어 있고, 애정이 깃들어 있고, 그리고 밝고 맑아. 가수 목소리하고도 달라. 너 연애 중이지?"

"아니오. 그러면 좋게요……."

"잠깐만……. 말할 때는 그렇게 머리를 휘젓지 마……. 목소리가 안 들려."

마사지 걸은 손가락을 멈추고는 곤란하단 듯이 대답했다.

"부끄러워서 말을 못하겠어요."

"선녀 같은 목소리를 가진 사람도 이 세상에 있구먼. 전화로 두세 마디만 들어도 한동안은 여운이 남아 아쉬워하게 될 거야."

긴페이는 정말 눈물이 날 것 같았다. 이 마사지 걸의 목소리에 청아한 행복과 따뜻한 구원을 느끼고 있었던 것이다. 영원한 여성의 목소리인가, 자비로운 엄마의 목소리인가.

"그쪽 고향은 어디……?"

마사지 걸은 대답하지 않았다.

"천국인가?"

"어머. 니가타 지방이에요."

"니가타……? 시?"

"아뇨. 자그마한 마을입니다."

마사지 걸의 목소리는 작아져서 좀 떨고 있었다.

"설국(雪國)* 출신이라서 몸이 예쁜 거로구나."

"예쁘기는요."

"몸도 예쁘지만 이렇게 고운 목소리는 들어보질 못했어."

마사지 걸은 다 씻자 통의 물로 몇 번이나 헹구고 긴페이의 머리를 큰 타월에 감싸 문질렀다. 쓱쓱쓱 머리카락을 다듬었다.

그러고 나서 긴페이는 허리에 큰 타월을 두르고 한증탕으로 안내되었다. 네모난 나무 상자 앞을 열고 살짝 밀어 넣어진 듯한 상태였다. 상자 위판에는 목이 지나가는 길이 있어서 목이 한가운데에 자리를 잡자 마사지 걸은 뚜껑을 닫아서 목이 지나간 길도 막았다.

"단두대네"라고 자기도 모르게 말하곤 긴페이는 눈을 휘둥그레 뜨고 두려움에 떨며 구멍에 끼인 목을 좌우로 돌리며 주위를 바라보았다.

"그렇게 말씀하시는 분이 자주 있어요." 그러나 마사지 걸은 긴페이의 공포를 알아차리지 못했다. 긴페이는 입구의 문을 보고 창문에 눈을 멈췄다.

"창문을 닫을까요?" 그러면서 마사지 걸은 창 쪽으로 갔다.

"아니."

한증탕의 증기가 온통 욕실에 서리기 때문에 창문이 열려 있는 듯하였다. 욕실 불빛이 밖에 있는 느릅나무의 푸른 잎을 비추고 있었다. 느릅나무는 큰 나무라서 불빛은 잎이 우거진 안쪽까지는 미치지 않는다. 긴페이는 그 잎의 어둠 속에서 희미한 피아노 소리가 들려오는 듯이 느꼈다. 소리는 곡을 이루지는 않았다. 환청임에 틀림없다.

"창문 밖은 정원인가?"

"네."

밤의 불빛이 엷게 푸른 잎을 비추는 창가에 흰 피부의 알몸의 아가씨가 서 있는 것은 긴페이에게 믿을 수 없는 세계 같았다. 엷은 분홍색 타일 위에 아가씨는 맨발로 서 있었다. 자못 젊어 보이는 다리지만 무릎 뒤 패인 곳에 그늘이 있었다.

긴페이는 만일 이 욕실에 혼자 있으면 널판 구멍에 목이 조일 것 같아서 견딜 수 없을 거라고 생각했다. 의자 같은 것에 걸터앉아 있는 허리 아래부터 뜨거워지기 시작했다. 뒤도 뜨거운 널판 같아서 거기에 등을 기댔다. 상자의 세 방향이 뜨거운 것 같았다. 김도 나오고 있을지 모른다.

"몇 분쯤 들어와 있는 거지?"

"사람에 따라 다르지만요, 10분 정도······. 익숙하신 분은 15분쯤은 들어가 계세요."

입구의 옷 바구니 위에 작은 탁상시계가 있어서 보니 아직 4, 5분밖에 지나지 않았다. 마사지 걸은 타월을 물에 적셔 짜 가지고 와서 긴페이 이마에 올려 주었다.

"휴, 후끈 달아오르는군."

널판 상자에서 머리만 내밀고 심각한 얼굴을 하고 있는 것은 좀 우스꽝스러워 보일지도 모른다고 생각이 미칠 만큼 여유가 생겨서 긴페이는 뜨거워진 가슴이랑 배를 어루만져 보았다. 끈적끈적 젖어 있었다. 땀인지 김인지 알 수 없었다. 긴페이는 눈을 감았다.

마사지 걸은 손님이 한증탕에 들어가 있는 동안 할 일이 없어 무료한 듯 향수탕 물을 퍼내어 때를 미는 곳 따위를 씻는 것 같았다. 긴페이에게는 바위를 치는 파도처럼 들렸다. 바위 위에서 두 마리의 갈매기가 날개를 파득대며 부리로 서로 쿡쿡 쪼고 있었다. 고향의 바다가 머리에 떠올랐다.

"이제 몇 분?"

"7분쯤입니다."

마사지 걸은 또 타월을 짜 와서 긴페이의 이마에 올려 주었다. 긴페이는 차가운 쾌감의 순간에 획 하고 목을 앞으로 했지만,

"아야" 하며 제정신이 들었다.

"안 좋으신가요?"

마사지 걸은 긴페이가 뜨거운 공기로 현기증을 일으켰다고 생각했는지 떨어진 수건을 주워서 긴페이의 이마에 대고는 손으로 눌러 주었다.

"이제 나오시겠어요?"

"아니, 아무렇지도 않아."

긴페이는 자신이 이 목소리 고운 아가씨를 따라 뒤를 밟고 있는 환각에 사로잡혔던 것이다. 도쿄 어딘가의 전찻길이다. 그 보도의 은행나무 가로수가 잠깐 머리에 남았다. 긴페이는 땀범벅이 되었다. 널판 구멍에 속박당해서 몸을 움직일 수 없다는 것을 알고 얼굴을 찡그렸다.

마사지 걸은 긴페이 옆을 떠났다. 긴페이의 모습에 다소 불안이 서렸다.

"이렇게 목만 내밀고 있으면 몇 살 정도로 보여?" 하고 긴페이가 묻자, 마사지 걸은 대답을 망설이다가 말했다.

"남자 분 나이는 모르겠어요."

마사지 걸은 긴페이의 머리를 자세히도 보지 않았다. 긴페이는 자신이 서른네 살이라고 말할 기회조차 없었다. 마사지 걸은 아직 스무 살 전일 거라고 생각했다. 어깨와 배, 다리를 보아도 처녀임에 틀림없는 것 같았다. 거의 볼연지를 바르지 않았지만 뺨은 순수한 장밋빛이었다.

"이제 나가자."

긴페이는 구슬픈 목소리를 내었다. 마사지 걸은 긴페이 목 앞의 널판을 열자 목덜미에 댄 타월 양끝을 들고 긴페이의 머리를 소중한 물건처럼 끌어내었다. 그리고 온몸의 땀을 닦아 주었다.

긴페이는 허리에 커다란 타월을 두르고 있었다. 마사지 걸은 벽쪽에 있는 안락의자에 하얀 천을 깔고 긴페이를 엎드려 눕게 했다. 어깨부터 마사지를 시작했다.

긴페이는 마사지가 주무르듯이 어루만질 뿐만 아니라 손바닥으로 탁탁 두드린다는 것을 지금까지 몰랐다. 마사지 걸의 손바닥은 소녀의 손바닥이지만 의외로 격렬하여 등을 계속해서 두들겨 긴페이의 호흡은 잘게 끊어졌다. 긴페이는 어린 자기 아이가 둥근 손바닥으로 힘껏 그의 이마를 쳐서 그가 고개를 숙이자 연이어서 머리까지 쳤던 일이 생각났다. 그것은 언제적 환상이었던가. 그러나 지금은 그 어린아이의 손이 무덤 속에서, 사방을 뒤덮고 있는 흙벽을 미친 듯이 치고 있었다. 감옥의 어두운 벽이 사방에서 긴페이를 쫓아왔다. 식은땀이 났다.

"무슨 가루를 바르나 보지?"

"네. 기분이 안 좋으세요?"

"아니"라고 하면서 긴페이는 허둥지둥 대답했다. "또 땀이 나서 말이지……. 네 목소릴 들으면서 기분이 좋지 않은 사람이 있다면 지금 바로 죄를 범하려고 하는 순간일 거야."

마사지 걸은 문득 손을 멈췄다.

"나 같은 사람이 들으면 네 목소리 이외의 모든 것이 소멸해 버리지. 다른 모든 것이 소멸해 버리는 것도 위험하지만, 그러나 목소리는 붙잡을 수도 쫓을 수도 없어. 흘러서 멈추지 않는 시간이나 생명 같은 것이지. 아니, 그렇지 않을까. 넌 언제든 고운 목소리를 낼 수 있는 거지. 하지만 이런 식으로 네가 입을 다물어 버리면 누가 어떻게 한들 억지로 고운 목소리를 내게 할 수는 없는 거지. 놀란 소리나 성난 소리, 울음소리는 내게 할 수 있다손 치더라도 자연스러운 목소리로 이야기를 하느냐 마느냐는 네 자유지."

마사지 걸은 그 자유를 이용하듯 잠자코 긴페이의 허리에서 허벅지 뒤로 주무르고 있었다. 발바닥 한가운데부터 발가락까지 주물렀다.

"위를 보고 누우세요……"라고 마사지 걸은 거의 알아들을 수 없을 만큼 가냘픈 목소리로 말했다.

"응?"

"이번에는 위를 보고 누우세요……"

"위를……? 정면을 보고 누우라는 거군" 하고 긴페이는 허리에 감은 타월을 누르면서 몸을 뒤집었다. 지금 마사지 걸의 조금 떠는 듯한 가냘픈 속삭임은 꽃향기처럼 귀에 어린 채 긴페이가 몸을 움직이는 대로 그를 따라왔다. 귀로 향내와 같은 도취감이 스며드는 것은 예전에 몰랐던 사실이다.

마사지 걸은 폭이 좁은 의자에 바싹 다가서서 긴페이의 팔을 주물렀다. 긴페이의 얼굴 위에 마사지 걸의 가슴이 봉긋하게 서 있는 것이 보였다. 젖 가리개를 그렇게 꽉 조인 것은 아닌데 흰 천의 모서리에서 가슴은 좀 잘록해 보였다. 그러나 가슴에서 유방 라인은 아직 충분히 성숙할 만치 부풀어 오르지는 않았다. 마사지 걸은 조금 고전적인 달걀형 얼굴을 가졌고 이마도 옆으로 넓지는 않왔다. 그러나 머리를 부풀리지 않고 가지런히 뒤로 넘겨서 그런지 커 보이고 생기 있는 눈이 더욱 또렷하게 보였다. 목부터 어깨선도 아직 부풀어 오르지 않아 둥근 어깻죽지가 젊디젊었다. 윤기가 흐르는 마사지 걸의 피부 광택이 너무 가까워서 긴페이는 눈을 감았다. 목수가 사용하는 듯한 못 상자에 자잘한 못이 가득 들어 있는 것이 눈에 보였다. 못은 모두 날카롭게 빛나고 있었다. 긴페이는 눈을 뜨고 천장을 바라보았다. 하얗게 칠해져 있었다.

"내 몸은 나이보다 늙어 보이겠지? 고생을 했으니까 말이야"라고 긴페이는 중얼거렸다. 그러나 아직 나이를 말하지 않았다.

"서른넷이야."

"그러세요? 젊으시네요"라고 마사지 걸은 목소리에 표정을 드러내지 않고 말했다. 긴페이의 머리 쪽으로 돌아서 벽 쪽의 팔을 문지르고 있었다. 의자의 한쪽은 벽에 붙어 있다.

"발가락 따윈 원숭이같이 길고 쭈그러든 것 같을 거야. 나는 자주 걷지만…… 볼썽사나운 발가락을 보면 늘 오싹해. 그것까지 네 고운 손으로 주무르게 했군. 양말 벗겨 주었을 때 놀라지 않았어?"

마사지 걸은 대답하지 않았다.

"나도 동해 바닷가 태생인데 말이지. 근데 해안은 검은 바위가 울퉁불퉁해. 긴 발가락으로 바위를 붙잡듯이 하면서 맨발로 걸었어"라고 긴페이는 반은 거짓말을 했다. 긴페이는 보기 싫은 발 때문에 청년기에 몇 번이나 거짓말을 했던가. 그러나 발등 거죽까지 두껍고 거무튀튀하고, 발바닥 한가운데는 쭈글쭈글할 뿐만 아니라 긴 발가락에 마디가 생겨 그 마디에서부터 기분 나쁘게 굽은 것은 사실이었다.

똑바로 누워 마사지를 받는 지금은 발을 볼 수 없기 때문에 손을 얼굴 위에 대고 바라보았다. 마사지 걸은 긴페이의 가슴에서 팔로 이어지는 근육을 풀고 있었다. 가슴 위 부근이었다. 긴페이의 손은 발만큼 이상한 인상을 주지는 않았다.

"동해 어느 쪽이세요?" 하고 마사지 걸은 자연스러운 목소리로 물었다.

"동해의……" 하고, 긴페이는 우물거렸다. "출신지 얘기는 안 내켜. 너와 달리 나는 고향을 잃어서……"

마사지 걸은 긴페이의 고향 따윈 알고 싶을 리도 없을 테고 마음에 두고 듣는 것 같지도 않았다. 이 욕실 조명은 어떻게 되어 있는 건지 마사지 걸의 몸에 음영이 없는 것 같았다. 마사지 걸은 긴페이의 가슴을 문지르면서 자신의 가슴을 기울여 왔다. 긴페이는 눈을 감았다. 손을 어디다 둬야 할지 몰랐다. 배 옆으로 뻗으면 마사지 걸의 옆구리에 닿지는 않을까. 그저 손가락 끝이라도 닿을 것 같으면 찰싹 얼굴을 맞을 것처럼 여겨졌다. 그리고 긴페이는 실지로 맞은 쇼크를 느꼈다. 퍼뜩 두려워 눈을 뜨려 했지만 눈꺼풀은 뜨이지 않았다. 세게 눈꺼풀을 맞았다. 눈물이 나올 법도 한데 나오지 않고 눈알을 뜨거운 바늘로 찔린 듯이 아팠다.

긴페이의 얼굴을 친 것은 마사지 걸의 손바닥이 아니라 파란 가죽 핸드백이었다. 맞았을 때 핸드백이라는 것을 알고 있었던 것은 아니지만, 맞은 후에 발밑에 핸드백이 떨어져 있는 것을 본 것이었다. 그것도 핸드백으로 맞은 것인지 핸드백이 던져진 것인지 긴페이는 분명히 알 수가 없었다. 분명치 않았다. 핸드백이 세게 얼굴을 친 것은 분명하다. 그 순간 긴페이는 제정신이 들었으니까…….

"앗" 하고 긴페이는 외치고,

"여보세요……" 하며 여자를 불러 세우려고 했다. 핸드백이 떨어진 것을 순간적으로 주의시키려고 생각했던 것이다. 그러나 여자의 뒷모습은 약국 모퉁이로 몸을 날리듯 사라져 버렸다. 파란 핸드백이 길 한복판에 있을 뿐이었다. 긴페이의 범죄가 움직이지 않는 증거처럼 존재하고 있었다. 열린 물림쇠로부터 천 엔짜리 지폐 다발이 삐져나와 있었다. 그렇지만 긴페이에게는 먼저 지폐 다발보다도 범죄의 증거로서의 핸드백이 보였다. 핸드백을 버리고 여자가 도망쳤기 때문에 긴페이의 행위는 범죄가 되어 버린 것 같았다. 그 공포 때문에 긴페이는 핸드백을 순식간에 주웠다. 천 엔짜리 지폐 다발에 놀란 것은 핸드백을 줍고 나서였다.

그 약국은 환시가 아니었던가 하고 긴페이는 나중에 의심하기도 했다. 가게 같은 건 하나도 없는 고급 주택가 안에 작고 낡은 약국이 외따로 한 채 있는 것은 불가사의한 일이다. 그러나 회충약 입간판이 입구 유리문 옆에 나와 있었다. 또 불가사의한 것으로 치자면 그 고급 주택가로 들어가는 전찻길 모퉁이에 같은 과일 가게가 서로 마주하고 있던 것도 이상하였다. 양쪽 가게 모두 버찌라든가 딸기라든가를 작은 나무 상자에 넣어 진열하고 있었다. 긴페이는 여자 뒤를 쫓아왔던 터라 여자 이외에는 아무것도 보이지 않았는데 서로 마주한 과일가게만이 유독 거기서 눈에 띈 것은 왜일까? 여자 집으로 가는 모퉁이를 기억해 두려고 한 것일까? 상자 안에 크기가 고르게 깔끔히 진열된 딸기도 기억에 남아 있으므로 분명히 과일 가게는 있었던 것 같다. 그러나 전찻길에서 모퉁이 한쪽 편에만 과일 가게가 있는 것을 양쪽에 있다고 착각한 것일지도 모른다. 그런 상황에서는 하나가 두 개로 보이는 일도 있을 법한 일이다. 나중에 긴페이는 그 과일 가게와 약국이 있는지 없는지를 확인하러 가보고 싶은 유혹을 참아 내느라 힘들었다. 실은 그 마을도 분명치 않다. 도쿄 지리를 머리에 그리고는 대충 짐작하는 수준이었다. 여자가 가는 방향으로 길이 나 있다는 식이었다.

"그래. 버릴 생각은 아니었을지도 몰라"라고 긴페이는 마사지 걸에게 배를 마사지 받으면서 자기도 모르게 중얼거리며 퍼뜩 눈을 떴다. 그러나 마사지 걸이 알아차리기 전에 눈을 감았다. 지옥에서 나온 새 같은 눈매를 하고 있었을지도 모른다. 여자의 핸드백에 관한 건 버린 물건 이름이나 버린 사람에 관해 입 밖에 내지 않았던 것이 다행이었다. 긴페이의 배는 꾸욱 단단해졌다가 그 다음 물결쳤다.

"간지럽군" 하고 긴페이가 말하자 마사지 걸은 손을 늦췄다. 이번에는 정말 간지럽다. 긴페이는 다행히 웃음소리가 나왔다.

지금까지 긴페이는 그 여자가 핸드백으로 긴페이를 때렸건, 핸드백을 긴페이에게 내던졌건 간에 핸드백 안의 돈 때문에 미행당한 것으로 착각했을 거라고 생각했다. 그리고 그 공포심이 폭발

직전까지 갔을 때 핸드백을 버리고 도망간 것이라고 해석하고 있었다. 그러나 여자는 버릴 생각이 아니었을지도 모른다. 긴페이를 내려치려다가 그 강한 탄성으로 핸드백이 손에서 떠났을 수도 있다. 그 어느 쪽도 여자가 핸드백을 옆으로 휘둘러 긴페이의 얼굴에 맞았다면 둘은 상당히 근접해 있었던 것이 된다. 긴페이는 쓸쓸한 고급 주택가에 당도해서 스스로도 의식하지 못한 채 추적의 거리를 좁혔던 것일까? 긴페이의 기세에 여자는 핸드백을 냅다 던지고 도망친 것일까?

긴페이는 돈이 목적이 아니었다. 여자 핸드백 속에 큰돈이 들어 있을 것이라고는 냄새도 맡지 못했고 생각지도 못했다. 범죄의 명백한 증거를 지울 셈으로 핸드백을 줍자 20만 엔이 들어 있었던 것이다. 접은 자국도 없는 지폐 10만 엔 다발 두 개에 예금 통장도 있었으니까 여자는 은행에서 돌아오는 길이었으리라. 어쩌면 은행에서부터 뒤를 밟혔다고 여겼음에 틀림없다. 지폐 다발 외에는 1천6백 얼마밖에 들어 있지 않았다. 그리고 통장을 살펴보자 20만 엔을 인출한 후에는 2만 7천 얼마가 남아 있었다. 즉 여자는 예금의 대부분을 인출한 것이었다.

긴페이는 여자의 이름이 미즈키 미야코라는 것도 통장에서 알았다. 돈이 목적이 아니라 여자의 마력에 유혹 당한 것이라고 한다면 돈과 통장을 미야코에게 되돌려 줘야 마땅했을 것이다. 그러나 긴페이가 돌려줄 리가 없었다. 긴페이가 여자를 쫓아서 걸었듯이 그 돈은 혼이 깃들기라도 한 듯 살아서 긴페이를 쫓아다녔다. 긴페이가 돈을 훔친 것은 처음이었다. 훔쳤다기보다도 그 돈은 긴페이를 공포에 몰아넣으며 떠나려고 하지 않았다.

핸드백을 주웠을 때는 돈을 훔칠 생각이 아니었다. 긴페이는 줍고 나서 보니 핸드백이 범죄의 증거물이기도 해서 양복 옆구리에 끼고 전찻길로 달음박질쳤다. 공교롭게도 오버코트를 입는 계절이 아니었다. 긴페이는 보자기를 사고는 얼른 가게를 뛰쳐나왔다. 핸드백을 보자기에 쌌다.

긴페이는 2층에 세를 들어 독신 생활을 하고 있었다. 미즈키 미야코의 예금 통장이라든가 손수건 등은 화덕에 태웠다. 통장 주소는 메모해 두지 않아서 미야코의 주소는 알 수 없게 되어 버렸다. 이미 돈을 되돌려 줄 생각은 없었다. 통장이니 손수건이니 빗도 태워 보니 냄새가 나는데 핸드백은 오죽하랴 싶어서 가위로 잘게 잘랐다. 한 조각씩 불에 태우느라 오랜 시간을 소비했다. 핸드백 잠금 스위치라든지 립스틱이나 콤팩트의 쇠 따위는 타지 않기 때문에 한밤중에 도랑에 던졌다. 그것들은 발견되어 봤자 흔한 물건이다. 자주 써서 얼마 남지 않은 립스틱을 빼보니 긴페이는 몸서리가 날 것 같았다.

긴페이는 라디오에 귀를 기울이고 신문도 자세히 보고 있었지만 20만 엔이 든 핸드백을 강도에 빼앗겼다는 뉴스는 없었다.

"흠. 역시 그 여자는 신고하지 않았어. 신고할 수 없는 뭔가가 그 여자에게 있는 거야"라고 긴페이는 중얼거리자 어두운 가슴속이 갑자기 이상한 불빛으로 밝아지는 것을 느꼈다. 긴페이가 그 여자를 미행한 데에는 그 여자에게도 미행당할 만한 이유가 있었던 것이다. 이른바 같은 마계(魔界)에 속하는 거주자였기 때문에 끌렸을지도 모른다. 긴페이는 경험으로 그것을 알 수 있었다. 미즈키 미야코도 자신과 같은 부류의 인간이라 생각했을 때 긴페이는 잠시 황홀한 기분이 들었다. 그리고 미야코의 주소를 메모해 두지 않았던 것이 후회스러웠다.

긴페이가 미행하는 동안 미야코는 두려워하고 있었음에 틀림없지만 그러나 스스로는 깨닫지 못하는 아픔 속의 황홀함이 있었을지도 모른다. 인간에게는 능동적인 쾌락이 있다면 수동적인 쾌락도 있기 마련이다. 거리를 활보하는 아름다운 여자는 많다. 그런데도 긴페이가 특별히 미야코를 선택해서 미행한 것은 마약 중독자가 서로를 알아보는 것과 같은 이치였다.

긴페이가 처음 뒤를 밟은 여자, 다마키 히사코의 경우는 분명히 그랬다. 여자라 해도 히사코는 소녀에 불과했다. 목소리 고운 마사지 걸보다도 더 어릴 것이다. 고등학교 여학생으로 긴페이의 제자였다. 긴페이는 히사코와의 관계가 알려져 교직에서 쫓겨난 것이다.

히사코의 집 문까지 뒤를 밟은 긴페이는 그 대문이 으리으리해서 그만 발을 멈춰 버렸다. 돌담으로 이어지는 대문은 철봉의 격자 위가 당초무늬로 되어 있었다. 문은 열려 있었다. 히사코는 당초무늬 안쪽에서 뒤돌아보며,

"선생님" 하고 긴페이를 불렀다. 창백했던 얼굴이 아름답게 불그스레해지기 시작했다. 긴페이도 얼굴이 달아올랐다. "아, 여기가 히사코네 집인가?" 하며 긴페이는 쉰 목소리로 말했다.

"선생님. 무슨 일이시죠? 저희 집에 오신 거 맞죠?"

제자 집에 오는데 말도 없이 뒤를 밟아 올 리도 만무하긴 했지만,

"그래. 잘됐구나, 이런 집이 포화에 불타지 않았다는 건 기적과 같아" 하며 긴페이는 감탄하는 척하며 문 안을 바라보았다.

"집은 불탔어요. 여기는 패전 후에 산 집이에요."

"여긴 패전 후에……? 다마키 아버님은 무슨 일을 하고 계시지?"

"선생님, 무슨 용무시죠?" 하며 히사코는 당초무늬 철 대문 너머에서 화난 듯이 긴페이를 쏘아보았다.

"응, 그래 맞다. 무좀……, 그게 저, 히사코네 아버님은 무좀에 잘 듣는 약을 잘 알고 계시잖아?"라고 말하면서, 긴페이는 이 호화스러운 문 앞에서 무좀이 웬 말이야 하고 비참하게 울상을 지었다. 히사코는 그러나 야무진 얼굴 그대로 반문했다.

"무좀이라구요?"

"응, 무좀 약 말이야. 히사코가 전에 말한, 왜 있잖아, 무좀에 잘 듣는 약을 학교에서 친구들에게 얘기했었잖아?"

히사코는 생각을 떠올리려는 듯이 눈을 깜빡였다.

"선생님은 이제 걸을 수도 없을 정도야. 무좀 약 이름을 아버님께 여쭤 봐 주지 않을래. 선생님은 여기서 기다리고 있을게."

히사코가 양옥 현관으로 사라지는 것을 확인하자 긴페이는 뛰어 도망쳤다. 긴페이의 추한 다리가 긴페이를 쫓아오는 것 같았다.

아마도 히사코는 미행당했다는 이야기를 집이나 학교에 하지 않을 거라고 긴페이는 생각했지만, 그래도 그날 밤은 심한 두통에 시달리며 눈꺼풀이 실룩실룩 경련이 일어나 잘 수가 없었다. 잠이 들더라도 얕은 잠이어서 자꾸 깨고 그때마다 차가운 비지땀으로 끈

적거리는 이마에 손을 대면 후두부에 모인 독소가 정수리로 기어 올라오는 듯했다. 그것이 이마까지 감아 왔을 때 또 두통이 났다.

처음 두통이 난 것은 히사코 집 문 앞에서 도망쳐서 근처 번화 가를 배회하고 있을 때였다. 사람들로 붐비는 길 한가운데서 긴페 이는 서 있기도 힘들어 이마를 누르며 쭈그려 앉았다. 두통과 함 께 현기증을 느꼈다. 땡땡, 땡그랑 제비뽑기 당첨 벨이 동네에 울 리고 있는 것 같았다. 소방자동차가 질주해 오는 벨 같기도 했다.

"어디 불편하세요?"라고 여자의 무릎이 가볍게 긴페이의 어깨 에 닿았다. 뒤돌아 올려다보자 패전 후 번화가에서 호객하는 매춘 부 같았다.

긴페이는 그래도 어느샌가 통행인의 방해가 되지 않도록 꽃집 쇼윈도에 몸을 기대고 있었다. 이마로 쇼윈도 유리를 거의 꽉 누 르고 있었다.

"내 뒤를 밟아왔군" 하고 긴페이는 여자에게 말했다.

"밟아왔다고 할 정도까진 아니에요."

"내가 네 뒤를 밟아 온 것은 아닐 테지."

"그래요."

여자의 대답은 긍정인지 부정인지 애매했다. 긍정이라면 여자 는 그 다음 말을 뭔가 계속해야 할 터였다. 근데 여자가 잠시 틈을 두고 있는 것을 긴페이는 기다릴 수 없는 초조함 때문에,

"내가 미행한 것이 아니었다면, 네가 미행해 온 거잖아."

"아무래도 상관없는데……."

여자의 모습이 쇼윈도에 비쳤다. 유리 맞은편의 꽃들 속에 비치

고 있는 것 같았다.

"뭐 하고 있는 거예요. 빨리 일어나요. 남들이 지나가며 쳐다보 잖아요. 어디 안 좋아요?"

"응. 무좀이야."

긴페이는 또 무좀이라 입을 놀리고 나서 스스로도 놀랐지만,

"무좀이 심해 걸을 수가 없거든."

"이상한 사람이네. 근처에 괜찮은 집이 있으니까 쉬었다 갑시 다. 구두도 양말도 벗으면 괜찮을 거예요."

"남한테 보이는 건 싫거든."

"그런 거 보라고 해도 안 봐요. 발 따위……."

"옮는데도."

"옮기야 하려고" 그러고서 여자는 긴페이의 옆구리에 한쪽 손 을 끼우고,

"자, 어서요"라며 들어 올리듯이 했다. 긴페이는 왼쪽 손가락으 로 이마를 짚으면서 꽃 속에 비친 여자의 얼굴을 보고 있자, 맞은 편에서 꽃 속에 다른 여자의 얼굴이 나타났다. 꽃집 여주인일까? 긴페이는 창문 맞은편의 하얀 달리아 묶음을 잡듯이 오른손으로 쇼윈도의 큰 유리를 받치고 일어섰다. 꽃집 여주인은 엷은 눈썹을 찌푸리며 긴페이를 쏘아보았다. 긴페이는 팔이 커다란 유리창을 관통하여 피가 흐를 것 같은 두려움을 느껴 무게 중심을 여자 쪽 으로 기울였다. 여자는 발에 힘을 주어 버티며,

"도망치면 안 돼요"라고 말하더니 긴페이의 젖꼭지 부근을 꽉 꼬집었다.

"아얏."

긴페이는 후련했다. 히사코의 집 문 앞에서 도망치고 나서 어떻게 이 번화가에 당도한 건지 잘 알 수 없었지만, 여자에게 꼬집힌 순간 머리가 가벼워졌다. 호숫가나 산에서 불어오는 미풍을 쐰 듯한 상쾌함이었다. 신록이 물든 계절의 싱그런 바람일 텐데도 긴페이는 꽃집의 호수만큼의 넓은 창문에서 얼어붙은 호수를 떠올린 것이다. 창문을 팔로 깨부술 것처럼 느낀 터라 그런지 싱그럽지 않고 얼어붙은 호수였다. 엄마 고향 마을의 호수였다. 그 호숫가에는 좀 큰 마을도 있지만 엄마 고향은 그 옆의 작은 촌이었다.

호수는 안개가 끼어 물가 얼음 저편은 가려서 끝이 보이지 않았다. 긴페이는 외가 쪽 사촌인 야요이한테 호수 얼음 위를 걸어 보라고 했다. 권하기보다는 오히려 유인했던 것이다. 소년 긴페이는 야요이를 저주하고 원한을 품고 있었다. 발밑의 얼음이 갈라져 야요이가 얼음 밑 호수에 빠졌으면 하는 사심을 품고 있었다. 야요이는 긴페이보다 두 살 연상이었지만 긴페이는 야요이보다도 나쁜 꾀가 발달하였다. 긴페이의 아버지는 긴페이가 열한 살이 되던 해에 기괴한 죽음을 당했다. 엄마는 고향으로 돌아갈까 어쩔까 망설였다. 그런 형편이었기 때문에 봄날처럼 따뜻하게 자란 야요이보다는 긴페이 쪽이 나쁜 꾀를 더 필요로 한 것이다. 외가 쪽 사촌이 긴페이의 첫사랑이었던 것도 한편으로는 엄마를 잃고 싶지 않은 마음을 담고 있어서일지도 모른다. 어린 긴페이에게 행복이란, 자신과 야요이 두 사람의 모습을 호수에 비추면서 호수 기슭을 따라 걷는 것이었다. 호수를 보면서 걷고 있으면 물에 비치는 두 사람의 모습은 영원히 떠나지 않고 끝없이 갈 것같이 여겨졌다. 그러나 행복은 짧았다. 두 살 연상인 열네댓 살 소녀는 긴페이를 이성으로서 보지 않았다. 그리고 또 긴페이 아버지가 죽고 나서 엄마의 고향 사람들은 긴페이네를 싫어하며 피했다. 야요이도 긴페이를 멀리하고 노골적으로 멸시했다. 호수의 얼음이 깨져서 야요이가 가라앉으면 좋겠다고 긴페이가 생각한 것도 그 무렵이다. 나중에 야요이는 해군 사관과 결혼해서 지금은 미망인이 되어 있을 터이다.

그리고 지금도 긴페이는 꽃집의 쇼윈도에서 호수의 얼음을 떠올리곤 한다.

"잘도 꼬집었군" 하고 긴페이는 가슴을 어루만지면서 매춘부에게 말했다.

"분명히 멍이 들었을 거야."

"귀가하면 부인에게 봐 달라고 해요."

"부인이 없는걸."

"무슨 속 보이는 말을."

"진짜야. 독신 학교 교사야"라고 긴페이는 태연히 말했다.

"나도 독신 여학생이에요"라고 여자는 대답했다.

여자가 꾸며 댄 말이 틀림없다고 생각한 긴페이는 새삼 여자 얼굴을 보지도 않았지만 여학생이라는 말을 듣자 또 두통이 나기 시작했다.

"무좀 때문에 아파요? 그러니까 너무 걷지 않는 게 좋을 거라니까……" 하고 여자는 긴페이의 발밑을 보았다.

긴페이는 문 앞까지 쫓아갔던 다마키 히사코가 만약 거꾸로 긴페이를 미행해서 이런 여자와 걷는 것을 본다면 어떻게 생각할까하고 문득 인파 속을 뒤돌아보았다. 현관에 들어간 히사코가 다시나왔는지 어떨지는 모르지만 히사코가 마음속으로 긴페이를 쫓아온 것은 분명하다고 긴페이는 믿는 것이다.

다음 날도 히사코네 반은 긴페이가 담당하는 국어 시간이 들었다. 교실 문 밖에 히사코가 기다리고 있었고,

"선생님, 약"이라며 민첩하게 긴페이 호주머니에 뭔가 넣었다.

긴페이는 어젯밤 두통으로 수업 준비도 못하고 수면 부족으로 피곤하기도 해서 작문을 하게 하였다. 글제는 자유로이 하게 했다. 남학생 한 명이 손을 들고,

"선생님, 병에 대한 것을 써도 괜찮습니까?"

"응, 뭐든지 좋아."

"예들 들면, 지저분합니다만 무좀에 대한 것이라든지……?"

와아 하고 웃음소리가 퍼졌다. 그러나 모두 그 학생 쪽을 보았고, 긴페이 쪽을 이상한 눈으로 보는 학생은 없었다. 긴페이를 비웃는 것이 아니라 그 학생을 비웃는 듯했다.

"무좀에 대한 것이라도 괜찮지. 선생님은 경험이 없으니까 참고가 될 거야" 하고 말하면서 긴페이는 히사코 자리를 보았다. 학생들은 또 웃었지만 긴페이의 무죄에 편을 드는 듯한 웃음이었다. 히사코는 고개를 숙인 채 뭔가 쓰면서 얼굴을 들지 않았다. 귀까지 붉어져 있었다.

히사코가 작문을 다 써서 교탁으로 가지고 왔을 때, 긴페이는

'선생님의 인상'이라는 제목을 얼핏 보았다. 자신에 대한 것이 틀림없다고 긴페이는 생각했다.

"히사코 이따가 좀 남거라"라고 히사코에게 말했다. 히사코는 남들이 알아차리지 못할 정도로 끄덕이고는 눈을 치켜뜨며 긴페이를 쏘아보았다. 쏘아보는 듯이 긴페이는 느꼈다.

히사코는 일단 창가 쪽으로 가서 정원을 바라보고 있었지만 모든 학생이 작문을 다 내자 돌아서서 교단에 다가왔다. 긴페이는 작문을 천천히 한 뭉치로 묶고는 일어섰다. 복도로 나올 때까지 아무 말도 하지 않았다. 히사코는 긴페이와 1미터 정도 떨어져서 뒤따라왔다.

"약, 고마워" 하고 긴페이는 뒤돌아보았다.

"무좀에 관해서 누구한테 얘기했니?"

"아니오."

"아무한테도 얘기하지 않았어?"

"네. 온다한테는 말했어요. 온다는 친한 친구니까요."

"온다한테 말이지……?"

"온다한테만 말했습니다."

"한 사람한테 얘기하면 모두한테 얘기한 것과 마찬가지야."

"그렇지 않아요. 온다하고 둘만의 얘기예요. 온다와는 아무런 비밀이 없는 사이에요. 무슨 일이든 숨김없이 얘기하기로 약속했어요."

"그렇게 친한 친군가?"

"네, 우리 아빠가 무좀이라는 것도 사실 제가 온다와 얘기하고 있을 때 선생님이 들으신 거예요."

"그랬었구나. 근데 너는 온다한테 아무런 비밀이 없다고? 그건 불가능하지. 잘 생각해 봐. 온다한테 아무런 비밀이 없다는 것은 네가 하루 스물네 시간 온다하고 함께 있으면서 마음에 떠오르는 것을 모조리 스물네 시간 계속해서 얘기한다고 해도 역시 불가능하다고 봐야 돼. 예를 들면 잠자고 있을 때 꾼 꿈을 아침에 일어나 잊어버렸다고 해봐. 온다에게 얘기할 수 없잖아. 그게 온다하고 사이가 틀어져서 온다를 죽이고 싶어진 꿈일지도 모르잖아."

"그런 꿈은 안 꿉니다."

"어쨌든 서로가 아무런 비밀도 없는 친한 친구라는 것은 병적인 공상이고 여자 아이가 지닌 약점의 가면이지. 비밀이 없다는 것은 천국이나 지옥에서나 가능한 이야기지, 인간 세계에서는 가당치 않단다. 네가 온다에게 비밀이 없다면 넌 한 명의 인간으로서 존재하지도 않고 생존하지도 않는 거야. 가슴에 손을 대고 생각해 보렴."

히사코는 긴페이가 말하는 의미는 그렇거니와, 왜 이런 말을 하는지도 순간 납득할 수 없는 듯,

"우정을 믿어서는 안 된다는 겁니까?"라며 간신히 저항하였다.

"아무런 비밀이 없는 곳에 우정은 성립하지 않아. 우정뿐만이 아니라 모든 인간 감정은 성립하지 않아."

"네?" 하고 소녀는 역시 납득이 안 가는 것 같았다.

"중요한 건 모두 온다와 서로 얘기해요."

"글쎄. 어떨지⋯⋯. 가장 소중한 것과, 정말로 모래밭의 모래알

같이 소중하지 않은 것은 온다한테도 얘기 안 하잖니? 아버님이
나 내 무좀은 어느 정도 중요한 것이 될라나. 뭐 너한테는 중간 정
도 될라나."

발을 허공에서 흔들고 있던 히사코가 순간 허에 찔려 쓰러져 버
릴 것같이 긴페이의 말투는 심술궂었다. 히사코는 창백해져서 울
상이 되었다. 긴페이는 상냥하게 달래는 듯한 목소리로 계속했다.

"너희 집안 일 같은 것도 뭐든지 온다에게 얘기하니? 그렇지 않
잖아. 아버님 일의 비밀 같은 건 말하지 않을걸. 그것 봐. 그리고
오늘 작문에는 나에 대한 것을 쓴 것 같던데 그 쓴 것 중에서 온다
에게 얘기하지 않은 게 있지?"

히사코는 눈물 고인 눈으로 긴페이를 찌르듯이 보면서, 잠자코
있었다.

"히사코 아버님이 패전 후에 어떤 일로 성공하셨는지 참 대단하
시네. 온다가 아니라 부족하겠지만 나도 한번 자세히 듣고 싶다."

긴페이는 아무렇지도 않은 어조였지만, 그러나 명백한 협박을
할 셈이었다. 그런 저택을 패전 후에 샀다면 아마 이른바 암거래
에 비견할 만한 부정이나 범죄가 있었다고 의심할 수 있다. 긴페
이는 히사코에게 일침을 가해 두어 자신이 히사코를 미행한 것을
입막음하려고 머리를 굴린 것이다.

물론 히사코가 어제에 이어서 오늘 긴페이 수업에 나오고 무좀
약을 가져다주고, '선생님의 인상'이라는 작문을 썼으니까 걱정
할 필요는 없다고 긴페이는 어젯밤에 한 추리를 다시 확인하였다.
그리고 긴페이가 의식 불명의 만취한 술꾼이나 몽유병자처럼 히

사코 뒤를 미행한 것은 히사코의 마력에 유혹당했기 때문이었다. 히사코는 이미 마력을 긴페이에게 내뿜고 있었던 것이다. 어제 미행당한 것으로 히사코는 그 마력을 자각하고 오히려 은근한 쾌감에 전율하고 있을지도 모른다. 요사한 소녀에게 긴페이는 감전당하고 있었던 것이다.

그러나 히사코를 협박하고 뭐 이걸로 됐다 싶어 긴페이가 얼굴을 들자, 복도 막다른 곳에 온다 노부코가 서서 이쪽을 보고 있었다.

"친구가 걱정돼서 기다리고 있네. 그럼……" 하고 긴페이는 히사코를 놓아주었다. 히사코는, 긴페이 앞을 질러 온다 쪽으로 달려가는 보통 소녀다운 쾌활함이 사라진 듯, 긴페이에게 점점 뒤처져서 고개를 숙이고 걷고 있는 것 같았다.

사나흘 뒤, 긴페이는 히사코에게 고맙다고 했다.

"그 약 잘 듣더구나. 덕분에 아주 좋아졌어."

"그러세요?"라고 히사코는 볼이 발그레해지며 귀여운 보조개를 띠었다.

그러나 귀여운 히사코 사이에 벌어진 일을 온다 노부코가 알게 되어 긴페이가 학교에서 쫓겨나게 된 것이다.

그리고 세월이 흘러 지금 긴페이는 가루이자와의 터키탕에서 마사지 걸에게 배를 마사지 받으면서도 그 굉장한 양옥의 호사스러운 안락의자에서 히사코 아버지가 무좀 껍질을 뜯어내고 있는 모습을 떠올렸다.

"흠. 무좀 환자에게 터키탕은 금물이겠지. 쪄서 물러지면 가려워서 참을 수가 없을 거야'라고 말하며 긴페이는 비웃었다.

"무좀 환자가 온 적 있어?"

"글쎄요."

마사지 걸은 제대로 대답할 맘이 없어 보였다.

"우리들은 무좀 같은 건 모르지. 그건 분에 넘치는 부드러운 발에 생기는 것이 아닐까. 고상한 발에 천박한 병균이 붙지. 인생이란 그런 법이야. 우리들 원숭이 같은 발에는 이식되어도 살지 못할 거야. 발 거죽이 단단하고 두꺼워서 말이지" 하고 말하면서 그 볼품없는 발바닥을 마사지 걸의 하얀 손이 촉촉하게 빨아들이는 듯이 주물러 주는 것을 생각했다.

"무좀도 꺼리는 발이야."

긴페이는 눈살을 찌푸렸다. 기분 좋은 지금, 왜 무좀 따위를 아름다운 마사지 걸에게까지 말을 꺼낸 것인가. 말을 꺼내야만 하는 건가. 히사코에게 그때 거짓말을 했기 때문임에 틀림없었다.

긴페이가 히사코 집 문 앞에서 무좀에 시달리고 있고, 약 이름을 알고 싶다고 한 것은 순식간에 입에서 나온 거짓말이었다. 사나흘 뒤에 무좀이 좋아졌다고 인사말을 한 것도 그에 이어진 거짓말이었다. 긴페이는 무좀 같은 건 없었다. 작문 시간에 경험이 없다고 말한 것은 사실이다. 히사코에게서 받은 약은 버려 버렸다. 거리의 매춘부에게 무좀 때문에 주저앉아 있다고 말한 것도 역시 거의 순간적으로 앞의 거짓말에 이어지는 거짓말이었다. 한번 한 거짓말은 떠나지 않고 뒤따라 다닌다. 긴페이가 여자 뒤를 따라가 듯이 거짓말이 긴페이의 뒤를 따라온다. 아마 죄악도 그럴 것이다. 한번 범한 죄악은 인간의 뒤를 쫓아와서 거듭 죄를 짓게 한다. 악습이 그렇다. 한번 여자 뒤를 미행한 것이 긴페이에게 또 여자 뒤를 미행하게 했다. 무좀처럼 집요하다. 계속해서 퍼지고 없어지지 않는다. 올 여름에 무좀이 일단 가라앉아도 내년 여름이면 또 나온다.

"난 무좀이 아냐. 난 무좀은 몰라" 하며 긴페이는 자신을 질타하듯이 뇌까렸다. 여자의 뒤를 밟는 아름다운 전율과 황홀함을 불결한 무좀 따위에 비유할 게 뭔가. 한번 한 거짓말이 긴페이에게 이런 연상까지 하게 하는 것인가.

그러나 히사코의 집 문 앞에서 순간 무좀이라는 거짓말이 입을 뚫고 나온 것도 자기 발이 못생겼다는 열등감 때문이 아닐까 하는 생각이 지금 문득 긴페이의 머리를 스쳤다. 그러자 여자 뒤를 미행하는 것도 발이니까 역시 이 추악함과 관계가 있는 것일까. 생각이 거기에 미치자 긴페이는 놀랐다. 육체 일부의 추악함이 아름다움을 동경하여 슬피 우는 것일까. 추악한 발이 미녀를 쫓아다니는 것은 하늘의 섭리일까.

긴페이의 무릎에서 정강이로 마사지해 가며 마사지 걸은 등을 돌렸다. 즉 긴페이의 발이 마사지 걸의 눈 바로 밑에 있는 것이다.

"이제 됐어" 하고 긴페이는 당황해서 말했다. 긴 발가락의 뼈마디를 안으로 구부려 오므렸다.

마사지 걸이 아름다운 여운을 남기는 목소리로 말했다.

"발톱을 깎아 드릴게요?"

"발톱……? 아, 발톱……? 발톱을 깎아 준다 이거지" 하고 당

황스러워하다가 긴페이는 수습하듯이,

"자랐을 거야."

마사지 걸이 긴페이의 발바닥에 손을 대자 원숭이같이 꺾어 구부린 발가락을 부드러운 촉감으로 펴면서,

"조오금……."

마사지 걸의 발톱을 자르는 방식은 상냥하고 정중했다.

"넌 언제나 여기에 있으니까 좋군" 하고 긴페이는 말을 꺼냈다. 이미 단념하고서 발가락은 마사지 걸에게 맡기고 있었다.

"너를 보고 싶을 때는 여기로 오면 되는 거지. 네게 마사지 받고 싶으면 번호를 지명하면 되는 거지."

"네."

"스쳐 지나가는 사람이 아니야. 어디의 누군지도 모르는 사람이 아니야. 지나쳐 갈 때 뒤를 밟지 않으면 두 번 다시 만날 수 없는 세계로 사라져 버릴 사람이 아니야. 묘한 말을 하는 것 같지만……."

단념하고 맡겨 버리자 외려 발이 못생긴 것이 따뜻한 행복의 눈물을 자아내는 것 같았다. 한쪽 손으로 받치고 발톱을 깎아 주고 있는 지금의 이 여자에게처럼 긴페이는 못생긴 발을 드러낸 예가 없었다.

"묘한 말을 하는 것 같지만 사실이야. 넌 그런 기억 없니? 스쳐 지나가는 사람과 헤어져 버려 아, 아쉽다고 하는……. 나에게는 자주 있는 일이지. 정말 호감이 가는 사람이구나, 참으로 아름다운 여자구나, 이렇게 마음이 끌리는 사람은 이 세상에 둘도 없을

거야. 그런 사람과 길에서 스쳐 지나가거나, 극장에서 가까운 좌석에 서로 마주 앉게 되거나, 음악회장(콘서트홀)을 나오는 계단을 나란히 내려오거나, 그대로 헤어지면 이제 일평생 두 번 다시 만날 수도 없는 거지. 그렇다고 해서 모르는 사람을 불러 세울 수도 없고 얘기를 걸 수도 없어. 인생이란 그런 건가. 그럴 때 나는 죽고 싶을 만큼 슬퍼져서 아득하게 정신이 멍해져 버려. 이 세상 끝까지 쫓아가고 싶지만 그렇게도 할 수 없지. 이 세상 끝까지 쫓아간다고 하면 그 사람을 죽여 버리는 수밖에 없으니까 말이지."

긴페이는 그만 말이 막나가서 퍼뜩 숨을 삼켰다. 얼버무리듯이 말을 이었다.

"지금 말한 건 좀 과장되기는 하지만 너의 그 목소리가 듣고 싶으면 전화라도 걸 수 있으니까 고마운 일이야. 근데 손님과 달리 네 쪽은 부자유스럽겠군. 좋아하는 손님이 있어서 또 와 주었으면 해서 마음속으로 기다리고 있어도 오고 말고는 손님 마음이고 두 번 다시 안 올지도 모르니까. 허무하다고 생각한 적은 없어? 인생이란 그런 법이지만."

긴페이는 마사지 걸의 처녀 같은 등이 어깨뼈가 발톱을 자르는데에 따라서 희미하게 움직이는 것을 바라보았다. 마사지 걸은 긴페이의 발톱을 다 자르자 등을 돌린 채 잠시 머뭇거렸다.

"손톱은……?" 하고 이쪽을 향했다. 긴페이는 누운 가슴에 손을 얹어 보았다.

"손톱은 발톱만큼 자라지 않은 것 같군. 발톱만큼 지저분하지 않아."

그러나 거절한 것이 아니어서 마사지 걸은 손톱도 깎아 주었다.

긴페이는 마사지 걸이 자신을 상당히 거북살스럽게 여기고 있음을 알고 있었다. 스스로도 지금 한 부주의한 말이 기분 나쁘게 남았다. 추적의 극점은 과연 살인일까. 미즈키 미야코는 그 핸드백을 주었을 뿐 두 번 다시 만날 수 있을지도 알 수 없다. 스쳐 지나가며 헤어져 버린 것과 마찬가지다. 다마키 히사코와도 멀어져 헤어진 채 만나기도 어렵다. 추적한 끝에 죽여 버린 것도 아니었다. 히사코도 미야코도 손이 닿지 않는 세계에 잃어버린 것일지도 모른다.

놀랄 만큼 선명하게 히사코와 야요이의 얼굴이 떠올라서 마사지 걸의 얼굴과 비교해 보았다.

"이렇게 극진하게 온갖 서비스를 받고 두 번 다시 오지 않는 손님이 있다면 이상하군."

"머, 이쪽은 장사인걸요."

"그런 고운 목소리로, 이쪽은 장사인걸, 라고 말해도 되는 거야?"

마사지 걸은 외면하였다. 긴페이는 창피한 듯이 눈을 감았다. 감은 눈꺼풀 사이로 하얀 젖 가리개가 흐릿하게 보였다.

"이거 풀러" 하며 긴페이는 히사코의 젖 가리개 끝을 잡았다. 히사코는 고개를 저었다. 긴페이는 잡아서 획 당겼다. 긴페이의 손 안에서 젖 가리개의 고무 끈이 오므라들었다. 히사코는 긴페이의 손에 있는 젖 가리개를 멍하니 보면서 가슴을 내놓고 있었다. 긴페이는 오른손에 쥔 것을 버렸다.

긴페이는 눈을 뜨고 마사지 걸이 손톱을 자르고 있는 그 오른손을 보았다. 히사코는 이 마사지 걸보다 몇 살 아래였지. 두 살일까, 세 살일까, 히사코도 지금은 이 마사지 걸처럼 하얀 피부의 여성이 되었을까? 긴페이에게서 무명 옷감 냄새가 났다. 긴페이가 소년 시절에 입던 기모노 옷감인데, 히사코의 감색 서지(serge) 스커트 교복 색깔에서 연상된 것이다. 감색 서지 스커트에 재빠르게 다리를 끼워 넣으면서 히사코는 울었고, 긴페이도 눈물이 나올 것 같았다.

긴페이는 오른손 손가락에 힘이 다 빠졌음을 느꼈다. 마사지 걸은 왼손에 긴페이의 손을 받치고 오른손 가위로 손톱을 능숙하게 자르고 있었다. 엄마 고향 마을의 호수에서 얼음 위를 야요이와 손을 잡고 걸을 때 긴페이의 오른손 힘이 빠진 것이다.

"왜 그래?"라고 야요이는 말하며 기슭으로 돌아갔다. 꼭 잡고 있었으면 그때 긴페이는 호수 얼음 밑에 야요이를 가라앉혔을 것인가?

야요이와 히사코는 스쳐 지나가는 사람이 아니라, 어디의 누구인지 알려져 있는데다가 관계가 있어서 언제라도 만날 수 있는 사람들이었다. 그럼에도 긴페이는 그녀들 뒤를 미행했고, 그럼에도 헤어져야만 했다.

"귀……, 해드릴까요?"라고 마사지 걸이 말했다.

"귀? 귀를 어떻게 하는데?"

"해드리죠. 앉으세요."

긴페이는 일어나서 안락의자에 앉았다. 마사지 걸은 긴페이의 귓불을 미묘하게 주물렀는가 싶더니 손가락을 귓구멍에 넣어 안에서 묘하게 돌리는 것 같았다. 귓속의 탁한 공기가 빠져나가 가벼워지고 다른 희미한 향기가 감돌았다. 미세하게 잘게 저미는 소리가 들리고 소리에 따라 미묘한 진동이 전해졌다. 마사지 걸이 귓구멍에 넣었던 손가락을 또 한쪽의 손으로 가볍게 계속 치고 있는 것 같았다. 긴페이는 이상한 황홀감으로,

"어떻게 하는 거지? 꿈만 같아"라고 말하고 돌아보았지만 자신의 귀는 보이지 않았다. 마사지 걸은 팔을 조금 긴페이의 얼굴 쪽을 향해 기울여서 손가락을 귀에 다시 넣어 이번에는 천천히 돌려 보였다.

"천사의 사랑의 속삭임이군. 지금까지 귀에 밴 인간의 목소리를 이렇게 모두 빼내고 너의 예쁜 목소리만을 듣고 싶군. 인간의 거짓말도 귀에서 사라질 것 같아."

마사지 걸은 알몸의 긴페이에게 알몸을 기대면서 천상의 음악을 연주하였다.

"좀 피로가 풀리셨나요."

마사지는 끝났다. 마사지 걸은 앉은 채로 있는 긴페이에게 양말을 신겨 주고 와이셔츠 단추를 채워 주고 신발을 신기고 끈을 묶어 주었다. 긴페이가 스스로 한 것은 벨트를 적당히 조이고 넥타이를 맨 것뿐이었다. 긴페이가 욕실을 나와서 차가운 주스를 마시는 동안 마사지 걸은 옆에 서 있었다.

그리고 마사지 걸에게 현관까지 배웅을 받고 밤의 정원으로 나오자 긴페이는 커다란 거미집 환상을 보았다. 여러 가지 곤충과

함께 동박새가 두세 마리 거미줄에 걸려 있었다. 파란 날개와 눈가에 귀여운 흰 원이 선명하게 보였다. 동박새는 날개를 퍼덕이면 거미줄이 찢어질지도 모르는데 홀쭉하게 날개를 움츠리고 거미집에 걸려 있었다. 거미는 다가가면 몸통 거죽을 주둥이로 찔릴 것 같아서 거미줄 한가운데서 동박새에게 등을 돌리고 있었다.

긴페이는 눈을 더욱 높이 어두운 숲 쪽으로 돌렸다. 엄마 고향 마을의 호수 먼 기슭에 밤에 난 화재가 비치고 있었다. 긴페이는 그 물에 비치는 밤불에 이끌려 가는 것 같았다.

20만 엔이 든 핸드백을 빼앗긴 미즈키 미야코는 경찰에 신고하지 않았다. 20만 엔은 미야코에게 정말이지 운명이 걸린 만큼 큰 돈이었지만 신고하기 어려운 사정도 있었다. 그러니까 굳이 말하자면 긴페이가 이것 때문에 신슈 지방까지 도망 다닐 필요가 없었다. 그리고 긴페이를 추적했다 해도, 그것은 미야코가 소지한 돈을 긴페이가 훔친 것이 아니라, 돈 그 자체가 긴페이를 떠나지 않고 쫓아다닌 것과 같은 것이다.

긴페이는 지금에 와서는 돈을 훔친 것이 되었지만 핸드백이 떨어졌다고 미야코에게 말하려 했을 정도니까 빼앗았다는 것도 어폐가 있었다. 미야코도 긴페이에게 뺏겼다고는 생각하고 있지 않았다. 긴페이가 훔쳤다고도 생각하지 않았다. 길 한가운데에 핸드백을 버리고 왔을 때 그 장소에 있었던 것은 긴페이 한 사람이었으니까 우선 긴페이에게 혐의를 두는 것은 당연하지만, 그러나 미야코가 보고 있었던 것이 아니니까 긴페이가 줍지 않고 다른 행인이 주웠을지도 모른다.

"사치코, 사치코" 하고 그때 미야코는 현관에 들어서자마자 식모를 불렀다.

"핸드백을 말이지, 떨어뜨렸으니까 찾아와 줘. 거기 약국 앞이야. 서둘러서 뛰어가."

"네."

"우물쭈물 대다간 남이 주워 간다."

그러고서 미야코는 거친 호흡을 내쉬며 2층으로 올라갔다. 식모 다쓰가 2층으로 미야코를 좇아 올라왔다.

"아가씨, 핸드백을 떨어뜨리셨다고요……?"

다쓰는 사치코의 엄마다. 다쓰가 먼저 식모로 와 있었고, 그 뒤에 딸을 불러들인 것이다. 미야코가 독신 생활을 하는 작은 집에 식모가 둘이나 필요하지 않았지만, 다쓰는 이 집의 약점을 이용하여 식모 이상의 존재로 군림하는 것이었다. 다쓰는 미야코를 "사모님"이라고 부르기도 하고 "아가씨"라고 부르기도 한다. 아리타 노인이 이 집에 올 때는 반드시 "사모님"이라고 미야코를 부른다.

언젠가 미야코가 그만 이야기를 숨김없이 털어놓다가 기분에 이끌려,

"교토 여관에서의 일인데 여자 종업원이 말이지, 내가 혼자 있을 땐 '아가씨'라고 부르는 거야. 아리타가 있을 때는 아무리 나이 차가 나도 '사모님'…… 이러더니. '아가씨'라고 부르는 건 놀리는 건지도 모르지만, 에구에구 가엾게도, 라는 식으로 들려서 나 서글퍼졌어" 라는 등 얘기했더니, "그럼 저도 그렇게 불러 드

리죠"라고 다쓰는 대답한 뒤, 그 뒤로는 그런 식으로 부르고 있는 것이었다.

"근데 아가씨, 길을 걸으면서 핸드백을 떨어뜨리고 온다는 건 이상하잖습니까? 따로 짐이 있는 것도 아니고 핸드백만 들고 계셨잖아요."

다쓰는 작은 눈을 둥그렇게 뜨고 미야코를 빤히 올려다보았다.

다쓰의 눈은 크게 뜨지 않아도 동그랬다. 시원스런 눈이었다. 눈꺼풀 길이가 짧다고나 할까, 작은 눈이다. 그 눈을 동그랗게 뜨면, 다쓰를 꼭 빼닮은 사치코의 눈이라면 너무나 귀여웠을 테지만 다쓰의 눈은 부자연스러울 정도로 너무 눈에 띄어서 외려 기분 나쁘게 경계심을 불러일으켰다. 사실 눈을 마주 보고 있으면 다쓰는 속에 뭘 담고 있을지 알 수 없는 눈매였다. 무척 엷은 감색에 투명한 듯한 눈빛도 오히려 차가운 느낌을 주었다.

흰 얼굴도 둥글고 작았다. 목은 살쪘고, 가슴은 더욱 살쪘고, 밑으로 갈수록 뚱뚱하고 또 발이 작았다. 딸 사치코의 작은 발은 너무 귀여워 놀라울 정도였다. 그러나 엄마는 발목이 잘록하고 작은 발도 뭔가 교활하게 보였다. 엄마도 딸도 작은 체구였다.

다쓰는 목덜미에 살이 붙어서 미야코를 올려다본다고 해도 별로 목을 젖힐 수가 없으니까 눈을 치켜뜨는 정도로, 서 있는 미야코의 가슴속을 여전히 꿰뚫어 보는 듯했다.

"떨어뜨렸다면 떨어뜨린 거야" 하고 미야코는 식모를 야단치는 어조로,

"그 증거로 핸드백이 없잖아."

"하지만 아가씨, 바로 그 약국 앞에서, 라고 하셨잖아요. 장소를 알고 있고 더구나 동네서 떨어뜨린다는 것이 있을 수가 있나요? 핸드백 같은 것을……"

"떨어뜨렸다면 떨어뜨린 거야."

"양산 같은 걸 잃어버리고 왔다는 건 있을 법하지만, 손에 들고 있는 것을 떨어뜨리다니 원숭이가 나무에서 떨어지는 것보다 이상해요"라고 다쓰는 묘한 비유를 들먹였다.

"떨어뜨렸다고 깨달았으면 주우시면 되잖아요."

"당연하지. 무슨 말을 하는 거야? 잃어버린 순간에 알아차리면 정말로 잃어버린 것이 아니지."

미야코는 외출복 그대로 2층으로 올라와서 멀거니 선 채로 있었던 것을 깨달았다. 물론 미야코의 양장 옷장도 기모노 장도 2층 다타미 네 장 반짜리 방에 있다. 아리타 노인이 왔을 경우, 옆방이 다타미 여덟 장짜리 두 사람의 방이니까 옷을 갈아입기에 편리해서이기도 하지만, 그만큼 아래층에는 다쓰의 세력이 퍼져 있기 때문이기도 했다.

"밑에 가서 수건을 적셔 와 줘. 차가운 물로. 땀을 좀 흘렸어."

"네."

미야코는 그렇게 말하면 다쓰가 아래층으로 내려갈 거고, 또 벌거벗고 땀을 닦으면 다쓰는 2층에 없을 거라고 생각했다.

"네. 세면기 물에 냉장고 얼음을 넣어서 닦아 드릴까요?"라고 다쓰는 대답했다.

"됐어" 하고 미야코는 눈살을 찌푸렸다.

다쓰가 계단을 내려가는 것과 현관문이 열린 것은 동시였다.

"엄마, 약국 앞에서 전찻길까지 찾아봤지만 사모님 핸드백은 떨어져 있지 않았어"라고 사치코가 말하는 것이 들렸다.

"그럴 거야. 2층에 가서 사모님께 보고해라. 그래서 파출소에라도 신고하고 왔니?"

"어머. 신고해야 돼?"

"멍청한 건 어쩔 수가 없구나. 신고하고 와."

"사치코, 사치코" 하고 2층에서 미야코가 불렀다.

"신고하지 않아도 돼. 특별히 중요한 건 들어 있지 않으니까……"

사치코는 대답하지 않고 다쓰가 세면기를 나무 쟁반에 올려 2층으로 올라왔다. 미야코는 스커트도 벗고 속옷 바람으로 있었다.

"등을 닦아 드릴까요?"라고 다쓰는 아주 정중한 말투를 썼다.

"됐어" 하고 미야코는 다쓰에게 수건을 짜게 해서 받아 들고는 다리를 아무렇게나 뻗어 발부터 닦기 시작하고 발가락 사이를 닦았다. 다쓰는 미야코가 둘둘 말아 놓은 양말을 펴서 갰다.

"됐어. 빨 거야" 하고 미야코는 수건을 다쓰 손에 던졌다.

사치코는 올라오자 네 장 반짜리 옆방 문턱 가에 양손을 짚고 인사를 하면서,

"다녀왔습니다. 떨어져 있지 않았습니다"라고 말하는 것이 우스꽝스러워 귀여웠다.

다쓰는 미야코에게 아주 예의 바르기도 했다가 막돼먹게 굴기도 했다가 끈적끈적하게 허물없이 굴기도 하면서, 그때그때 여러

가지로 달라지면서도 딸한테는 이런 예의범절을 엄하게 가르쳤다. 아리타 노인이 돌아갈 때는 사치코가 구두끈을 매도록 가르쳤다. 신경통이 있는 아리타 노인은 발밑 옆에 웅크린 사치코 어깨에 손을 짚고 일어서는 경우가 있었다. 다쓰가 사치코를 시켜 노인을 미야코로부터 뺏으려 하는 수작을 미야코도 벌써 꿰뚫어 보고 있었다. 그러나 열일곱 살인 사치코에게 다쓰가 그 취지를 알아듣게 말했는지는 알 수 없었다. 사치코에게 향수를 쓰게 했다. 미야코가 그것을 언급하자.

"이 아이는 체취가 심해서요"라고 다쓰는 대답하는 것이었다.

"사치코에게 잠깐 파출소까지 신고하러 보내면 어떨까요?"라고 다쓰는 서둘러 말했다.

"끈질기네."

"아깝잖아요. 돈은 얼마나 들어 있었나요?"

"안 들어 있었어" 하고 미야코는 눈을 감고는 그 위에다 차가운 수건을 대고 잠시 꼼짝 않고 있었다. 또 심장 고동이 빨라졌다.

미야코는 은행 통장을 두 개 가지고 있었다. 한 개는 다쓰 명의로 되어 있고, 통장도 다쓰에게 맡겨져 있었다. 이쪽은 아리타 노인이 모르는 돈이었다. 다쓰의 훈수였다.

20만 엔을 인출한 것은 미야코 명의의 통장에서지만, 인출한 것은 다쓰에게도 비밀이었고 아리타 노인에게 발각되면 20만 엔의 용도를 물어볼 우려가 있었다. 경솔하게 신고할 수 없었다.

20만 엔은 미야코가 젊은 몸을 백발노인에게 맡기고 꽃피는 청춘의 시절을 보낸 대가로서 미야코의 피가 흐르는 돈이었다. 그것을 잃어버리게 되면 한순간에 모든 것을 잃고 미야코에게는 아무 것도 남지 않게 되는 것이다. 믿을 수 없는 사실이었다. 또한 돈을 썼으면 그 돈이 없어졌더라도 떠올릴 수 있지만, 저축을 했다가 그 돈을 그냥 잃어버리고 나니 생각하는 것조차 너무 힘들다.

그러나 20만 엔을 잃어버렸을 때 미야코에게도 순간적인 전율이 없었던 것은 아니었다. 그것은 쾌락과 같은 전율이었다. 미야코는 뒤를 미행해 온 남자가 두려워서 도망쳤다고 하기보다는 돌발적인 쾌락에 놀라 몸을 뒤틀었던 것일지도 모른다.

물론 미야코는 자신이 핸드백을 떨어뜨렸다고는 생각하지 않았다. 긴페이가 핸드백으로 맞은 건지 핸드백이 내동댕이쳐진 건지 분명치 않았던 것처럼 미야코도 때린 건지 내동댕이친 건지 알 수 없었다. 그러나 손으로 전해 오는 강한 느낌이 있었다. 손이 찌르르 저려 팔에 전해지고 가슴에 전해져 전신이 격통과 같은 황홀로 마비되었다. 남자에게 뒤를 밟히는 동안 몸 안에서 불타서 엉겨 있던 것이 한순간에 타오르는 것 같았다. 아리타 노인 그늘에 묻혔던 청춘이 한순간에 부활하고 또 복수하는 것 같은 전율이었다. 그러고 보니 미야코로서는 20만 엔을 모은 오랜 세월의 열등감이 그 한순간에 보상받은 것이므로 헛되게 잃어버린 것이 아니라 역시 그만큼 지불할 값어치가 있었던 것일지도 모른다.

그러나 사실은 20만 엔은 아무런 관계도 없었던 것 같다. 핸드백으로 남자를 칠까, 핸드백을 남자에게 던질까 했을 때 미야코는 돈에 대한 것은 까맣게 잊고 있었다. 핸드백이 자신의 손을 떠났던 것조차 깨닫지 못했다. 아니 몸을 돌려 도망쳤을 때도 생각하지 못했다. 이런 의미에서는 미야코가 핸드백을 떨어뜨렸다는 것이 정확하다. 또한 남자에게 내던지기 전부터 미야코는 핸드백도, 그 안에 20만 엔의 현금이 있는 것도 사실은 잊고 있었다. 남자에게 미행당한다는 생각만이 마음에 물결치듯 다가와서 그 파도가 철썩 부딪친 순간에 핸드백은 없어져 버린 것이다.

미야코는 집 현관에 들어서서도 쾌락의 마비가 남아 있었고 그대로 숨기듯이 2층으로 올라갔던 것이다.

"홀딱 벗고 싶으니까 아래층으로 가 줘."

미야코는 목에서 팔까지 닦자 다쓰에게 그렇게 말했다.

"목욕통에서 하시면 어떠세요?" 하고 다쓰는 이상하다는 듯이 미야코를 보았다.

"움직이고 싶지 않아."

"그러세요. 헌데 약국 앞에서—전찻길 쪽으로 들어오고 나서 잃어버린 것은 분명하죠? 아무래도 제가 잠깐 파출소에 가서 물어보고 와야겠어요."

"어딘지 몰라."

"왜요?"

"미행당하고 있었으니까……."

미야코는 빨리 혼자가 돼서 전율의 흔적을 닦고 싶었기 때문에 무심코 입을 잘못 놀리자 다쓰는 둥근 눈에 광채를 띠며,

"또 말이에요?"

"그래"라고 미야코는 정색을 했다. 그러나 말해 버리자 쾌락의 흔적은 싹 사라지고 차가운 땀과 같은 불쾌감만 남았다.

"오늘은 곧장 귀가하신 거예요? 또 남자를 떼어 내고 걸었던 거예요? 그래서 핸드백을 떨어뜨린 거죠?"

다쓰는 아직 그곳에 앉아 있는 사치코를 돌아다보고,

"사치코, 뭘 멍하니 있어?"

사치코는 눈이 부신 듯 일어서다가 갑자기 한쪽 다리를 비틀거리고 뺨이 붉어졌다.

그러나 미야코가 자주 남자에게 미행당하는 것은 사치코도 알고 있는 사실이었다. 아리타 노인도 알고 있었다. 긴자 한가운데서도 미야코는 노인에게 속삭였다.

"누가 내 뒤를 미행해 오고 있어요."

"뭐라고?" 하고 노인이 뒤를 돌아보려 하는 것을,

"보면 안 돼요."

"안 돼? 어떻게 뒤를 미행당하고 있다고 알았지?"

"그건 알 수 있어요. 아까 앞에서 오던 파르스름한 모자를 쓴 키 큰 남자예요."

"느끼지 못했는데. 스쳐 지나칠 때 신호라도 했었나?"

"말도 안 돼! 당신은 나에게 단순히 지나가는 사람입니까, 아니면 내 인생에 끼어들 분입니까, 하고 물어봐요?"

"즐거운가 보지?"

"정말 물어볼까 보다……. 있잖아요, 내기해요, 어디까지 따라올지……. 내기하고 싶어요. 지팡이를 짚은 노인과 같이 있으면 안 되니까 당신은 저기 옷감 가게에 들어가 보고 있어 줘요. 맞은편 끝까지 갔다가 여기로 돌아올 때까지 쫓아오면, 여름 흰 양장으로 하죠. 마(麻)가 아닌 걸로요."

"미야코가 지면……?"

"그래요, 밤새도록 팔베개하셔도 좋아요."

"뒤돌아보거나 말을 걸거나 하면 아웃이야."

"물론이죠."

아리타 노인이 지리라고 예상한 내기였다. 져봤댔자 미야코는
밤새도록 팔베개를 해줄 거라고 노인은 생각했다. 그러나 자신이
잠들어 버리면 팔베개를 하는지 마는지는 모르는 게 아닌가 하고
노인은 쓴웃음을 지으면서 남자용 옷감 가게로 들어갔다. 그러고
서 미야코와, 미행하는 남자를 바라보고 있는데 이상하게도 젊음
이 출렁거렸다. 질투가 아니다. 질투는 금제다.

노인의 집에는 가정부라는 명목으로 미인이 있다. 미야코보다
열 살 남짓 위인 30대다. 일흔이 가까운 노인은 이 젊은 두 사람에
게 팔베개를 해 받고 목에 안겨서 젖을 물면 엄마 같은 기분이 든
다. 이 세상의 공포를 잊게 해주는 것은 노인에게도 엄마 외에는
없다. 가정부에게도 미야코에게도 서로의 존재를 알렸다. 두 사람
이 질투를 하면 노인은 공포를 느낀 나머지 광폭해져 위해를 가할
지도 모르고, 심장마비를 일으켜 급사할지도 모른다는 식으로 미
야코를 위협하고 있었다. 제멋대로의 주장이긴 하지만 노인에게
피해망상적 공포증이 있고, 심장이 병약하다는 것은 노인이 필요
로 할 때 부드러운 손바닥으로 가만히 가슴을 눌러 주거나 아름다
운 뺨을 살짝 가슴에 기대어 주거나 하기 때문에 미야코도 알고
있었다. 그러나 우메코라는 가정부는 질투를 하는 것 같았다. 아

리타 노인이 미야코의 집에 들어오는 순간부터 미야코의 비위를 맞추는 날에는 우메코가 질투를 해서 나온 것이라고 미야코는 경험적으로 어쩐지 알 수가 있었다. 아직 젊은 우메코가 이런 노인에게 질투하는 건가 싶어서 미야코는 한심하게 느껴지고 염세적이 되었다.

아리타 노인은 우메코가 상당히 가정적이라고 미야코에게 자주 칭찬을 하므로 미야코에게는 창부적인 것을 원하고 있는 것이라고 느끼곤 했다. 하지만 노인이 미야코와 우메코에게 갈망하는 것이 모성이라는 것은 우선 분명했다. 아리타의 생모는 두 살 때 이혼당하고 계모가 왔다. 노인은 이 얘기를 미야코에게도 반복해서 들려주었다.

"계모라도 미야코나 우메코 같은 사람이 와 주었더라면 난 얼마나 행복했을까?"라고 노인은 미야코에게 응석을 부렸다.

"그건 몰라요. 나도 당신이 의붓자식이라면 구박했을 거예요. 분명 얄미운 아이였겠죠."

"귀여운 아이였어."

"의붓자식으로 구박당했던 보상으로 이 나이가 돼서 좋은 엄마를 두 명이나 갖게 된 거니까 당신은 행복한 거 아닌가요?"라고 다소 빈정대며 말해도,

"정말이야. 감사하고 있어."

뭐가 감사하다는 거야, 하고 미야코는 분노와 비슷한 감정도 느꼈지만 일흔이 가까운 능력 있는 부지런한 노인이 이런 모습일진대, 미야코는 인생의 무언가를 배우는 바가 없지 않아 있었다.

부지런한 아리타 노인은 미야코의 해이한 생활 태도를 이해하기 힘들어하는 것 같았다. 미야코는 혼자서 할 일이 없었다. 노인을 딱히 기다리는 것도 아니면서 기다리는 생활 자체가 젊은 기력을 사라지게 했다. 식모 다쓰가 왜 그리 열심인지 미야코는 이상했다. 노인의 여행에는 항상 미야코가 따라다니는데 숙박료도 속이라고 다쓰는 훈수한다. 즉 계산서를 여분으로 쓰게 해서 그 몫을 미야코가 돌려받으라는 것이다. 그런 것을 해주는 숙소가 만일 있었다고 해도 미야코는 자신이 너무 비참해진다고 생각했다.

　"그럼 말이죠, 찻값과 팁이라도 삥땅 치세요. 계산을 말이죠, 사모님이 옆방에 가서 하세요. 찻값과 팁은 듬뿍 주시잖아요. 영감님은 얼굴이 있으니까 내실 거예요. 그걸 옆방으로 갈 때까지 3천 엔이라면 천 엔을 쑥 빼서 허리띠 사이나 블라우스 안쪽 가슴속에 넣어 버리면 알 수 없어요."

　"어머, 질렸어. 그런 인색하고 쩨쩨한 일을……."

　그러나 다쓰의 월급을 생각해 봐도 그것은 쩨쩨한 것이 아닐 것이다.

　"인색한 게 아니에요. 돈을 만들려면 티끌 모아 태산밖에 방법이 없어요. 우리들 같은 여자 몸으로는……, 저금은 말이죠, 일일 적립, 한 달 적립식으로 하는 겁니다"라고 다쓰는 힘주어 말했다.

　"전 사모님 편이에요. 호락호락 젊은 피를 할아버지에게 빨게 해 두고 참기만 할 수가 없죠."

　다쓰는 아리타 노인이 오면 목소리까지 변해 버리는 게 술장사하는 여자 같지만, 미야코에게도 지금 같은 경우는 기분 나쁜 목소리로 말한다. 미야코는 좀 으스스해졌다. 그건 다쓰의 목소리나 얘기 때문이라기보다도 일일 적립식 한 달 적립식 적금처럼, 혹은 그 반대처럼 시간이 지나가는 것은 빨라서, 미야코 몸의 젊음이 흘러가는 것을 생각하고서 느끼는 으스스함이었다.

미야코는 다쓰가 자란 환경과 달리 패전 전까지는 소위 애지중지 자랐기 때문에 여관비까지 눈속임으로 훔치는 일은 도무지 생각조차 할 수 없었지만, 훈수 두는 다쓰가 부엌에서 소소하게 눈속임을 하고 있다는 느낌을 뒷받침해 줄 만한 것이라고 생각했다. 감기약 하나라도 다쓰가 사러 가는 것과 사치코를 심부름으로 보내는 것과는 5엔이나 10엔 차이가 나기도 했다. 이렇게 티끌이 모여 다쓰의 저금이 어느 정도 쌓였는지 딸 사치코를 통해 알아보고 싶은 호기심도 솟았다. 다쓰는 딸에게 용돈을 주는 것 같지 않으니까 저금통장도 보여 주지 않았을 것이다. 어차피 뻔할 거라고 미야코는 대수롭지 않게 여기고 있지만, 티끌을 쌓아 가는 다쓰의 개미 같은 근성은 얕잡아 볼 수 없었다. 어쨌든 다쓰의 생활은 일종의 건강한 삶이고, 미야코의 생활은 일종의 병에 걸린 삶임에 틀림없었다. 미야코의 젊은 아름다움은 소모품인데, 다쓰는 아무 것도 소모하지 않고 사는 것 같았다. 다쓰가 전사한 남편한테 호되게 당했다는 얘기를 들었을 때 미야코는 뭔가 쾌감을 느끼면서,

"울었어?"

"울고말고요……. 눈이 새빨갛도록 울어서 퉁퉁 붓지 않은 날이 없을 정도였어요. 남편이 던진 부젓가락이 사치코 목에 꽂혀서 지금도 작은 상처가 남아 있어요. 목 뒤에요. 보시면 아실 거예요.

난 그 상처가 어떤 것보다 명백한 증거라고 생각하고 있어요."

"무슨 증거?"

"무슨이라뇨, 아가씨, 말로 다 표현할 수가 없죠."

"그래도 다쓰 같은 사람도 시달렸다면, 남자란 건 역시 대단한 모양이네"라며 미야코는 시치미를 뗐다.

"맞아요. 하지만 뭐 생각하기 나름이죠. 그때는 여우에게 홀린 것처럼 남편에게 순종하느라 한눈도 팔 수 없었으니까요⋯⋯. 홀린 정신을 되찾은 것만 해도 다행이죠."

다쓰의 말투에서 미야코는 전쟁에서 첫사랑을 잃은 자신의 소녀 시절 모습이 떠올랐다.

미야코는 유복한 환경에서 자란 탓인지 돈에는 담백한 구석도 있었다. 지금의 미야코에게 20만 엔은 큰돈이지만 잃어버린 것은 잃어버린 것이라고 포기도 빨랐다. 미야코 일가가 전쟁에서 잃어버린 것은 요즘의 20만 엔 따위하고는 비교도 안 됐다. 그러나 물론 미야코에게 20만 엔을 만들 방법은 없었다. 돈이 필요해서 은행에 가서 찾아온 것인데, 이렇게 되고 보니 순간 당황했다. 주운 사람이 만일 신고라도 한다면 20만 엔이니까 신문에도 나올지 모른다. 은행 통장도 들어 있어서 잃어버린 주인 이름이나 주소도 알 수 있으니까 주운 사람이 직접 집에 갖다 주든가 경찰에서 통지가 있을 법도 하다. 미야코는 사나흘간 신문에도 신경을 썼다. 뒤를 밟았던 남자에게도 이름이나 주소가 알려졌을 거라고 생각했다. 역시 그 남자가 훔친 것일까? 그렇지 않다면 그 남자는 핸드백을 주웠던 건가, 아니면 줍지 않았더라도 더 뒤를 쫓아와야

할 것이 아닌가? 아니면 핸드백에 맞아 놀라서 도망친 것일까?

미야코가 핸드백을 잃어버린 것은 긴자에서 아리타 노인이 여름용 흰 양장 옷감을 사 준 지 일주일 정도 뒤의 일이었다. 그 일주일 동안 노인은 미야코 집에 오지 않았다. 노인이 모습을 보인 것은 핸드백 사건이 일어나고 이틀 후 밤이었다.

"어머, 어서 오세요"라고 다쓰는 서둘러 맞이하러 나가 젖은 우산을 받아들면서,

"여기저기 다니셨어요?"

"응. 날씨가 험상궂구먼. 장마인가?"

"편찮으세요? 사치코, 사치코……"라고 불렀지만,

"아 그렇지, 사치코는 목욕을 하고 있어요" 하고 말하고는 맨발로 뛰어내려 와 노인의 구두를 벗겼다.

"목욕물을 데웠으면 담그고 싶군. 축축해서 오늘 같은 환절기에 몸이 추우면……."

"안 되시죠"라고 다쓰는 작은 눈 위의 짧은 눈썹을 찡그렸다.

"어머, 어쩌죠. 오실 거라고 생각지 못해서 사치코가 먼저 써 버렸는데, 어떡하지요?"

"괜찮아."

"사치코, 사치코. 빨리 나와라. 윗물을 살짝 퍼내거라, 깨끗하게 말이야…… 주변도 잘 씻어 내고……." 다쓰는 서둘러 가더니 주전자를 가스 불에 올려놓고 목욕탕 가스도 켜고 돌아왔다.

아리타 노인은 레인코트 차림으로 다리를 팽개치듯 뻗어 문지르고 있었다.

"목욕탕에서 사치코가 조금 안마해 드리면……"

"미야코는?"

"네, 사모님은 뉴스를 보고 오겠다고 말씀하시고……. 뉴스만 하는 영화관이니까 이제 곧 돌아오실 거예요."

"안마사를 불러 주게나."

"네. 항상 오는……" 하고 일어나서 노인의 기모노를 가지고 오면서,

"목욕탕에서 갈아입으실 거죠? 사치코……" 하고 또 불러 놓고,

"그럼 잠깐 부르러 다녀올게요."

"벌써 다 씻었는가."

"네. 이제 다……. 사치코."

한 시간쯤 후에 미야코가 돌아오자 아리타 노인은 2층 잠자리에서 여자 안마사에게 안마를 받고 있었다.

"쑤시거든" 하고 작은 소리로 말했다.

"기분 나쁜 비에 외출까지 했으니. 다시 한 번 목욕물에 들어가면 가뿐할 거야."

"그래요."

미야코는 왠지 양복장에 기대어 앉았다. 아리타 노인을 일주일 정도 안 본 사이에 얼굴색이 창백하고 피곤해 보이며 뺨이랑 손에 엷은 갈색 검버섯이 두드러지게 보였다.

'뉴스를 보고 왔어요. 뉴스를 보고 있으면 생기가 돌아요. 가는 길에 뉴스는 관두고 머리를 감을까도 생각했는데 미용실이 문을 이미 닫아 버려서……"라고 미야코는 말하며 방금 감은 듯한 노

인의 머리를 보았다.

"헤어 토닉 냄새가 나요."

"사치코는 향수를 잔뜩 뿌리는군."

"체취가 심하다네요."

"아, 그래?"

미야코는 목욕탕으로 내려갔다. 머리를 감았다. 사치코를 불러서 마른 수건으로 머리를 문지르게 했다.

"사치코, 어쩜 이렇게 발이 귀엽니"라고 미야코는 무릎에 양 팔꿈치를 대고 있다가 한쪽 손을 뻗어 눈 아래의 사치코 발등을 만졌다. 사치코가 덜덜 떠는 것이 미야코의 맨 어깨에 전해졌다. 다쓰의 근성을 이어받았는지 사치코는 조금 손버릇이 나쁜 것 같은데, 미야코 것은 쓰레기통에 버린 오래 써서 낡은 립스틱이라든가 이 빠진 빗이라든가 빛바랜 머리핀 같은 것밖에는 갖지 않았다. 미야코의 아름다움을 동경하고 선망하기 때문이라는 것은 미야코도 알고 있었다.

목욕탕을 나오자 미야코는 하얀 천의 엉겅퀴 무늬 유카타(浴衣)에 하오리(羽織)를 걸치고 노인의 다리를 주물렀다. 만일 노인의 집에 들어가게라도 된다면 발을 주무르는 것은 일과가 될 거라고 생각하면서,

"아까 그 안마사 잘해요?"

"서투른 편이지. 우리 집에 오는 쪽이 더 잘해. 익숙하기도 하고 안마하는데도 성의가 있어."

"그 사람도 여자예요?"

"응."

노인의 집에서는 가정부인 우메코도 안마를 일과로 삼고 있을 거라고 생각하자 미야코는 불쾌해져 손의 힘이 빠졌다, 아리타 노인은 미야코 손가락을 잡아 좌골신경 뿌리의 경혈에 대었다. 미야코의 손가락은 휘어졌다.

"나처럼 가늘고 긴 손가락은 틀렸죠."

"그럴까…… . 그렇지도 않아. 젊은 여자의 애정이 깃든 손가락은 좋지."

미야코는 등줄기가 벌벌 떨려 또 경혈을 벗어나고 다시 노인에게 손가락을 잡혔다.

"사치코처럼 손가락이 짧은 손이 좋지 않으세요? 사치코에게 조금 가르치시는 게?"

노인은 잠자코 있었다. 미야코는 문득 레몽 라디게의 『육체의 악마』에 나온 말을 생각해 내었다. 영화를 보고 나서 원작을 읽었는데, 거기서 마르트는 "저는 당신의 일생을 불행하게 하고 싶지는 않아요. 저 울고 있어요. 하지만 저 당신한테는 할머니에 지나지 않는걸요"라고 말한다. "이 사랑의 말은 아이다운 귀중한 것이었다. 이제부터 앞으로 어떤 정열을 느끼는 일이 있어도 결코 열아홉의 아가씨가 할머니라고 말하며 우는 이 순정만큼 심금을 울리는 일은 없을 것이다." 마르트의 연인은 열여섯이었다. 열아홉의 마르트는 스물다섯의 미야코보다도 상당히 젊다. 노인에게 몸을 맡기며 젊음을 보내는 미야코는 이 부분을 읽었을 때 이상한 쇼크를 받았다.

아리타 노인은 미야코를 나이보다 젊다고 시종 말한다. 노인의 호의적인 눈뿐만이 아니라 미야코는 누구에게나 젊게 보인다. 그러나 아리타 노인이 미야코를 젊다고 하는 것은 미야코의 젊음을 노인이 환희하고 사모하고 있기 때문이라고 미야코에게도 느껴진다. 미야코의 얼굴의 아가씨다움이 소실되거나 몸의 탄력이 무너지는 것을 노인은 두려워하고 슬퍼하는 것이다. 일흔 가까운 노인이 스물다섯의 애인에게 더욱 젊음을 바란다는 것은 생각하면 괴이하고 불결한 것 같기도 하다. 그러나 미야코는 노인을 비난하기보다 오히려 노인에게 영향을 받아 자신의 젊음을 바라고 있는 것 같은 때도 있다. 이 일흔 가까운 노인은 미야코의 젊음을 간절히 바라는 한편으로 스물다섯의 미야코에게 모성을 갈망하고 있다. 그에 응할 셈은 아니지만 미야코는 엄마와 같은 착각을 일으킬 때가 없지는 않았다.

미야코는 엎드린 노인의 허리를 엄지손가락으로 누르면서 조금 올라타듯이 팔을 떠받치고 있자,

"허리에 올라타 봐 주지 않을래?"라고 노인이 말했다.

"거길 부드럽게 밟는 거야."

"전 싫어요……. 사치코에게 시키시는 건 어때요? 사치코는 작은 체구에 발이 작으니까 괜찮을 거예요."

"갠 아직 아이니까 부끄러워할 거야."

"저라고 안 부끄럽겠어요?"라고 미야코는 말하면서 사치코는 마르트보다도 두 살 아래, 마르트 애인보다도 한 살 위라고 생각했다. 그게 어쨌다는 말인가.

"내기에 져서 안 오셨어요?"

"그 내기?" 하고 노인은 거북이처럼 목을 돌리며,

"그게 아니야. 신경통 때문이야."

"댁에 오는 안마사가 잘하니까……요?"

"흠. 뭐 그렇게 되는 건가. 게다가 내기에 졌으니까 팔베개도 해 주지 않을 테고……."

"좋아요. 해드릴게요."

이미 아리타 노인은 발과 허리를 안마 받거나 미야코 가슴에 얼굴을 파묻거나 하는 것이 나이에 맞는 쾌락이 되기 시작했다는 것은 미야코도 잘 알고 있었다. 이 바쁜 노인은 미야코 집에서의 그런 시간을 '노예 해방' 시간이라고 스스로 부르고 있었다. 그건 미야코에게 자신이야말로 노예의 시간이라고 생각하게 하는 시간이었다.

"얇은 유카타로는 한기를 느낄걸. 이제 됐어" 하고 노인은 뒤돌아 누웠다. 미야코가 예상한 대로 팔베개가 효과가 있었다. 미야코는 안마에 싫증이 나 있었다.

"근데, 자기야, 그런 파란 모자를 쓴 남자에게 미행을 당하고는 어떤 기분이었지?"

"기분 좋았지요. 모자 색 같은 건 상관없어요"라고 미야코는 일부러 목소리를 생기 넘치게 했다.

"단지 미행당하는 것뿐이라면 모자 색 같은 건 아무래도 상관없을 것 같긴 하지만……."

"그저께도 이상한 남자에게 저기 약국 앞까지 미행당하다가 핸드백을 떨어뜨려 버렸어요. 무서웠어요."

"뭐라고? 일주일에 두 명이나 남자가 쫓아온 거야?"

미야코는 노인에게 팔베개를 해주면서 고개를 끄떡였다. 노인은 다쓰와 달라서, 핸드백을 걷다가 떨어뜨렸다고 하는 것을 별로 이상하게 여기지 않는 것 같았다. 이상하게 여길 여유가 없을 만큼 미야코가 남자에게 미행당하는 것에 놀란 것일지도 몰랐다. 노인의 놀라움이 미야코에게는 다소 쾌감이었고, 그 때문에 몸을 느슨하게 해방시켰다. 노인은 미야코의 가슴에 얼굴을 묻고 봉긋이 솟아오른 따뜻한 가슴을 양손으로 쥐어 관자놀이에 대었다.

"내 거."

"맞아요."

미야코는 어린아이처럼 대답하고 가만있었다. 노인의 백발 머리 위에서 미야코의 눈에 눈물이 넘쳐흐르기 시작했다. 불을 껐다. 핸드백을 주웠을지도 모를 그 남자가 미야코의 뒤를 밟으려고 결심한 순간에 막 울기라도 할 것 같은 얼굴이 어둠 속에 떠올랐다.

"아앗" 하고 외친 듯한 남자의 목소리가 들리지는 않았지만 미야코에게는 들렸던 것이다.

스쳐 지나서 남자가 멈추어 뒤를 돌아본 순간 미야코 머리의 광채, 귀와 목덜미의 피부색에 찌르는 듯 슬픔에 이끌려,

"아앗" 하고 외치고는 눈앞이 캄캄해져서 쓰러질 뻔한 것을 미야코는 보지 않아도 알 수 있었다. 들리지 않는 외침 소리를 미야코가 듣고 남자가 울 듯한 얼굴로 힐끗 뒤돌아본 순간, 그 남자가 미야코의 뒤를 미행해 올 것이라는 것은 정해졌다. 그 남자는 슬

품을 의식하고 있지만 자신은 잃어버린 것이다. 미야코는 물론 자신을 잃어버릴 리는 없었지만 남자로부터 빠져나온 남자의 그림자가 미야코 속으로 몰래 숨어들어 오는 것같이 느껴졌던 것이다.

미야코는 처음에 힐끗 뒤돌아본 것만으로 그 다음에는 뒤를 보지 않아서 남자의 얼굴은 기억하지 못한다. 지금도 어둠에 희미한 얼굴이 그저 울듯 일그러진 것만이 떠오를 뿐이다.

"마성(魔性)이군" 하고 아리타 노인은 잠시 뒤에 중얼거렸다. 미야코는 눈물이 계속 흘러나와서 대답하지 못했다.

"마성의 여잔가. 그렇게 여러 남자가 쫓아오다니 자신이 두려워지지 않아? 눈에 보이지 않는 요물이 이 속에 살고 있어."

"아파요" 하고 미야코는 가슴을 움츠렸다.

벚꽃 피는 계절에 유방이 아파 왔던 때를 미야코는 떠올렸다. 그 무렵의 자신의 때 묻지 않은 나신상이 눈에 보이는 것 같았다. 나이보다 어리다고 해도 완연히 여인의 몸이 되어 있었다.

"심술궂은 말씀하시네요. 그런 건 신경통이에요" 하고 미야코는 아무렇게나 엉터리로 대꾸했다. 순진한 아가씨가 심술궂은 여자가 되었다는 것을 미야코는 자신의 몸이 변화한 모습으로 생각하고 있었기 때문이다.

"뭐가 심술궂어?"라고 아리타 노인은 진지하게 받아서,

"남자에게 미행당해서 재밌어?"

"재미없어요."

"기분 좋다고 했잖아. 나 같은 노인과 사귀고 있는 울분이나 복수겠지."

"뭐에 복수하는 거죠?"

"글쎄, 네 인생이나 불운에 대해서겠지."

"기분이 좋든, 재미없든 간에 그렇게 간단한 일이 아니에요."

"간단하지 않지. 인생에 복수한다는 건 간단한 일이 아니야."

"그렇다면 당신은 나 같은 젊은 여자와 사귀며 인생에 복수하고
계시는 거예요?"

"뭐라고?" 그러면서 노인은 대답은 궁했지만, 말을 계속했다.

"복수 같은 건 아니야. 굳이 복수라고 한다면 난 복수당하는 쪽
일 테지."

미야코는 제대로 듣고 있지 않았다. 핸드백을 잃어버렸다고 말
을 꺼낸 바에는 큰돈이 들어 있었다고 털어놓고 아리타 노인에게
보상해 달랠까 생각하고 있었다. 그렇다 해도 20만 엔은 너무 많
다. 금액을 얼마로 해야 할까. 어차피 노인에게서 받은 돈이라 해
도 미야코의 저금이니까 어떻게 하든 상관없을 테고 동생을 대학
에 넣기 위한 돈이었다고 하면 오히려 노인에게 부탁하기 쉽다.

미야코는 어렸을 때부터 남동생 게이스케와 남녀가 바뀌었으면
좋았을 거라는 말을 들어왔다. 그러나 아리타 노인의 첩이 되고서
는 희망을 잃은 탓인지 게으른 버릇이 생겼고 마음이 약해졌다.
"기량을 탐하는 것은 첩에게나 하는 일이고 본처에게는 눈을 감
아야 한다"라는 옛말을 어떤 책에서 읽고도 미야코는 눈앞이 캄
캄해질 만치 슬픔을 느꼈다. 미모의 긍지조차 잃었다. 그러나 남
자에게 뒤를 미행당할 때는 그 긍지가 분출되는지도 몰랐다. 그러
나 남자가 쫓아오는 것이 미모 탓만이 아니라는 것은 미야코 자신

도 알고 있었다. 아리타 노인이 말하듯이 마성을 발산하기 때문일지도 몰랐다.

"하지만 위험하군" 하고 노인은 말했다.

"술래잡기라는 놀이가 있지만 남자에게 자주 미행당하는 건 악마잡기 놀이 아닌가?"

"그럴지도 몰라요"라고 미야코는 순순히 대답하고,

"인간 속에 사람과 다른 마족(魔族)과 같은 것이 있고, 별도로 마계 같은 것이 있을지도 몰라요.

"그걸 너는 자각한다는 거야? 무서운 사람이군. 그러다 다치지. 평범한 임종을 맞이하지 못할걸."

"저희 형제에게는 그런 구석이 있는 걸까요? 여자 아이처럼 순한 남동생도 유서를 쓰거나 하는걸요."

"어째서……."

"시시한 얘기예요. 동생의 친한 친구와 같은 대학에 들어가고 싶은데 자신은 갈 수 없다는 식이죠……. 올 봄이었어요. 그 미즈노라는 친구는 집안도 좋고 머리도 좋아요. 입학시험 때 만일 가능하다면 가르쳐 주기도 할 거고 답안도 두 장 써도 좋다고까지 말해 줬어요. 동생도 성적은 나쁘지 않지만 겁쟁이라서 막상 결정적일 때 시험장에서 뇌빈혈(腦貧血)을 일으킬 것 같다고 두려워하다가 정말로 뇌빈혈을 일으킨 거예요. 시험에 합격해도 입학할 가망이 없으니까 더 두려웠던 거죠."

"그런 얘기 지금까지 안 했잖아?"

"말씀드려도 방법이 없는걸요."

미야코는 조금 지나서 이야기를 계속했다.

"미즈노라는 애는 잘하니까 문제는 없지만 엄마는 동생을 입학시키는 데 돈 좀 썼어요. 동생의 입학 축하로 나도 우에노에서 저녁밥을 먹이고 그리고 동물원에 밤 벚꽃을 보러 갔어요. 남동생과 미즈노, 그리고 미즈노 애인하고……"

"아, 그래?"

"애인이라고 해도 아직 열다섯이에요, 만 나이로……. 밤 벚꽃을 구경하던 동물원에서도 나는 남자한테 미행당했어요. 부인이랑 자식을 데리고 온 사람이었는데도 가족을 내팽개치고 내 뒤를 따라오던걸요."

아리타 노인은 상당히 놀란 듯,

"왜 그런 짓을 하는 거지?"

"하는 거지라뇨……. 전 미즈노와 애인이 부러워서 쓸쓸하게 있었을 뿐인걸요. 제 탓이 아니에요."

"아니, 네 탓이야. 즐기고 있잖아."

"너무해요. 즐긴다니요. 핸드백을 잃어버렸을 때도 전 무서워서 핸드백으로 남자를 때린걸요. 내던진 걸지도 몰라요. 정신이 없었기 때문에 기억이 잘 안나요. 핸드백에는 저로서는 큰돈이 들어 있었어요. 동생을 대학에 넣을 돈을 엄마가 아버지 친구에게 빌려서 힘들어하셨기 때문에 어머니에게 드리려고 은행에서 찾아오던 길이었어요."

"얼마가 들어 있었는데?"

"10만 엔" 하고 미야코는 순간 생각지도 않게 절반으로 말하고는 숨을 삼켰다.

"흠, 그거 큰돈이군. 그 남자에게 뺏겨 버렸다는 거야······?"

미야코는 어둠 속에서 고개를 끄덕였다. 미야코의 어깨가 움찔하고 가슴이 두근두근하는 것이 노인의 감촉에도 전해졌다. 그러나 미야코는 금액을 반으로 말한 것에 더 굴욕을 느끼고 있었다. 뭔가 공포가 혼합된 듯한 굴욕이었다. 노인의 손이 다정하게 미야코를 애무했다. 반액만은 보상받을 거라고 생각했지만 미야코의 눈에서는 또 눈물이 흘러나왔다.

"울지 마. 근데 그런 일을 또 반복하면 앞으로 큰일 나겠다. 남자에게 뒤를 밟히는 것만 해도, 네가 말하는 건 앞과 뒤가 모순투성이잖아"라고 아리타 노인은 차분하게 꾸짖었다.

미야코의 팔 위에서 노인은 잠들었다. 그러나 미야코는 잘 수없었다. 장맛비는 쉬지 않고 내렸다. 아리타 노인의 나이는 잠자는 숨결만으로는 알 수 없을 것 같았다. 미야코는 팔을 빼냈다. 그때 다른 한쪽 손으로 노인의 머리를 살짝 들어 올렸지만 깨지 않았다. 여자를 싫어하는 노인이 여자 곁에서 오히려 여자를 의지하며 쌕쌕 자는 것 자체가 노인이 지금 말한 모순투성이라는 말을 그대로 돌려주고 싶었다. 아리타 노인이 여자를 싫어하는 것은 무언중에 미야코도 잘 알고 있었다. 겨우 30대에 아내가 질투 때문에 자살하고부터 노인은 여자의 질투에 대한 두려움이 뼈에 사무쳐선지, 여자가 조금이라도 질투하는 기색을 보이면 그만 천리나면 곳으로 달아나 버린다. 미야코는 자존심으로도 그렇고 자포자기 심정에서도 아리타 노인에게 질투 따위 할 맘도 없지만, 여자인지라 그만 질투 비슷한 실언을 하면 그 미야코의 질투조차도 얼어붙을 만큼 노인은 안색이 확 변했다. 미야코는 삭막해졌다. 그러나 노인이 여자를 싫어하는 것은 여자의 질투 탓만은 아닌 것 같았다. 이미 늙었기 때문도 아닌 것 같았다. 근성이 여자를 싫어하는 사람에게 여자가 뭘 질투할 일이 있을까 하고 미야코는 비웃기도 하지만 아리타 노인과 자신의 나이를 생각하면 노인이 여자를 싫어한다든가 좋아한다든가 하는 것부터가 우스꽝스러웠다.

미야코는 남동생의 친구와 그 애인을 부러워하며 떠올렸다. 미야코는 미즈노에게 마치에(町枝)라는 애인이 있다는 것은 게이스케로부터 들었지만, 남동생 일행의 입학 축하 날에 처음 마치에를 보았다.

"그렇게 청순한 소녀는 없을 거야"라고 게이스케가 전에 마치에에 대해서 말했었다.

"열다섯에 애인이 있다는 건 조숙한 게 아니니? 하지만, 그래, 만으로는 열다섯이라고 해도 열일곱이구나. 요즘 애들은 열다섯에 애인이 있다니 세상 좋아졌네"라고 미야코는 고쳐 말하듯이 말을 바꾸고는,

"하지만, 게이스케. 여자의 진정한 청순함 같은 걸 네가 알 수 있어? 잠깐 본 것만으론 알 수 없잖아"라고 했다.

"알 수 있어."

"어떤 게 여자의 청순함인지 말해 봐."

"그런 건 말로 할 수 있는 게 아니잖아."

"누나도 그 사람을 만나 보면 알 수 있을 거야."

"여자는 심술궂어. 게이스케처럼 무르지 않으니까……"라고 말한 것을 게이스케가 기억하는 탓인지, 미야코가 엄마 집에서 마치에를 처음 만났을 때 미즈노보다도 게이스케 쪽이 얼굴을 붉히며 당황해했다. 미야코는 자기 집으로 동생의 친구들을 오게 할 수는 없었기 때문에 엄마 집에서 만나기로 했던 것이다.

"게이스케, 누나도 그 애를 인정해"라고 미야코는 안쪽에서 게이스케에게 새 대학생 옷을 입히면서 말했다.

"그렇구나. 어, 양말이 뒤집어졌네"라고 게이스케는 허리를 구부렸다. 미야코도 감색 아코디언 주름 스커트를 펼치고 그 앞에 앉았다.

"누나도 미즈노를 축복해 줄 거지? 그래서 마치에도 데려오라고 한 거구나."

"응, 축복해."

게이스케도 마치에를 좋아하는 게 아닐까 하고 미야코는 마음 약한 동생이 애처로웠다.

"미즈노 집에서는 무척 반대해. 그래서 마치에 집에 편지를 보냈다나 봐……. 편지 문구가 무례하다고 해서 마치에 집에서도 몹시 화를 내고 있다는 거야. 오늘도 마치에는 몰래 온 거야"라고 게이스케는 힘차게 말했다.

마치에는 학생답게 교복을 입고 있었다. 게이스케에게 입학 축하해, 라고 말하고는 작은 스위트피(sweet pea) 꽃다발을 가지고 왔다. 꽃다발은 게이스케의 책상 위 유리 화병에 꽂혀졌다.

우에노 공원의 밤 벚꽃을 볼 셈으로 미야코는 우에노에 있는 중국집으로 가자고 한 것인데 공원은 인파로 정신이 없었다. 벚나무도 지쳐서 꽃가지가 자라지 않았다. 그래도 전등 빛으로 꽃의 빛깔은 진했고 핑크빛으로 보였다. 마치에는 말이 없는 편인지, 미야코를 꺼려선지 별로 얘기를 하지 않았다. 자신의 집 정원에 얼마 전 손질한 잔디 위에 벚꽃 잎이 잔뜩 떨어져 있는 것이 아침에 잠이 덜 깬 눈으로 봐도 아름다워 보였다고 말했다. 또 게이스케 집에 오는 길에 도랑가의 벚꽃 가로수 사이로 반숙란(半熟卵)의 노른자 같은 석양이 지고 있었다는 등의 말을 했다.

우에노 공원의 기요미즈토(淸水堂) 절 옆에 사람 통행도 적고 좀 어두운 돌계단을 내려가면서 미야코는 마치에에게 얘기했다.

"내가 세 살인가 네 살 때든가……. 종이학을 접어서 엄마와 이 신당(神堂)에 매달러 온 것이 기억나. 아버지 병이 낫도록 말이야."

마치에는 잠자코 있었지만 미야코와 함께 돌계단 중간에 멈춰서서 기요미즈토를 바라보았다.

박물관으로 통하는 정면 도로는 인파로 걸을 수가 없어서 동물원 쪽으로 벗어났다. 도쇼구(東照宮) 신사 참배 길 옆에 화롯불을 지피고 있어서 그 돌층계 길로 올라갔다. 참배 길에 줄지은 돌 등롱이 화롯불로 검은 그림자가 되어 그 위에 벚꽃이 줄지어 피어 있었다. 등롱 뒤편의 공터에는 꽃 구경꾼이 몇 쌍이나 빙 둘러앉았고 그 한가운데에 제각기 촛불을 밝히면서 술잔치를 벌리고 있었다.

취객이 비틀거리며 올 때마다 미즈노는 방패가 되어 마치에를 뒤로 감싸 보호했다. 게이스케는 그 둘로부터 조금 떨어져 취객과 두 사람 사이에 멈춰 서서 그들을 지키는 것 같았다. 미야코는 게이스케의 어깨를 잡고 취객을 피하면서 게이스케에게 이런 용기가 있구나 하고 생각했다.

화롯불 빛을 받자 마치에의 얼굴은 한결 아름답게 드러났다. 진지하게 입을 다물고 성스러운 소녀 같은 볼 색을 띠었다.

"언니" 하며 마치에는 말하고 갑자기 미야코의 등에 달라붙듯이 숨었다.

"왜 그래요?"

"학교 친구……. 아버님과 함께요. 우리 집 바로 근처에 사시는 분."

마치에의 손을 잡았다. 그 손을 놓을 수가 없어서 그대로 걸었다. 마치에 손에 닿은 순간 미야코는 앗 하고 소리를 낼 뻔했다. 여자끼리지만 어쩜 이렇게 기분이 좋을 수 있을까, 매끄럽고 촉촉한 손의 감촉뿐만이 아니라 소녀의 아름다움이 미야코의 가슴에 속속들이 스며들어 와서,

"마치에, 행복해 보여"라고 말하는 수밖에 없었다.

마치에가 고개를 저었다.

"어머, 왜?" 하고 미야코는 놀란 듯이 마치에의 얼굴을 들여다보았다. 마치에의 눈은 화롯불로 반짝반짝 빛나고 있었다.

"너한테도 불행한 일이 있니?"

마치에는 잠자코 있었다. 손을 놓았다. 미야코는 여자끼리 손을 잡고 걸은 것이 몇 년 만일까 생각했다.

미야코는 미즈노와는 여러 번 만난 적도 있어서 그날 밤은 마치

에에게 끌렸던 것이다. 미야코가 마치에를 보고 있노라면 혼자 먼 곳으로 가버리고 싶은 듯한 슬픔을 느꼈다. 길에서 마치에와 스쳐 지났다고 해도 뒷모습을 오랫동안 돌아보았을지도 몰랐다. 남자가 미야코 뒤를 미행해 오는 것은 이런 감정의 강렬함 때문일까?

부엌에서 사기그릇이 떨어지는 건지 쓰러지는 건지 하는 소리에 미야코는 정신이 들었다. 오늘 밤도 또 쥐가 나왔다. 미야코는 일어나서 부엌으로 갈까 망설였다. 쥐는 한 마리가 아닌 듯싶다. 세 마리나 될지도 모른다. 쥐의 몸이 장맛비에 젖어 있을 것 같아서 미야코는 자신의 감은 머리에 손을 대고는 그 차가움을 지그시 눌렀다.

아리타 노인이 가슴이 짓눌려 괴로운 듯 움직였다. 그 몸부림이 격렬해졌다. 또 시작인가 하고 미야코는 눈살을 찌푸리며 몸을 떨어뜨렸다. 노인은 늘 가위에 눌린다. 미야코는 익숙해져 있었다. 노인은 교살당하는 사람처럼 어깨를 크게 움직이면서 팔로 뭔가 뿌리치며 미야코의 목을 세게 때렸다. 신음소리가 계속되었다. 흔들어 깨워 주면 되지만 미야코는 가만히 몸만 경직시키고 있었고, 그러자 약간 잔인한 기분이 솟구쳤다.

"아아. 아앗" 하고 노인은 외치면서 손을 헤엄치듯 꿈속에서 미야코의 몸을 찾아 헤매었다. 미야코에게 세게 매달리기만 하면 잠이 깨지 않고 조용해지는 경우도 있다. 그러나 오늘 밤은 자신의 비명에 눈을 떴다.

"아" 하고 노인은 머리를 흔들고 나서 축 처져서 미야코에게 다가왔다. 미야코는 다정하게 몸을 진정시켰다. 늘 하는 것처럼,

"가위에 눌리셨어요. 무서운 꿈을 꾸셨나요?"라고도 말하지 않는다. 그러나 노인은 불안한 듯이,

"뭐라고 얘기 안 했어?"

"안 하셨어요. 가위에 눌리셨을 뿐이에요."

"그래? 당신 쭉 깨어 있었어?"

"깨 있었어요."

"그랬구나. 고마워."

노인은 미야코의 팔을 목 밑으로 잡아끌었다.

"장마철은 이래서 나쁘다니까. 네가 잠 못 이루는 것도 장마 탓이야" 하고 노인은 창피한 듯,

"내가 큰 소리를 내서 너를 깨운 건가 싶었어."

"자고 있어도 늘 깨워 드리잖아요."

아리타 노인의 고함 소리는 아래층에서 자고 있는 사치코도 깨울 정도였다.

"엄마, 엄마, 무서워요"라고 사치코는 두려운 듯 다쓰에게 달라붙었다. 다쓰는 딸의 어깨를 잡아 밀어제치면서 말했다.

"무서울 게 뭐가 있어. 영감님이잖아. 무서워하는 건 영감님이야. 저렇기 때문에 영감님은 혼자서 잘 못 자는 거야. 여행에도 사모님을 데리고 가며 아껴 주시잖니. 그게 아니면 여자를 밝힐 나이도 아니야. 나쁜 꿈을 꾸고 계실 뿐이고 조금도 무서울 건 없어."

비탈길에서 아이들 예닐곱 명이 까불고 있었다. 여자 아이도 섞여 있다. 아마도 초등학교 입학 전의 아이들로 유치원에서 돌아오

는 길일지도 모른다. 그 중에 두세 명은 나무토막을 가지고서, 나무토막이 없는 아이들은 나무토막을 가진 척, 모두 허리를 구부려 지팡이에 매달리는 듯한 몸짓을 하면서,

"할아버지, 할머니, 꼬부랑쟁이……. 할아버지, 할머니, 꼬부랑쟁이……"라고 장단 맞춰 노래를 부르며 비틀비틀 걷고 있었다. 장단 가락은 그것밖에 없는데도 계속 되풀이하며 노는 게, 뭐가 재밌는지 까분다기보다도 오히려 자신들의 행동에 홀린 듯 진지함마저 들었다. 점차 몸짓이 커지고 강해져 간다. 여자 아이 한 명이 너무 비틀대다가 쓰러졌다.

"아쿠. 아야, 아야" 하며 그 여자 아이는 할머니 몸짓으로 허리를 문질렀지만 다시 일어나서는,

"할아버지, 할머니, 꼬부랑쟁이……" 하고 합창에 가담했다.

언덕 위는 높은 둑으로 막다른 길인데, 둑에는 어린 풀이 자라고 소나무가 흩어져 있었다. 소나무는 그리 크지 않지만, 옛날 장지문이나 병풍 그림 속의 소나무 같은 가지 모양으로 봄날 저녁 하늘에 솟아 보였다.

아이들은 그 저녁 하늘 쪽으로 비탈길 한가운데를 비틀거리면서 올라갔다. 아무리 비틀거리며 걸어도 아이들을 위협하는 자동차도 좀처럼 보기 힘든 인적조차 드문 길이었다. 도쿄의 고급 주택가에는 이런 곳이 없지는 않다.

이때에도 일본 토종개 한 마리를 끈 소녀가 한 명 언덕 아래에서 올라올 뿐이었다. 아니 또 한 명, 모모이 긴페이가 그 소녀의 뒤를 밟고 있었다. 그러나 긴페이는 소녀에게 몰입하여 자신을 상

실하고 있었기 때문에 한 명이라고 셀 수 있을지도 의문이다.

소녀는 길 한쪽의 은행나무 가로수 아래 나뭇잎 그늘을 걷고 있었다. 가로수는 한쪽 편밖에 없다. 보도도 가로수가 있는 한쪽 편으로밖엔 없다. 반대편은 아스팔트길에서부터 갑자기 돌담이 서 있다. 큰 저택의 돌담으로 언덕 밑에서 위까지 이어져 있다. 가로수가 있는 쪽은 전쟁 전 귀족의 저택으로 깊숙하며 넓다. 보도 옆에 깊은 도랑이 있어서 돌 절벽처럼 높이 쌓여 있다. 성(城)의 수로를 작게 흉내 낸 형태일지도 모른다. 도랑 맞은편은 완만하게 솟아올라 어린 소나무가 심어져 있다. 그 소나무도 전에는 손길이 미쳐 있었던 것 같은 흔적을 남기고 있다. 어린 소나무들 위에 하얀 담이 보인다. 담은 낮고 기와지붕이 있다. 은행나무 가로수는 꽤 높이 솟아 있는데, 막 싹이 튼 작은 잎은 가지 끝을 감출 만큼 무성하지도 않고 게다가 엷어서, 그 높이나 방향의 차이에 따라 석양빛을 엷거나 짙게 통과시키며 소녀의 머리 위에서 젊은 신록을 뿜내고 있었다.

소녀는 흰 털 스웨터에 투박한 면바지를 입고 있었다. 바닥에 닳은 듯한 회색의 바지 자락은 접혀 있어서, 거기에 빨간 바둑판무늬가 선명히 드러났다. 약간 짧은 바지와 즈크화(canvas shoes) 사이에 소녀의 흰 발이 들여다보였다. 머리는 아무렇게나 동여매었고, 귀에서 목덜미까지 흰 살결이 아름다웠다. 개가 목줄을 당겨서 어깨는 기울어져 있었다. 이 소녀의 기적 같은 색기(色氣)가 긴페이를 사로잡고는 떠날 줄 몰랐다. 접은 빨간 바둑판무늬와 흰 즈크화 사이에 보이는 소녀의 피부색만 보더라도 긴페이

는 자신이 죽고 싶을 만큼, 또 소녀를 죽이고 싶을 정도의 슬픔이
가슴에 밀려왔다.

긴페이는 고향의 옛 시절 야요이를 떠올리고, 옛 제자 다마키
히사코를 떠올렸지만, 이 소녀의 발꿈치에도 못 미친다고 지금은
느껴졌다. 야요이는 살결이 희었지만 윤기 있는 살결은 아니었다.
히사코의 살결은 거무스레 윤기는 있었지만 피부가 탁했다. 이 소
녀처럼 천상의 냄새는 없었다. 또한 야요이와 놀았을 무렵의 소년
긴페이, 히사코와 가까이할 무렵의 교사 긴페이와 비교하면 현재
의 긴페이는 초라하고 마음도 산산조각 나 있었다. 봄날 저녁인데
도 긴페이는 찬바람 속에 있는 것처럼 쇠약해진 눈꺼풀에 눈물이
번지는 듯하였고, 완만한 경사 길에 숨이 차올랐다. 무릎에서부터
아래가 나른하게 저려와 소녀를 쫓아갈 수가 없었다. 긴페이는 아
직 소녀의 얼굴을 보지 못했다. 하다못해 언덕 위까지 소녀와 나
란히 걸으며 개 얘기라도 해봤으면 하는데, 그럴 기회는 이때밖에
없고 더구나 이 기회가 여기에서 생기리라고도 믿기지 않는 모양
이었다.

긴페이는 오른손 손바닥을 펼쳐 흔들었다. 걸으면서 자신을 질
타할 때의 버릇인데, 아직 미지근한 쥐의 시체, 눈을 부릅뜨고 입
에서 피를 흘린 쥐의 시체를 잡은 감촉이 되살아났기 때문이기도
했다. 호숫가의 야요이 집에 일본 테리어 종 애완견이 있어서 부
엌에서 잡은 쥐였다. 개는 쥐를 물기는 했는데 어떻게 처치해야
할지 곤란한 듯 그대로 버티고 서 있어서 야요이 엄마가 뭔가를
말하며 머리를 두드리자 고분고분히 내려놓았다. 그러나 쥐가 널

판 사이에 떨어지자 또 달려들려는 개를 야요이가 끌어안고,

"그래, 그래, 잘했어. 잘했어" 하고 달랬다. 그리고 긴페이에게 명령했다.

"긴페이, 그 쥐를 치워 줘."

긴페이가 당황해서 쥐를 줍자, 입에서 나온 피가 널판 사이에 한 방울 정도 떨어져 있었다. 쥐의 몸이 따뜻한 것이 기분 나빴다. 눈을 부릅뜨고 있다곤 해도 쥐의 귀여운 눈이었다.

"빨리 버리고 와 줘."

"어디에……?"

"호수가 좋겠어."

긴페이가 호숫가에서 쥐꼬리를 들고 힘껏 멀리 던지자 어둠 속에서 첨벙하며 쓸쓸한 물소리가 났다. 긴페이는 쏜살같이 도망쳐 돌아왔다. 야요이는 엄마의 오빠 자식이 아닌가. 왜 나만 해야 하나 하고 분해서 견딜 수 없었다. 긴페이는 열두셋이었다. 쥐에게 위협당하는 꿈을 꾸었다.

한번 쥐를 잡은 테리어는 하나밖에 모르는 놈처럼 매일 부엌을 노려보고 있었다. 사람이 뭔가 개에게 얘기하면 모두 쥐로 들리는 듯이 부엌으로 힘차게 달려갔다. 모습이 안 보인다 싶으면 으레 부엌 구석에 있었다. 그러나 고양이 같을 수는 없다. 쥐가 선반에서 기둥을 올라가는 것을 올려다보고 테리어는 히스테릭하게 짖어 대었다. 마치 쥐에게 지쳐서 신경쇠약에 걸려 있는 것 같았다. 눈빛까지 변한 개에게도 긴페이는 증오를 느꼈다. 야요이의 바늘 상자에서 빨간 실이 달린 바늘을 훔쳐 내고는 일본 테리어의 얇은

귀를 뚫어 주려고 기회를 노렸다. 이 집을 나갈 때가 좋을 것이다. 나중에 소란스러워져서 재봉 바늘에 달린 빨간 실이 개의 귀를 관통해 있으면 야요이 짓이라고 의심할지도 모른다. 그러나 긴페이가 개의 귀에 바늘을 꽂자 비명을 지르며 도망쳐 버려 뜻을 이루지 못했다. 긴페이는 그 재봉 바늘을 주머니에 감추고 자신의 집으로 돌아왔다. 종이에 야요이와 개 그림을 그려서 그 빨간 실로 몇 바늘이나 꿰매어 책상 서랍에 넣어 두었던 것이다.

개와 동행한 소녀와 개 얘기라도 해보고 싶다고 생각하자 그 쥐를 잡은 개가 생각났다. 개를 싫어하는 긴페이에게는 개에 대한 좋은 이야기 따위는 없었다. 소녀가 데리고 있는 일본 토종개도 다가가면 물어뜯을 것 같은 기분이 들었다. 그러나 긴페이가 소녀를 쫓아갈 수 없는 것은 물론 개 탓은 아니었다.

소녀는 걸으면서 몸을 구부려 개의 목걸이에서 끈을 풀었다. 해방된 개는 소녀 앞쪽으로 달려 나가 이번에는 뒤로 뛰어 돌아오자 소녀 옆을 지나서 긴페이의 발 쪽으로 달려왔다. 긴페이의 구두 냄새를 맡았다.

"와앗" 하고 긴페이는 외치며 펄쩍 뛰었다.

"후쿠, 후쿠" 하고 소녀가 개를 불렀다.

"아이코. 살려 주세요."

"후쿠, 후쿠."

긴페이는 얼굴에 핏기가 가셨다. 개는 소녀가 있는 곳으로 돌아갔다.

"아, 놀랐네" 하고 긴페이는 비틀거리며 쭈그려 앉았다. 이 몸짓은 소녀의 주의를 끌기 위해 과장한 것이었지만, 긴페이는 정말로 어찔어찔해서 눈을 감았다. 심장의 고동이 격렬하고 토할 것 같았다. 이마를 감싸고 실눈을 뜨자 소녀는 개에게 목줄을 끼우고 뒤도 돌아보지 않고 언덕을 올라가고 있었다. 긴페이는 창자가 끊어지는 듯한 굴욕을 느꼈다. 그 개가 신발 냄새를 맡은 것은 긴페이의 발이 못생긴 것을 알고 있음에 틀림없다고 생각했다.

"제기랄, 저 개의 귀도 꿰매 줄 거야"라고 중얼거리며 긴페이는 언덕을 달려 올라갔다. 그러나 분노의 힘은 소녀를 따라붙기도 전에 사라져 버렸다.

"아가씨" 하고 긴페이가 허스키한 목소리로 불렀다.

소녀가 목만 돌려 뒤돌아볼 때에 동여매어 늘어뜨린 머리가 흔들려 그 목덜미의 아름다움에 긴페이의 창백한 얼굴이 달아올랐다.

"아가씨, 귀여운 개네요. 무슨 종이에요?"

"토종개 시바(柴犬)예요."

"어디 토종개예요?"

"고슈(甲州) 지방요."

"아가씨 개예요? 역시 매일 시간을 정해 놓고 산책시켜 주는 겁니까?"

"네."

"산책길은 항상 여기세요?"

소녀는 대답하지 않았지만, 긴페이를 그다지 이상하게 여기는 것 같지도 않았다. 긴페이는 언덕 아래를 뒤돌아보았다. 소녀의 집은 어디일까? 어린잎 속에 평화롭고 행복한 가정이 있을 것 같았다.

"이 개는 쥐를 잡나요?"

소녀는 웃지도 않았다.

"쥐를 잡는 건 고양이죠. 개는 쥐를 잡지 않아요. 하지만 쥐를 잡는 개도 있어요. 옛날 우리 집에 있던 건 쥐 잡는 데 능숙했어요."

소녀는 긴페이를 쳐다봐 주지도 않았다.

"고양이와 달리 개라서 쥐를 잡아도 먹지 않아요. 나는 그 무렵 어렸을 적이라 그 쥐를 버리러 가는 것이 싫어서 참을 수가 없었죠."

긴페이는 스스로도 안 좋은 얘기를 한다고 생각하면서 입에서 피를 흘렸던 쥐 시체가 눈가에 떠올랐다. 꽉 깨문 흰 이도 들여다보였었다.

"일본 테리어라는 종류였는데 말이지, 굽은 가는 다리를 덜덜 떨면서 서 있는 녀석이었는데, 난 싫어했어요. 개도 사람도 여러 종류가 있는 법이네요. 이렇게 아가씨와 산책하는 개는 행복하겠네"라고 말하자, 긴페이는 조금 전의 두려움도 잊었는지 몸을 구부려 개 등을 쓰다듬듯이 했다. 소녀는 순간 끈을 오른손에서 왼손으로 바꾸어 들고 긴페이의 손에서 개를 피하게 했다. 긴페이는 눈동자 속에서 개가 흐르는 것을 보면서 소녀의 다리를 끌어안을 것만 같은 충동을 겨우 억눌렀다. 소녀는 매일 저녁 무렵 개를 데리고 이 언덕길 은행나무 가로수 그늘을 올라올 것임에 틀림없다. 둑 위에 숨어서 그 소녀를 보려는 희망이 긴페이에게 갑자기 솟아

270

서 행패를 단념시켰던 것이다. 긴페이는 한숨을 돌렸다. 알몸으로 어린 풀에 누워 있는 듯 싱싱함을 느꼈다. 둑 위의 긴페이 쪽으로 소녀는 영원히 이 언덕길을 올라온다. 이 얼마나 행복한 일일까.

"실례했어요. 귀여운 개라서, 나도 개를 좋아해서요……. 단 쥐를 잡는 개는 싫어해요."

소녀에게는 아무런 반응도 없었다. 언덕길이 둑에 막다라서, 소녀는 개를 데리고 둑의 어린 풀을 밟으며 위로 올라갔다. 둑 맞은편 쪽에서 남학생이 다가왔다. 소녀 쪽에서 먼저 손을 내밀며 학생의 손을 잡았기 때문에 긴페이는 현기증이 날 만큼 놀랐다. 개를 산책시킨다는 구실로 저 소녀는 밀회를 하는 것인가?

소녀의 저 검은 눈은 사랑으로 촉촉하게 빛나고 있었던 거였구나 하고 긴페이는 깨달았다. 갑작스런 놀라움에 머리가 마비되어 소녀의 눈이 검은 호수처럼 여겨지기 시작했다. 그 맑은 눈 속에서 헤엄치고 싶다, 그 검은 호수에 발가벗고 헤엄치고 싶다는 기묘한 동경과 절망을 긴페이는 동시에 느꼈다. 긴페이는 풀이 죽어 걷고 있다가 이윽고 둑에 오르자 어린 풀 위에 누워 하늘을 보았다.

학생은 미야코의 남동생 친구인 미즈노, 소녀는 마치에였다. 미야코가 남동생이랑 미즈노의 입학 축하에 마치에도 불러서 우에노 밤 벚꽃을 보러 갔던 그 열흘 정도 전의 일이었다.

미즈노에게도 마치에의 검은 눈의 젖은 듯한 광채는 아름다웠다. 검은 눈동자가 눈 안 가득히 펼쳐져 있는 것 같았다. 미즈노는 빨려들듯 넋을 잃고 바라보다가,

"아침에 말이지, 마치에가 딱 눈을 떴을 때의 그 눈을 보고 싶

어" 하고 말했다.

"그때 어떤 예쁜 눈을 하고 있는 거야?"

"분명 졸린 듯한 눈을 하고 있을 거예요."

"그렇지 않을 거야"라고 미즈노는 믿지 않았다.

"난 막 잠이 깨었을 때 그때 마치에를 만나고 싶어."

마치에는 끄덕였다.

"지금까지는 잠이 깨고 나서 두 시간 이내에 학교에서 마치에를 볼 수 있었어."

"일어나서 두 시간 이내라고 언젠가도 얘기했어요. 그때부터 나도 아침에 일어나면 두 시간 이내라고 생각했어요."

"그럼 졸린 듯한 눈 같은 건 하고 있지 않을 거야."

"어떤지 모르겠어요."

"이런 검은 눈의 사람이 있어서 일본은 좋은 나라야."

그 검고 짙은 눈이 눈썹이나 입술까지 한결 아름답게 보이게 했다. 머리카락도 눈 색깔과 서로 잘 어울려 윤기를 더하고 있는 것 같았다.

"개를 산책시킨다고 하고 집을 나왔어?"라고 미즈노는 물었다.

"말하지는 않았지만 개를 데리고 있기도 하고, 차림새를 봐도 알 수 있죠."

"마치에 집 근처에서 만나는 건 모험이야."

"가족들에게 속이고 있는 게 괴로워요. 개가 없었다면 나올 수도 없고, 나오더라도 거북한 얼굴을 하고 돌아가서 금방 알아차려요. 우리 집보다 미즈노 오빠 집 쪽이 허락해 주지 않으실 분위기죠?"

"그런 얘긴 그만두자. 두 사람 다 집에서 나와서 집으로 돌아가는걸 뭐. 여기서 집 얘기를 한들 소용없어. 개 산책시키러 나온 거니까 이렇게 오랫동안은 있을 수 없잖아."

마치에는 끄덕였다. 두 사람은 어린 풀 위에 앉았다. 미즈노는 마치에의 개를 무릎에 앉혔다.

"후쿠도 미즈노 오빠를 기억했나 봐요."

"개도 말을 할 수 있다면 집에 우리 얘기를 해서 내일부터 못 만나게 되겠네."

"만날 수가 없더라도 전 기다리고 있을 테니까 괜찮아요. 전 무슨 일이 있어도 미즈노 오빠가 다니는 대학에 들어갈 거예요. 그렇게 되면 아침에 일어나서 두 시간 정도만 걸리면 만날 수 있게 되잖아요."

"두 시간 정도라고……?" 미즈노는 이렇게 중얼거리고는,

"두 시간이나 기다리지 않아도 되게 반드시 될 거야" 하고 말했다.

"우리 엄마는 내 나이에 너무 빠르다고 신용하지 않아요. 하지만 전 너무 빨라서 행복하다고 생각해요. 아주 더 어릴 적에 미즈노 오빠를 만났더라면 좋았을 텐데. 중학교 때라도 좋고, 초등학교 때라도 좋아요. 아무리 어려도 오빠를 만났다면 그때도 분명 좋아했을 거예요. 전 아기 때부터 이 비탈길을 업혀 올라가 여기 둑 위에서 놀았어요. 오빠는 어렸을 때 이 비탈길을 지나간 적 없어요?"

"지나간 적이 없는 것 같아."

"그래요? 전 아기 때 이 비탈길에서 미즈노 오빠를 만난 건 아

닌가 하고 자주 생각해요. 그래서 이렇게 좋아하게 된 게 아닐까 하고……"

"이 비탈길을 어렸을 때 지나다녔으면 좋았을 걸 그치?"

"어렸을 때는 저를 귀엽다며 이 비탈길에서 잘 모르는 사람들이 안기도 했어요. 지금보다 훨씬 크고 둥근 눈을 하고 있었어요"라고 마치에는 크고 검은 눈을 미즈노에게 향하며,

"요전에 여기저기서 열린 중학교 졸업식 때 말이죠. 비탈길 아래서 오른쪽으로 가면 연못인데, 거기 대여 보트가 있잖아요. 개를 끌고 지나가자 올해 중학교를 졸업한 남자 아이랑 여자 아이가 졸업증서를 둥글게 말아서 손에 들고 보트를 타고 있는 거예요. 이별의 기념으로 보트를 젓고 있다고 생각하니 부러웠어요. 졸업증서를 손에 들고 다리 난간에 기대면서 친구들의 보트를 보고 있는 여자 아이도 있었어요. 전 중학교를 졸업할 때는 아직 미즈노 오빠를 몰랐잖아요. 오빠는 다른 여자 아이와 놀았었죠?"

"여자 아이하고는 놀지 않았어."

"정말일까……?"라고 마치에는 고개를 갸웃했다.

"따뜻해져서 보트가 뜨기 전에는 연못이 얼음으로 덮이고 오리가 많이 내려와 있어요. 얼음 위에 올라와 있는 오리와 물에 떠 있는 오리, 어느 쪽이 추울까 하고 생각했던 걸 기억하고 있어요. 오리 사냥이 있어서 낮 동안에는 이곳으로 도망쳐 와 있고, 저녁 무렵이 되면 시골 산이나 호수로 돌아간대요……"

"그래?"

"맞은편 전찻길을 따라 붉은 깃발을 든 메이데이(노동절) 행렬

이 지나는 것도 보았어요. 은행나무 가로수는 어린잎이잖아요, 그 사이를 붉은 깃발이 줄지어 가는 것을 그저 아름답다고만 생각하고 있었어요."

두 사람이 있는 아래는 연못이 메워져서 저녁 무렵부터 밤에는 골프 연습장으로 이용된다. 그 맞은편 전찻길에는 은행나무 가로수가 있고 아직 어린 잎 밑에 검은 줄기가 눈에 띈다. 그 위로 석양이 핑크빛 연무로 싸이기 시작했다. 미즈노 무릎에 있는 개의 머리를 쓰다듬던 마치에의 손을 미즈노가 양 손바닥 안에 감쌌다.

"난 여기서 마치에를 기다리고 있는 동안 조용한 손풍금 노래를 듣고 있는 것 같았어. 눈을 감고 누워 있었지."

"어떤 노래······?"

"글쎄, 기미가요 같은······"

"기미가요?"라고 마치에는 놀라며 미즈노에게 다가왔다.

"기미가요라니, 미즈노 오빠는 군대에 가지 않았잖아요?"

"라디오에서 매일 밤 늦게 기미가요를 들어서일까"

"전 매일 밤, 미즈노 오빠 안녕히 주무세요, 라고 말해요."

마치에는 긴페이에 대한 것은 미즈노에게는 말하지 않았다. 이상한 남자가 말을 걸어왔다고 할 정도로 마치에는 느끼고 있지 않았다. 이미 잊고 있었다. 긴페이가 어린 풀 위에 누워 있는 것을 보려고 맘먹으면 볼 수 있겠지만, 본다고 한들 그것이 아까 그 남자라고는 깨닫지 못했을 것이다. 긴페이 쪽은 두 사람에게서 눈을 뗄 수가 없었다. 흙의 차가움이 긴페이의 등에 스며왔다. 계절은 겨울 코트와 봄 코트를 입는 중간쯤인데 긴페이는 코트도 입지 않왔다. 긴페이는 몸을 뒤집어 마치에 일행 쪽으로 향했다. 긴페이에게는 두 사람의 행복이 부럽다기보다는 저주스러웠다. 잠시 눈을 감자 두 사람이 타오르는 불꽃을 타고 물 위를 한들한들 흘러가는 듯 환상이 떠올랐다. 두 사람의 행복이 계속되지 않을 증거처럼 여겨졌다.

"긴페이, 고모는 참 예뻐셔" 하는 야요이의 목소리가 긴페이에게 들려왔다. 긴페이는 야요이와 호숫가에서 산벚꽃이 핀 나무 아래서 나란히 앉아 있었다. 꽃 그림자가 물에 떠 있고 작은 새가 우는 것이 들렸다.

"고모님이 말할 때 고모님 이가 보이는 게 좋아."

그렇게 아름다운 사람이 왜 긴페이 아버지 같은 추한 남자에게 시집을 갔을까 하고 야요이는 이상히 여기는 것일까?

"아버지는 고모님하고 형제가 두 사람뿐이잖아. 긴페이 아버지는 돌아가셨고, 고모님이 긴페이를 데리고 우리 집으로 돌아오면 된다고 아버지는 말씀하셨어."

"싫어" 하고 긴페이는 말하며 얼굴을 붉혔다.

엄마를 잃는 것 같아서 싫은 건지 야요이와 같은 집에 있을 수 있는 기쁨에 부끄럼을 타는 건지, 아니면 그 두 가지 다일지도 몰랐다.

그 무렵 긴페이의 집에는 엄마 외에 조부모와 그리고 아버지의 누나가 이혼하고 돌아와 있었다. 아버지는 긴페이가 열한 살 때 호숫가에서 죽었다. 머리에 상처가 있어 누군가에게 살해당해 처넣어진 거라는 말도 있었다. 몸에 물을 흡입하고 있어 익사로 처리되었지만, 호수 기슭에서 누군가와 싸우다 떠밀쳐진 의심도 없지 않았다. 야요이 집에서는 긴페이 아버지가 일부러 아내 고향 마을에 와서 자살하지 않아도 좋았을 거라며, 뭔가 앙갚음을 당한 듯 여겨 증오했다. 열한 살의 긴페이는 아버지가 남의 손에 의해 죽은 거라면 그 원수를 가만두지 않을 거라고 굳은 결심을 하였다. 엄마의 고향 마을로 가자, 아버지의 시체가 올라온 호수 부근의 싸리나무 덤불 속에 몸을 감추고 지나가는 사람을 지켜보거나 했다. 아버지를 죽인 남자는 아무렇지도 않게 거기를 지나칠 수 없을 거라고 생각했다. 한번은 소를 데리고 가는 남자가 거기를 지나가다 소가 날뛴 적이 있었다. 긴페이는 숨이 멎었다. 하얀 싸리가 피어 있었던 적도 있었다. 긴페이는 그 꽃을 꺾어 돌아와서는 책 속에 끼워 말리며 복수를 다짐했다.

"엄마도 돌아오는 건 싫어해." 긴페이는 야요이에게 강하게 말했다.

"아버지가 이 마을에서 죽음을 당했는걸."

야요이는 긴페이의 새파란 얼굴을 보고 놀랐다.

호숫가에서 긴페이 아버지의 유령이 나온다는, 마을 사람들 사이에 퍼진 소문을 야요이는 아직 긴페이에게 이야기하지 않았다. 긴페이 아버지가 죽은 호수 기슭 가까이를 지나가면 발소리가 뒤를 쫓아온다고 한다. 뒤돌아보아도 사람은 없다. 놀라서 도망쳐 뛰면, 유령의 발소리는 달리지 못하므로 도망치는 사람이 달릴수록 그 차이가 벌어져 멀어진다는 것이었다.

산벚나무 우듬지에서 작은 새 울음소리가 아래 가지로 들려오

는 것조차 야요이에게는 유령의 발소리가 연상되어,

"긴페이, 돌아가자. 꽃이 호숫가에 비치고 있는 것이 왠지 무서워."

"무섭지 않아."

"긴페이, 자세히 보지 않으니까 그래."

"예쁘잖아."

일어서는 야요이의 손을 긴페이는 획 잡아끌었다. 야요이는 긴페이 위에 쓰러졌다.

"긴페이" 하고 외치고서, 야요이는 기모노 자락을 흩뜨리며 도망쳤다. 긴페이는 쫓아갔다. 야요이는 숨을 헐떡이며 멈춰 섰다. 갑자기 긴페이 어깨에 매달려 안겼다.

"긴페이 고모님과 함께 우리 집에 와."

"싫어" 하고 말하면서 긴페이는 야요이 가슴을 세게 안았다. 금방 긴페이 눈에서 눈물이 흘렀다. 야요이는 희미하게 가물거리는 눈을 하며 긴페이를 바라보고 있었다. 잠시 지나서 야요이는 말했다.

"그런 집에 있으면 나도 죽어 버릴 것 같다고 고모님이 우리 아버지에게 말했었어. 내가 들었어."

긴페이가 야요이와 포옹한 것은 이때 한 번뿐이었다.

야요이의 집, 긴페이 엄마의 친정은 옛날부터 호숫가의 명가(名家)로 알려져 있었다. 그것이 격이 다른 긴페이 집과 사돈을 맺게 된 것은 엄마에게 뭔가가 있었기 때문일까 하고 긴페이가 의문을 품게 된 것은 그로부터 몇 년인가 후였다. 그때 이미 엄마는 긴페이와 헤어져서 고향에 돌아가 있었다. 긴페이가 도쿄로 나와서 고학하고 있을 무렵, 엄마는 폐병에 걸려 고향에서 죽고 엄마가 보내 주던 얼마 안 되는 송금마저 끊어졌다. 긴페이의 집에서도 조부가 돌아가시고, 지금은 조모와 고모가 살고 있다. 고모가 시집가서 낳은 여자 아이를 한 명 맡아서 키운다고는 들었지만, 긴페이는 오랫동안 고향에 연락을 하지 않아서 지금은 그 딸이 결혼을 했는지조차 모른다.

긴페이는 마치에를 미행해서 어린 풀 위에 엎드려 있는 자신과 야요이 마을의 호수 기슭에서 싸리 덤불 속에 숨어 있었던 자신이 그리 다르지 않은 것처럼 느껴졌다. 같은 슬픔이 긴페이 속을 흐르고 있다. 그러나 아버지의 복수 따위는 이제 진지하게 생각하고 있지 않았다. 만일 아버지를 죽인 자가 있다 해도 지금은 이미 늙은이였다. 늙고 추한 영감이 긴페이를 찾아와서 살인죄를 참회한다면 긴페이는 마성의 굴레가 떨어져 나간 것처럼 개운해질 것인가? 저기서 밀회하는 두 사람과 같은 청춘이 되돌아오기라도 한단 말인가? 긴페이에게는 야요이 마을의 호수에 산벚꽃이 비쳐지는 것이 선명하게 마음에 떠올라 왔다. 잔물결도 없는 커다란 거울 같은 호수였다. 긴페이는 눈을 감고 엄마의 얼굴을 떠올렸다.

그 동안에 토종개를 데리고 온 소녀는 둑을 내려간 것 같고, 긴페이가 눈을 떴을 때는 학생이 둑에 서서 눈으로 배웅하고 있었다. 긴페이도 퍼뜩 일어서서 비탈길을 내려가는 소녀를 지켜보았다. 가로수 은행나무 잎에는 석양이 짙어져 있었다. 인적이 없는데도 소녀는 뒤돌아보지 않았다. 앞장선 개는 줄을 당기며 귀가를 서두르고 있었다. 소녀의 잽싼 종종걸음이 예뻤다. 내일 저녁에도 소녀는 이 비탈길을 올라올 것임에 틀림없다고 생각하면서 긴페이는 휘파람을 불었다. 미즈노가 서 있는 쪽으로 걸어갔다. 미즈노가 긴페이를 알아차리고 쳐다보아도 긴페이는 휘파람을 멈추지 않았다.

"즐겁겠네요"라고 긴페이는 미즈노에게 말했다. 미즈노는 외면했다.

"즐겁겠네요, 라고 말하잖나."

미즈노는 눈살을 찌푸리며 긴페이를 보았다.

"뭐 기분 나쁜 얼굴 하지 말고, 여기 앉아서 이야기하죠. 난 행복한 사람이 있으면 그 행복을 부럽게 생각하는 사람이에요. 단지 그뿐입니다."

미즈노는 등을 돌려 가려고 했다.

"이봐, 도망칠 것까지 없잖아. 얘기하자고 말하잖나"라고 긴페이는 말했다. 미즈노는 돌아섰다.

"도망치는 게 아니지. 난 당신한테 볼일이 없어요."

"구걸하는 사람으로 잘못 알았나? 자, 앉게나."

미즈노는 멀거니 서 있었다.

"난 자네 애인이 아름답다고 생각했어. 그게 잘못된 건가. 정말로 아름다운 아이야. 자네는 행복한 사람이야."

"그게 어떻다는 겁니까?"

"난 행복한 사람하고 얘기하고 싶어. 사실은 말이지, 그 애가 너무 아름다워서 난 뒤를 밟아 온 건데 말이지. 자네와 밀회하는 걸

보고 놀랐어."

미즈노도 놀라서 긴페이를 보았지만 다시 맞은편으로 걸어가려고 하는 것을,

"자, 얘기하지" 하고 긴페이가 뒤에서 어깨에 손을 대자, 미즈노는 힘차게 긴페이를 밀어내었다.

"바보 같은 놈."

긴페이는 둑 아래로 굴러 떨어졌다. 둑 아랫길 아스팔트에 쓰러져 오른쪽 어깨를 다친 것 같았다. 아스팔트 위에 일단 책상다리를 하고 앉아서 오른쪽 어깨를 누르면서 일어섰다. 그리고 둑으로 올라갔다. 상대는 없었다. 긴페이는 숨 가쁘게 헐떡이면서 앉았다가 살짝 엎드렸다.

왜 긴페이는 소녀가 돌아간 뒤에 학생에게 다가가 말을 걸었는지 스스로도 이해가 되지 않았다. 휘파람을 불면서 걸어갔는데 분명 악의는 없었다. 그 학생과 소녀의 아름다움에 관해서 얘기하고 싶은 것이 진심인 것 같았다. 학생만 고분고분한 태도였다면 학생이 아직 깨닫지 못한 소녀의 아름다움을 학생에게 알려줄 수 있었을지도 모른다. 그러나 빈정대듯이,

"즐겁겠네요" 하고 불쑥 말한 것은 정말이지 분위기를 망쳤다. 잘 말할 수가 있었을 텐데 말이다. 그렇다 해도 학생이 한번 민 걸로 굴러 떨어져 버린 것은 너무 자신이 힘도 없어지고, 몸도 약해졌다고 느껴져 긴페이는 울고 싶었다. 한쪽 손에 어린 풀을 부여잡고 한쪽 손으로 아픈 어깨를 어루만지면서 긴페이의 가늘게 뜬 눈에 핑크빛 석양이 희미하게 보였다.

이제 내일부터 그 소녀는 이 비탈길에 개를 데리고 나오지 않을 것이다. 아니 내일까지는 학생이 소녀에게 연락을 못할지도 모르니까 역시 내일은 은행나무 가로수를 올라올지도 모른다. 그러나 학생에게 알려진 자신은 이 비탈길에도 둑에도 있을 수가 없다. 긴페이는 둑을 둘러보고 숨을 장소를 찾았지만 없었다. 하얀 스웨터를 입고 바지 자락을 접어 빨간 바둑판무늬가 보이는 소녀의 모습이 긴페이의 머릿속에서 쓰윽 멀어져 갔다. 핑크빛 하늘이 긴페이의 머리를 물들이는 것 같았다.

"히사코, 히사코"라고 긴페이는 쉰 소리로 다마키 히사코의 이름을 불렀다.

히사코를 만나러 가는 달리는 택시 안에 있었을 때도 석양이 아니라 오후 3시경이었지만 동네의 하늘이 왠지 핑크빛인 적이 있었다. 자동차 유리 너머로 보이는 동네는 엷은 물빛을 띠고 있지만, 유리창을 내린 운전대 옆 창문을 통해 보이는 하늘색은 달라서,

"하늘이 좀 분홍빛이 아닌가?" 하고 긴페이는 운전수 어깨 쪽으로 상체를 쑥 내밀었던 것이다.

"그러네요."

운전수는 아무래도 상관없다는 말투였다.

"분홍빛을 띠고 있지 않은가. 어째서일까. 내 눈 탓은 아니겠지?"

"눈 탓이 아닙니다."

긴페이는 운전석으로 계속해서 상체를 내밀고 있자, 운전수에게서 낡은 옷 냄새가 났다.

그때 이후 긴페이는 택시를 탈 때마다 엷은 핑크빛 세계와 엷은

물빛 세계를 느꼈다. 자동차 유리창 너머로 보는 것은 물빛을 띠고, 그 반대로 운전석 옆 유리창을 내린 창문으로 보는 것은 핑크빛이 된다. 그때뿐일 테지만, 하늘도 동네의 벽도 도로는 물론 가로수 줄기까지 실은 핑크빛을 띠고 있다고 긴페이는 믿어 버리게된 듯하였다. 봄이라든가 가을에는 손님이 타는 뒤편 좌석의 유리창은 닫고 운전석 옆 창문을 열고 달리는 차가 많다. 긴페이는 어디에 가든 택시를 탈 만한 신세도 아니면서도, 택시를 탈 때마다 그 느낌은 거듭되는 것이었다.

그리고 운전수의 세계는 따뜻한 핑크빛이고 손님의 세계는 차가운 물색인 것처럼 긴페이는 생각하는 습관이 생겼다. 손님은 긴페이 자신이다. 물론 유리 색을 넘어서 보이는 세계 쪽이 맑기는 하다. 도쿄는 하늘도 항구도 먼지로 탁해져 있으므로 엷은 핑크빛일지도 모른다. 자주 긴페이는 좌석에서 상체를 내밀어 운전석 뒤에 팔꿈치를 대면서 핑크빛 세계 쪽을 바라보고 있으면 그 침침한 공기의 미적지근함에 초조해지기 시작해서,

"어이, 이봐" 하고 운전수에게 달려들고 싶어진다. 뭔가에 대한 반항이나 도전의 조짐일 테지만 달려들면 이미 미치광이가 된다. 긴페이가 뒤로 다가와서 불온한 눈매를 해도 동네나 하늘이 핑크빛으로 보이는 것은 밝은 동안이니까 운전수가 두려워한 예는 없었다.

또한 두려워할 필요도 없었을 것이다. 긴페이가 택시 유리창의 조작으로 엷은 핑크빛 세계와 엷은 물빛 세계를 처음 구분한 것은 히사코를 만나러 가는 길이었고, 운전수 어깨 쪽으로 상체를 내미

는 것은 히사코를 만나러 가는 자세였기 때문이다. 그런 택시 속
에서 긴페이는 항상 히사코를 생각했다. 그 운전수의 낡은 옷 냄
새에서 이윽고 히사코의 감색 모직 옷 냄새를 느꼈기 때문에 그
후 어떤 운전수에서도 히사코의 냄새를 느꼈다. 운전수가 새 옷을
입고 있어도 변함이 없었다.

처음 하늘을 핑크빛으로 보았을 무렵 긴페이는 이미 교직에서
쫓겨나고 히사코는 학교를 전학하여 남의 눈을 피해 밀회를 했다.
긴페이는 예전에 이렇게 되는 것을 두려워해서,

"온다에게 말하면 안 돼. 둘만의 비밀⋯⋯" 하고 속삭이자 히사
코는 그 비밀 장소에서처럼 뺨을 물들였다.

"비밀은 지켜지고 있으면 달콤하고 즐거운 것이지만 일단 새어
나가면 무서운 복수의 귀신이 되어 날뛰거든."

히사코는 보조개를 띠고 눈을 치켜뜨며 긴페이를 쏘아보았다.
교실 복도 끝에서였다. 창문에 가까운 어린잎의 벚나무 가지에 한
명의 소녀가 달려들어 철봉에 매달린 것처럼 몸을 흔들고 있었다.
잎이 스치는 소리가 복도 유리창 너머로 들리는가 싶을 만큼 가지
는 흔들리고 있었다.

"사랑에는 두 사람 외에 자기편이란 절대로 없는 거야. 알았
니? 온다도 지금은 이제 적이야. 세상의 눈 하나, 세상의 귀 하나
인 거야."

"그래도 온다에게는 말할지도 몰라요."

"안 돼"라고 긴페이는 두려워서 주위를 보았다.

"괴로운걸요. 온다에게 히사코 무슨 일 있는 거야 하고 위로를

받으면 숨길 수 없을 것 같아요."

"어째서 친구의 위로가 필요한 거지?"라고 긴페이는 좀더 강하게 말했지만,

"온다 얼굴을 보면 분명 울어 버릴 거예요. 어제 집에 돌아가서 부은 눈을 물로 식히는데 난처했어요. 여름이라면 냉장고에 얼음이 있어서 좋은데……"

"태평스런 이야기 할 때가 아니야."

"괴로운걸요."

"눈을 보여 줘 봐."

히사코는 순순히 눈을 가까이 댔다. 그 눈으로 긴페이를 본다기보다는 긴페이가 보아 달라는 눈빛이었다. 긴페이는 히사코의 살결을 느끼고 잠자코 있었다.

긴페이도 히사코와 이렇게 되기 전에 온다 노부코를 통해서 히사코 가정의 내부 사정을 염탐해 볼까 생각했던 적이 있었다. 히사코의 말에 의하면 온다에게는 뭐든 털어놓고 있을 것이다.

그러나 온다라는 학생은 긴페이가 다가가기 어려운 데가 있었다. 히사코에 대한 것을 물으면 속이 들여다보일 것 같았다. 온다는 성적이 좋았지만 자아도 강한 것 같았다. 언젠가는 수업 시간에 긴페이가 후쿠자와 유키치(福澤諭吉)의 『남녀교제론』을 읽어 가며 얘기를 들려주었는데,

"센류(川柳)* 시구에 2, 3백 미터 지나서야 부부가 동행한다는 말이 있다"라는 대목에서,

"예를 들면 남편이 여행을 가면 아내가 이별을 아쉬워하지. 시

어머니는 그런 걸 싫어하지. 아내가 아파서 남편이 친절하게 간호를 하면 시어머니는 눈꼴이 시어서 못 본단다."

여학생들은 와아 하고 웃었다. 그러나 온다는 웃지 않는다.

"온다, 웃기지 않니?"라고 긴페이는 말했다. 온다는 대답하지 않았다.

"온다는 우습지 않아?"

"우습지 않아요."

"자신은 우습지 않아도 모두가 재미있게 웃으면 웃어도 되잖아?"

"싫습니다. 모두와 함께 웃어도 좋을 테지만, 모두가 웃은 다음에 좇아가듯이 웃지 않아도 된다고 생각해요."

"억지군" 하고 긴페이는 얼굴을 찡그리며,

"온다는 우습지 않다고 합니다. 여러분은 우습습니까?"

교실은 쥐 죽은 듯이 조용했다.

"우습지 않아요? 후쿠자와 유키치는 메이지 29년(1896)에 이것을 썼습니다만, 패전 후인 지금 읽어도 우습지 않다면 문제죠" 하고 긴페이는 얘기를 가지고 갔다. 얘기 도중에 불쑥 심술궂게 말했다.

"그런데 온다가 웃는 것을 본 사람 있습니까?"

"네, 본 적 있습니다."

"봤습니다."

"잘 웃죠."

떠들썩하게 웃으면서 학생들은 대답했다.

이 온다 노부코와 다마키 히사코가 둘도 없는 친구가 된 것은 히사코도 이상한 성격을 감추고 있었기 때문일지도 모른다고 긴페이는 나중에서야 깨달았다. 히사코는 긴페이에게 뒤를 밟게 하는 마력을 뿜고 있어 그 숨겨진 마성이 긴페이를 받아들인 것은 아닐까. 히사코의 여자로서의 성(性)은 한순간에 감전되어 전율하듯이 눈을 떴다. 히사코가 몸을 맡겼을 때 대부분의 소녀는 이런 것일까 하고 긴페이조차 전율을 느꼈을 정도다.

긴페이에게도 히사코는 첫 여자라고 할 수 있을지도 몰랐다. 그 고등학교에서 교사와 제자로 있으면서 히사코를 사랑한 날들이 지금까지의 반생에서 가장 행복한 때였던 것처럼 느껴진다. 시골에서 아버지가 생존해 있을 무렵, 어린 긴페이가 외사촌 형제인 야요이를 동경하던 것도 순수한 첫사랑임에는 틀림없지만 너무 어렸을 것이다.

그러나 그게 아홉 살이었는지 열 살이었는지, 도미 꿈을 꾸어 칭찬 받았던 것을 긴페이는 잊을 수가 없었다. 고향의 바다가 어두우리만큼 짙은 파도 위에 비행선이 떠올라 있었다. 보고 있자 그건 커다란 도미였다. 도미가 바다에서 뛰어오르고 있었던 것이다. 더구나 도미는 오랫동안 공중에 떠서 멈춰 있다. 한 마리가 아니다. 여기저기 파도 사이에서 도미가 펄쩍 뛰어올랐다.

"와아, 큰 도미다" 하며 긴페이는 큰 소리로 외치며 잠이 깼다.

"경사스러운 꿈이야. 대단한 꿈이야. 긴페이는 출세할 거야"라는 말을 들었다.

어제 야요이에게서 받은 그림책에 비행선 그림이 붙어 있었던 것이다. 긴페이는 비행선 실물을 본 적이 없었다. 그러나 그 무렵은 비행선이라는 것이 있었다. 대형 비행기가 발달한 지금은 없을 것이다. 긴페이의 비행선과 도미 꿈도 지금은 옛날 일이다. 긴페이는 출세라는 것보다도 야요이와 결혼할 수 있을 거라는 해몽을 했다. 긴페이는 출세도 하지 못했다. 고등학교 국어 교사라는 직업을 잃고는 출세 전망도 없어졌다. 꿈속의 훌륭한 도미처럼 인파로부터 펄쩍 약동할 힘도 없었고, 사람의 머리 위 공중에 떠 있을 힘도 없었다. 언젠가는 저승의 칠흑 같은 파도 속에 가라앉아 갈 운명일 테지만, 히사코와 불장난을 한 이후 행복은 짧고 전락은 빨랐다. 긴페이가 히사코에게 경고했듯이 온다에게 샌 비밀은 복수의 화신이 되어 날뛰었다고나 할까, 온다의 고발은 가혹했다.

그때부터 긴페이는 교실에서 가능한 한 히사코를 보지 않으려 했지만, 저절로 눈이 온다 자리로 가는 데는 난처했다. 긴페이는 온다를 교정 한쪽 구석에 불러 비밀을 지켜 달라고 탄원해 보기도 하고 협박해 보기도 했다. 그러나 긴페이에 대한 온다의 증오는 정의감보다도 직관적으로 단죄하려는 마음이 강한 것 같았다. 긴페이가 사랑의 고귀함을 호소해도,

"선생님은 불결해요"라고 온다는 딱 끊어 말했다.

"너야말로 불결해. 남에게서 비밀을 듣고 그 비밀을 다른 곳에 누설하는 것만큼 불결한 일은 없지 않니? 네 창자 속을 괄태충이나 전갈이나, 지네가 기어 다니는 거 아냐?"

"누구에게도 누설하지 않았어요."

그러나 이윽고 온다는 교장과 히사코 아버지에게 투서를 했다. 발신인은 익명으로 '지네로부터'라고 쓰여 있었다고 한다.

긴페이는 히사코가 선택한 장소에서 남의 눈을 피해 밀회를 하게 되었다. 히사코 아버지가 패전 후에 샀다는 집은 옛날로 말하면 교외지만 전쟁 전의 고급 주택은 불탄 자리 그대로 콘크리트 담만이 일부는 무너진 채로 남아 있다. 남의 눈이 무서운 히사코는 그 담 안에서 긴페이와 만나는 것을 좋아했다. 이 고급 주택가의 불탄 자리도 대부분 크건 작건 집이 들어서 빈 땅도 이제 많이 줄어들었다. 한때의 폐허와 같은 을씨년스러움이나 위험도 없었고 정말 사람들 눈을 피하기에는 좋았다. 무성한 풀 높이는 두 사람을 숨기기에 충분했다. 아직 여학생인 히사코는 자신의 집이 있었던 곳이라는 안심감도 있었을 것이다.

히사코도 긴페이에게 편지 쓰는 것은 어려웠지만, 긴페이 쪽에서도 편지를 보내기도 집이나 학교로 전화하기도 마땅치 않았다. 남에게 전언을 부탁할 수도 없어서 히사코에게 연락할 길은 모두 끊긴 거나 마찬가지다. 공터의 콘크리트 벽 안쪽에 분필로 뭔가 써 두면 히사코가 보러 오는 식이었다. 높은 담벼락에 쓰는 게 규칙이다. 풀에 감춰져 남의 눈에 띄지 않는다. 물론 복잡한 말은 쓸 수 없다. 만나고 싶은 날과 시간을 숫자로 표시한 정도가 고작이지만, 비밀 게시판 역할에는 도움이 되었다. 히사코가 써 둔 것을 긴페이가 와서 보는 경우도 있었다. 히사코 쪽에서 밀회 시간을 정하는 것은 속달로도 전보로도 괜찮은데 긴페이 쪽에서라면 상당히 미리 날짜와 시간을 담벼락에 써 두고 거기에 히사코의 승낙 기호가 쓰인 것을 확인해야만 했다. 히사코는 감시당해서 밤에는 좀처럼 나올 수 없다.

긴페이가 택시 안에서 엷은 핑크빛과 엷은 물빛을 처음 본 날은 히사코로부터의 호출이 있었다. 히사코는 담 가까이의 풀 속에서 웅크리며 기다리고 있었다. "이 담의 높이라면 네 아버지가 무척 완고한 것이 아니니? 담 위에 유리 조각이나 거꾸로 박은 못이라도 박혀 있었겠지" 하고 언젠가 긴페이는 히사코에게 말했지만, 주변의 신축 단층집에서는 담 안이 들여다보이지 않는다. 한 채만이 양옥 2층집으로 지어졌지만 새로운 양식인지 낮고, 2층에서 몸을 내밀고 본들 정원의 3분의 1은 사각(死角)이었다. 히사코는 그것을 알고 있어서 담 가까이에 있는 것이다. 문은 목조였던 것 같고 불에 타지는 않았지만 팔 땅이 아니니까 호기심으로 들어오는 사람은 일단 없을 것이다. 오후 3시경이라도 몰래 만날 수 있는 것이었다.

"아, 학교에서 귀가하는 길이니?"라고 긴페이는 히사코의 머리에 한쪽 손을 놓고 쭈그리고 앉으면서 창백한 뺨을 양손으로 감싸며 다가갔다.

"선생님, 시간이 없어요. 학교에서 돌아오는 시간을 체크당하고 있어요."

"알고 있어."

"『헤이케 이야기(平家物語)』에 관한 고전 문학 과외가 있어서 남는다고 해도 집에서 허락하지 않아요."

"그래? 기다렸니? 발 안 저려?" 하고 긴페이는 히사코를 무릎에 안았다. 히사코는 대낮의 환한 빛을 부끄러워하며 미끄러졌다.

"선생님, 이것……?"

"뭐야. 돈이네. 어떻게 된 거니?"

"훔쳐 왔어요" 하고 히사코는 오히려 눈을 번뜩였다.

"2만 7천 엔 있어요."

"아버님 돈이니?"

"엄마한테 있었어요."

"필요 없어. 금방 아실 테니 제자리에 갖다 놔."

"알게 된다면 집에 불을 질러도 좋아요."

"사랑 때문에 방화범……. 2만 7천 엔 때문에 1천만 엔 이상 가는 집을 태우는 사람이 어디 있니?"

"엄마가 아버지 몰래 감춰 놓은 돈인 것 같으니까 소란을 피우지는 않을 거예요. 저도 잘 생각해서 훔친걸요. 한번 훔친 것을 원래대로 되돌려 놓는 쪽이 더 무서워요. 분명히 떨다가 붙잡힐 게 틀림없어요."

긴페이가 히사코에게서, 훔친 돈을 받는 것은 지금이 처음이 아니었다. 긴페이의 훈수가 아니고 히사코의 생각이었다.

"근데 선생님도 말이지. 그럭저럭 먹고 살 수 있어. 아리타라는 어느 회사 사장 비서가 내 학창 시절 친구로 사장의 연설 대필을 때때로 나한테 부탁하고 있어."

"아리타 씨……? 아리타 뭐라는 사람?"

"아리타 온지라는 노인이야."

"어머. 제가 전학 간 이번 학교 이사장이에요, 그 사람……. 아버지가 아리타 씨에게 부탁해서 제가 전학 간 거예요."

"그래?"

"이사장이 학교에서 떠드는 말도 모모이 선생님이 쓰신 거예요? 몰랐어요."

"인생이란 그런 법이야."

"맞아요. 아름다운 달이 나오면 선생님도 보고 계시겠지 하고 생각하고, 비바람이 치는 날에는 선생님 아파트는 어떨까 하고 생각하는걸요."

"비서 얘기로는 그 아리타라는 노인은 이상한 공포증에 시달리고 있대. 연설 초고에 처라든가 결혼이라든가 하는 말은 가능한 한 쓰지 말아 달라고 비서에게 부탁 받았어. 여자 고등학교에서의 얘기니까 당연히 쓸 거라고 생각한 거지. 아리타 이사장은 얘기 도중에 공포증 발작 같은 건 일으키지 않았니?"

"아니오. 알아차리지 못했어요."

"그렇겠지. 뭐 남 앞에서는" 하고 긴페이는 혼자서 끄덕였다.

"공포증 발작이라는 건 어떤 거예요?"

"여러 가지 있지. 우리들도 그럴지 몰라. 발작을 일으켜서 보여 줄까?" 하고 긴페이는 말하며 히사코의 가슴을 더듬으면서 눈을 감자, 고향의 보리밭이 떠올라 왔다. 농가의 안장 없는 말을 타고 여자가 보리밭 맞은편 길을 지나갔다. 여자는 하얀 수건을 목에 들러 앞에서 묶고 있었다.

"선생님, 목을 졸라도 괜찮아요. 집에 돌아가고 싶지 않아요"라고 히사코가 뜨겁게 속삭였다. 긴페이는 한쪽 손의 손가락으로 히사코 목을 잡고 있는 자신에게 놀랐다. 또 한쪽 손을 더해서 히사코의 목을 재 보았다. 부드럽게 그 안에 들어와서 긴페이의 양손의 손가락 끝은 서로 닿았다. 긴페이는 돈 꾸러미를 히사코 가슴에 미끄러뜨렸다. 히사코는 꽉 가슴을 움츠리고 몸을 뺐다.

"돈을 가지고 돌아가……. 이런 짓을 하면 너 아니면 내가 범죄를 저지를 것 같아. 온다는 나를 죄인이라고 고발하지 않았니? 저렇게 어두운 그림자가 있고, 저렇게 거짓말을 하는 사람은 전에 무척 나쁜 짓을 저질렀을 거라고 편지에 쓰여 있었다고……? 넌 요즘 온다 만났니?"

"안 만나요. 편지도 오지 않아요. 그런 사람 몰라요."

긴페이는 잠시 잠자코 있었다. 히사코가 나일론 보자기를 펼쳐 깔아 주었다. 오히려 흙의 차가움이 전해졌다. 주위에 난 풀 냄새가 맡아졌다.

"선생님, 또 제 뒤를 미행해 와 주세요. 제가 깨닫지 못하도록 미행해 와 주세요. 역시 학교 귀갓길이 좋아요. 이번 학교 쪽이 더 멀어요."

"그리고 그 훌륭한 문 앞에서 처음으로 알아차린 척을 한다 이거지? 철 대문 속에서 발그스레한 얼굴을 하고 나를 쏘아볼 거니?"

"아뇨. 안으로 들어오시라고 할 거예요. 우리 집은 넓으니까 발견될 리 없어요. 제 방에도 숨을 곳은 있어요."

긴페이는 타오르는 기쁨을 느꼈다. 이윽고 그것을 실행했다. 그러나 긴페이는 히사코 집 사람에게 발각되었다.

그리고 세월도 또한 히사코를 긴페이로부터 멀어지게 했지만, 개를 산책길에 동행한 소녀의 애인인 것 같은 학생에게 둑에서 밀쳐 떨어진 후에도 핑크빛 석양을 보면서 무심결에 긴페이는 '히사코, 히사코' 하고 슬픈 듯이 부르며 아파트로 돌아왔다. 둑의 높이는 키의 두 배 정도였기 때문에 어깨와 무릎이 보라색이 되어 있었다.

다음 날 저녁에도 긴페이는 은행나무 가로수가 있는 비탈길로 소녀를 보러 가지 않을 수가 없었다. 그 맑고 깨끗한 소녀는 긴페이의 추적에 거의 무심했기 때문에 긴페이는 아무런 해도 끼칠 수 없지 않은가? 그렇게도 생각했다. 하늘을 나는 기러기에게 한탄하는 것과 같은 것이다. 저기 빛나는 시간의 흐름을 배웅하고 있는 것과 같은 것이다. 긴페이인들 내일을 알 리 없는 목숨이고, 그 소녀도 언제까지나 아름답지는 않다.

그러나 긴페이는 어제 학생에게 말을 걸어서 얼굴이 알려져 버렸기 때문에 은행나무 가로수 비탈길을 배회하고 있을 수도 없고 학생이 소녀를 기다리는 장소인 것 같은 둑에는 더욱 있을 수 없었다. 긴페이는 가로수가 있는 보도와 옛 귀족의 저택 사이의 도랑에 숨어 있기로 했다. 만일 경관에게라도 수상쩍게 여겨지면 술에 취해 떨어졌다든가 난폭한 껄렁패에게 밀쳐 떨어져서 발목이 아프다고 말하면 된다. 취해서라는 쪽이 무난할 것 같아서 술 냄새가 나도록 하기 위해 긴페이는 조금 술을 마시고 나갔다.

도랑이 깊은 것은 어제 알고 있었지만 안에 들어가 보니 깊다기보다도 넓었다. 도랑 양쪽은 훌륭한 돌 절벽이고 밑에도 돌이 쫙 깔려 있다. 돌 틈으로 풀이 자라고 작년에 쌓인 낙엽이 썩어 있었다. 보도 쪽 돌 절벽에 몸을 기대고 있으면 쪽 곧은 비탈길을 올라오는 사람에게는 발견되지 않을 것이다. 2, 30분이나 숨어 있는 동안에 긴페이는 돌 절벽의 돌이라도 씹고 싶어졌다. 돌 사이로부터 제비꽃이 피어 있는 것이 눈에 띄었다. 긴페이는 무릎걸음으로 다가가 제비꽃을 입에 머금고 이빨로 잘라서 삼켰다. 삼키기 어려웠다. 긴페이는 울컥 눈물이 나는 것을 참았다.

어제 그 소녀가 오늘도 개를 데리고 비탈에 나타났다. 긴페이는 양손을 펼쳐 돌 모퉁이를 잡고 돌에 빨려 들어갈 듯이 하면서 천천히 머리를 들어 올렸다. 손이 떨려서 돌 절벽이 무너질 것같이 느껴지고 가슴의 고동은 돌을 쳤다.

소녀는 어제 같은 흰 스웨터 차림이지만 아래는 바지가 아니고 연두색 스커트를 입고 신발도 괜찮은 것을 신고 있었다. 흰색과 연두색이 가로수의 어린 신록 속에 솟아올라 다가왔다. 긴페이의 머리 위를 지나갈 때는 소녀의 손이 눈앞에 있었다. 하얀 손은 손목부터 팔꿈치에 걸쳐서 한결 희어져 간다. 긴페이는 소녀의 맑은 턱을 밑에서 올려다보며 아앗 하고 눈을 감았다.

"있다, 있어."

어제 그 학생이 둑 위에서 기다리고 있었다. 비탈의, 거지반 도랑 같은 곳에 들어가 바라보고 있자니, 둑을 향해 가는 두 사람은 무릎 위쪽만이 푸른 풀 위로 솟아올라 움직였다. 긴페이는 저물 때까지 소녀의 귀가를 기다리고 있었지만, 소녀는 비탈길을 지나가지 않았다. 아마도 그 학생이 어제 마주친 이상한 남자 얘기를 소녀에게 일러서 이 길을 피해 갔을 것이다.

그 후로 긴페이는 몇 번이나 은행나무 가로수가 있는 비탈길을 배회하거나, 둑에 올라 푸른 풀 위에 오랫동안 엎드려 있거나 했다. 그러나 소녀를 보지 못했다. 소녀의 환상은 밤에도 긴페이를 이 비탈길로 불러내었다. 은행나무의 어린잎이 늠름한 푸른 잎으로 무성해지는 것은 빨랐다. 달빛으로 아스팔트에 그림자를 늘어뜨리고 머리 위에 거무스름하게 덮쳐 오는 가로수는 긴페이를 위협했다. 동해에 면한 고향에서 밤바다의 어둠이 갑자기 무서워져 집으로 달려갔던 것을 떠올렸다. 도랑 속에서 새끼고양이 우는 소리가 들렸다. 긴페이는 멈춰 서서 들여다보았다. 새끼고양이는 보이지 않지만 희미하게 상자가 보였다. 상자 속에서 살짝 움직이고 있는 것 같다.

"과연 고양이 새끼를 버리기에 좋은 장소야."

막 태어난 새끼고양이 한 떼를 모조리 상자에 넣어 버린 것이다. 몇 마리나 있는 것일까? 울다가 굶어 죽을 것이다. 그 새끼고양이들도 자신과 마찬가지라고 생각해서 긴페이는 일부러 새끼고양이 울음소리를 듣고 있었다. 그러나 그날 밤 이후로 소녀는 비탈길에 나타나는 일이 없었다.

그 비탈길에서 멀지 않은 연못에서 반딧불 축제가 개최된다고 신문에서 본 것은 6월 초였다. 대여 보트가 있는 연못이다. 그 소녀는 반드시 반딧불 축제에 온다. 긴페이는 그렇게 믿었다. 개를 데리고 산책하고 있었던 거니까 집은 근처임에 틀림없다.

엄마 고향 마을의 호수도 반딧불 명소였다. 엄마에게 이끌려 가서 잡은 반딧불을 모기장 안에 풀어놓고 잤다. 야요이도 같은 짓을 했다. 장지문은 활짝 열려 있어서 옆방 모기장 안의 야요이와 어느 쪽 반딧불이 많은지 세며 싸웠다. 반딧불은 날아다니니까 세기 어렵다.

"긴페이, 능글맞아. 늘 얄미워" 그러면서 야요이는 일어나서 주먹을 휘둘렀다.

이윽고 모기장을 주먹으로 두들기기 시작하자 모기장은 흔들리고 모기장 안에 머물러 있던 반딧불은 날아올랐지만, 반응이 없으니까 야요이는 더욱 안달이 나서 주먹을 흔들 때마다 무릎도 몹시 흔들렸다. 야요이는 짧고 좁은 소맷자락의 유카타를 입고 있어서 무릎에서 위까지 걷어 올라갔다. 그렇게 무릎이 점점 앞으로 움직이는 듯싶더니 야요이의 모기장 자락은 긴페이 쪽으로 묘한 형태로 불룩해져 왔다. 야요이는 파란 모기장을 쓴 도깨비처럼 보였다.

"지금은 야요이 쪽이 더 많아. 뒤를 봐봐"라고 긴페이는 말했다. 야요이는 뒤돌아보며,

"당연히 내가 많지."

야요이의 모기장이 흔들려 그 안의 반딧불이 모두 날아올라 빛을 내고 있어서 분명히 많아 보이는 것은 어쩔 수 없다.

그때 야요이의 유카타에 큰 십자 무늬가 새겨져 있던 것을 긴페이는 지금도 기억하고 있다. 그러나 긴페이와 같은 모기장 안의 엄마는 어떻게 하고 있었던 것일까? 야요이가 소란을 피우는데 뭐라고 하지도 않았던 것일까? 긴페이 엄마도 엄마려니와 야요이 엄마는 함께 자고 있으면서 야요이를 꾸짖지 않았던 것일까? 곁에는 야요이의 어린 남동생도 있었을 것이다. 야요이 이외의 다른 사람에 대한 것은 긴페이에게 전혀 떠오르지 않는다.

긴페이는 요즘도 때때로 엄마 고향 마을의 호수에 밤 번개가 번

뜩이는 환상을 본다. 거의 호수 전면을 비추며 사라지는 번개다. 그 번개가 사라진 뒤에는 호수 기슭에 반딧불이 있다. 호수 기슭의 반딧불도 환상의 연속이라고 볼 수도 있지만, 반딧불을 환상에 추가하기에는 좀 수상쩍기도 하였다. 번개가 치는 경우는 대개 반딧불이 있는 여름철에 많기 때문에 이런 반딧불을 덧붙인 것일지도 모른다. 아무리 긴페이라 한들 반딧불 환상을 호수에서 죽은 아버지의 도깨비불 따위라고는 생각하지 않지만, 밤의 호수에 번개가 사라져 돌연 캄캄해진 순간은 기분이 좋지는 않았다. 그 환상의 번개를 볼 때마다 육지 위에 차 있는 넓고 깊은 물이 아무런 움직임도 없다가 밤하늘의 빛을 받아 휙 나타나는 것에, 긴페이는 자연의 요괴나 시간의 비명(悲鳴)을 느끼는 것처럼 가슴이 덜컥 내려앉는다. 번개로 호수 전면이 비쳐지는 것은 아마도 환영의 소행으로, 현실에는 없는 일일 거라는 것쯤은 긴페이도 알고 있다. 그러나 커다란 번갯불에 맞으면, 하늘에서 내려 준 순간의 광명이 주변 세계의 모든 것을 비춘다고 생각할지도 모른다. 처음에 완고했던 히사코를 접했을 때와 같은 것이다.

그리고 갑자기 대담해진 히사코가 긴페이를 놀라게 한 것도 번갯불을 맞은 것과 어쩌면 비슷한 것일지도 모른다. 긴페이는 히사코가 권하는 대로 집에 들어가, 히사코 침실에 몰래 숨어드는 데 성공했다.

"과연 넓은 집이구나. 돌아갈 때 도망칠 길을 모르겠어."

"배웅해 드릴게요. 창문으로 나가셔도 되고요."

"하지만 2층이잖니?" 하고 긴페이가 기가 죽자,

"제 허리띠 같은 걸로 이어서 밧줄을 만들게요."

"개는 없니? 난 개를 싫어해서 말이지."

"개는 없어요."

히사코는 말을 잇는 대신 긴페이를 눈을 반짝이며 노려보듯 바라보았다.

"저 선생님하고 결혼할 수 없죠? 하루라도 좋으니까 제 방에서 같이 있고 싶었어요. 언제나 풀잎 뒤는 싫어요."

"풀잎 뒤라는 건 말이지, 단순히 풀잎 뒤의 의미도 있지만, 지금 일반적으로 사용되는 것은 저세상, 무덤 밑이라는 의미지."

"그래요?" 하고 히사코는 건성으로 듣고 있었다.

"이제 국어 교사에서 해고당했으니까 그런 건 아무래도……"

그러나 이런 교사가 있었다는 것은 아무래도 좋지는 않다. 무서운 세상이라고, 긴페이는 여학생의 방이라고는 상상도 해보지 못할 만큼 양실(洋室)의 화려한 사치스러움에 압도되어 쫓기는 죄인인 양 오그라들어 있었다. 히사코가 지금 다니는 학교 문에서 히사코의 집 문까지 뒤를 미행해 온 긴페이하고는 다른 사람이 되어 있었다. 물론 히사코는 알고 있으면서 모르는 척하고 있었던 것이고, 이미 히사코는 긴페이에게 사로잡힌 여자라서 계획했던 놀이나 조작이었다. 그러나 그런 계획을 히사코가 먼저 말한 데에 긴페이의 기쁨이 있었다.

"선생님" 하고 히사코는 긴페이의 손을 꽉 잡고,

"저녁 식사 시간이니까 기다리고 계세요."

긴페이는 히사코를 끌어당겨 입을 맞췄다. 히사코는 긴 시간을 원하여 몸의 무게를 긴페이의 팔에 맡겨 버렸다. 히사코를 지탱하고 있어야만 하는 것이 긴페이에게 얼마간 용기를 불어넣었다.

"그 동안 선생님 뭐 하고 계실 거예요?"

"응? 네 사진첩 같은 건 없니?"

"없어요. 사진첩도 일기장도 아무것도 없어요"라고 히사코는 긴페이의 눈을 올려다보면서 고개를 저었다.

"넌 어렸을 때 추억을 아무것도 얘기하지 않는구나."

"시시한걸요."

히사코는 입술도 닦지 않고 나갔지만, 어떤 얼굴을 하고 가족과 저녁 식사 자리에 앉아 있는 것일까? 긴페이는 벽이 우묵하게 들어가 커튼이 쳐져 있는 뒤쪽에 작은 세면대를 발견하자, 주의 깊게 수도를 틀어 조심스럽게 손을 씻고 얼굴을 씻고 입을 헹궜다. 추한 발도 닦고는 싶었지만, 신발을 벗어 들고 히사코의 얼굴을 씻는 곳에 발을 처넣기는 좀 어려웠다. 또한 씻은들 보기 좋아지는 발이 아니라 보기 흉함을 뼈저리게 느끼게 될 뿐일 것이다.

히사코가 긴페이를 위해서 샌드위치 따위를 만들어 오지 않았으면 이 밀회는 발각되지 않고 끝났을지도 모른다. 은쟁반에 커피 세트까지 운반해 온 것은 너무 대담무쌍하다고 할 만하다.

문을 연달아서 노크하는 소리가 들렸다. 히사코는 순간 각오를 했는지 오히려 따지듯이 물으며,

"엄마……?"

"그래."

"손님이 계시니까 엄마, 열지 마세요."

"누구시지?"

"선생님이요" 하고 히사코는 작지만 야무진 목소리로 단호히 말했다. 그 순간에 긴페이는 미칠 것 같은 행복의 불을 뒤집어쓴 듯이 탁 일어섰다. 피스톨이라도 가지고 있었다면 뒤에서 히사코를 쐈을지도 모른다.

총알은 히사코의 가슴을 뚫고 문 저편의 엄마에게 적중했다. 히사코는 긴페이 쪽으로 쓰러지고 엄마는 문 맞은편에 쓰러진다. 히사코와 엄마는 문을 사이에 두고 서로 마주 보고 있으므로 두 사람 다 뒤로 벌렁 쓰러진 것이다. 그러나 히사코는 쓰러지면서 어쩐지 아름답게 몸을 돌려 방향을 바꾸자, 긴페이의 정강이를 끌어안는다. 히사코의 상처로부터 뿜어 나온 피가 그 정강이를 타고 흘러 긴페이의 발등을 적시자, 그 거무튀튀한 두터운 거죽은 쑥 장미꽃잎처럼 아름다워지고, 발바닥 한가운데 주름은 펴져서 꽃조개(櫻貝)처럼 매끄러워지고, 원숭이 발가락같이 길고 마디가 서서 굽고 쭈그러든 발가락도 이윽고 히사코의 따뜻한 피에 씻기어 마네킹 인형의 발가락처럼 생김새가 좋아진다. 문득 히사코의 피가 그렇게 많을 리가 없는데 하는 순간, 긴페이 자신의 피도 가슴의 상처로부터 흘러 떨어지고 있는 것을 깨닫는다. 긴페이는 내영불*이 탄 오색구름에 감싸인 듯 정신이 아득해진다. 이 행복한 허황된 생각도 그러나 한순간이었다.

"히사코가 말이죠, 학교에 가지고 간 무좀약에는 딸의 피가 섞여 있는 것입니다."

긴페이는 히사코 아버지의 목소리를 듣고 깜짝 놀라 방어 자세를 취했다. 환청이었다. 몹시 긴 환청이다. 긴페이가 제정신으로 돌아오자 히사코가 문을 향해서 늠름하게 선 모습이 눈에 넘쳐 두려움은 사라졌다. 문 밖은 조용했다. 대드는 딸에게 떨고 있는 엄마의 모습이 문을 통해 긴페이에게 보였다. 병아리에게 털을 쪼여 빨간 알몸만 남은 닭이다. 가련한 발소리가 복도에서 멀어져 갔다. 히사코는 성큼성큼 문으로 가서 찰칵 문을 잠그자 손잡이를 한쪽 손에 잡은 채 긴페이를 돌아다보며 등으로 문에 힘없이 기대면서 뚝뚝 눈물을 흘렸다.

물론 엄마와 교대로 아버지의 거친 발소리가 다가왔다. 손잡이를 덜컥덜컥 흔들며,

"애, 열어. 히사코, 열지 못하겠니?"

"좋아, 아버님과 만나자."

긴페이가 말했다.

"싫어요."

"왜? 만날 수밖에 없잖아."

"선생님께 아버지를 보이고 싶지 않아요."

"난 난폭하게 굴지 않아. 피스톨이나 그밖에 아무것도 갖고 있지 않아."

"보이고 싶지 않아요. 창문으로 도망치세요."

"창문으로……? 좋아, 내 발은 원숭이 발 같단다."

"구두 신고 있으면 위험해요."

"안 신었어."

히사코는 장에서 헝겊 끈을 두세 개 꺼내어 서로 이었다. 문 밖

의 아버지는 점점 더 격분하고 있다.

"지금 열 테니까 잠깐 기다리세요. 정사 같은 건 하지 않을 테니까요……"

"뭐라고? 어디서 그따위 말을 하는 거야."

그러나 허를 찔린 탓인지 문 밖은 잠시 조용해졌다.

창문에서 늘어뜨린 헝겊 끈 끝을 양 손목에 감고 긴페이의 무게를 지탱하며 힘을 주면서 눈물을 계속해서 흘리고 있는 히사코 손가락에 긴페이는 잠깐 코끝을 문질러 대고 헝겊 줄을 따라 가볍게 내려갔다. 입술을 댈 셈이었는데 밑을 보고 있었기 때문에 코끝이 닿았던 것이다. 또한 얼굴에 감사와 고별 키스를 하려고 해도 히사코는 몸을 쭈그리고 창문 밑 벽에 무릎을 대고 버티며 가슴은 잔뜩 뒤로 젖히고 있어서 창문에 매달린 긴페이는 닿지 못했던 것이다. 발이 땅에 닿자 긴페이는 감동 어린 신호로 헝겊 끈을 두 번 잡아당겼다. 두 번째는 반응이 없이 헝겊 끈이 창문으로 비치는 밝은 빛 아래로 둥실 흘러 떨어졌다.

"응? 주는 거야? 가지고 갈게."

긴페이는 정원을 달려가면서 한쪽 어깨에 휘날리는 헝겊 끈을 잘 감아 들며 갔다. 힐끗 뒤를 보자 히사코와 그녀의 아버지인 듯한 모습이 긴페이가 빠져나온 창문에 나란히 서 있었지만, 아버지는 소리도 지르지 못하는 것 같았다. 긴페이는 당초무늬여서 안이 들여다보이는 철문 같은 건 원숭이처럼 뛰어넘었다.

그랬던 히사코도 지금은 이미 결혼했을까?

그 후 긴페이는 단 한 차례 히사코와 만났다. 히사코의 소위 '풀잎 뒤', 전쟁 때 불타 버린 히사코 가족의 옛 집터 자리에 긴페이는 물론 자주 다녔지만 풀 속에 히사코가 숨어서 기다리고 있지는 않았다. 콘크리트 담 안쪽에 히사코의 낙서가 쓰여 있는 것도 보지 못했다. 그러나 긴페이는 포기하지 않고 거기 풀이 마르고 눈이 쌓인 겨울도 때때로 들여다보러 가기를 단념하지 않았다. 그것이 신통해서인지, 다시 봄의 어린 풀이 연둣빛으로 자라난 속에서 히사코와 우연히 만날 수가 있었다.

그러나 히사코는 온다 노부코와 둘이 있었다. 히사코도 자신처럼 때때로 여기에 왔던 것인데, 엇갈려서 만날 수 없었던 것은 아닐까 싶어서 가슴이 두근거렸다. 그러나 히사코가 긴페이를 전혀 기다리지 않았다는 듯이 놀라는 얼굴에서 온다와 여기서 만나고 있었던 것이라는 것을 알 수 있었다. 그 밀고자 온다와 예전의 비밀 장소에서, 어째서일까? 긴페이는 멍청하게 말도 할 수 없었다.

"선생님" 하고 히사코가 불렀던 것을, 온다는 억누르듯이 같은 말을 세게 되풀이했다.

"선생님."

"히사코는 아직 이런 얘랑 사귀고 있는 거니?" 하고 긴페이는 온다 머리 위에서 턱을 치켜 올렸다. 두 명의 소녀는 한 장의 나일론 보자기 위에 앉아 있었다.

"모모이 선생님, 오늘은 히사코 졸업식이었어요"라고, 온다는 긴페이를 쏘아 올려보고 뭔가 선언조로 말했다.

"아, 졸업식……? 그래?" 하고 긴페이는 그만 이야기에 말렸다.

"선생님, 저 그때부터 하루도 학교에 가지 않았어요"라고 히사코가 호소했다.

"아, 그랬니?"

긴페이는 뭉클 가슴에 와 닿았지만, 원수 온다에게 신경을 써서인지, 전 교사의 본성이 나타나선지 생각지도 않은 말을 했다.

"그래도 잘도 졸업을 할 수 있었구나."

"이사장 추천인걸요. 가능하죠"라고 온다가 대답했다. 히사코에게 호의인지 악의인지 알 수가 없다.

"온다, 그래 넌 공부 잘하지, 잠자코 있어"라고 긴페이는 히사코에게,

"이사장은 졸업식에서 축사를 했니?"

"네."

"난 이제 아리타 노인의 연설 초고는 쓰지 않아. 오늘 축사 따위는 그 전과는 분위기가 달랐지?"

"짧았어요."

"두 사람 다 무슨 얘기를 하시는 거예요? 우연히 만나더라도 할 얘기가 있는 두 사람 아니에요?" 하고 온다는 말했다.

"네가 없어지면 쌓인 얘기는 태산만큼 있어. 하지만 스파이에게 들려주는 건 지긋지긋해. 네가 히사코에게 할 얘기가 있다면 빨리 마무리해."

"전 스파이가 아니에요. 불결한 사람에게서 히사코를 지키려고 했을 뿐이에요. 제 투서 덕분에 히사코는 학교를 옮기게 되었지만 선생님의 마수는 피할 수 있었죠. 히사코는 선생님을 미워하고 있을 거예요."

"자, 너를 어떻게 해줄까, 빨리 물러나지 않으면 다친다."

"히사코 곁은 떠나지 않아요. 제가 여기서 만난 거니까 선생님이 돌아가 주세요."

"넌 감시 역할하는 시녀니?"

"그런 것 부탁 받지 않았어요. 불결해요"라고 하며 온다는 외면했다.

"히사코 돌아가자. 이 불결한 사람에게 원한과 분노를 담아 영원한 안녕을 말해."

"야, 히사코하고 할 얘기가 있다고 했어, 그 얘기가 난 아직 끝나지 않았어. 네가 돌아가" 하고 긴페이는 온다의 머리꼭지를 깔보듯이 어루만졌다.

"불결해요" 하고 온다는 머리를 흔들었다.

"맞아. 언제 머리 감았니? 너무 냄새나고 더러워지기 전에 감아야지. 이러면 어떤 남자도 어루만져 주지 않아."

분해하는 온다에게 긴페이는 말했다.

"애, 물러가지 못하겠니? 난 여자를 때리거나 차거나 하는 것이 예사로운 무뢰한이야."

"전 맞거나 채이거나 하는 것이 예사로운 아가씨예요."

"좋아" 하고 긴페이는 온다의 손목을 잡아끌려고 하다가 히사코를 뒤돌아보면서,

"괜찮지?"

히사코는 눈으로 수긍하는 듯했다. 긴페이는 힘을 얻어 온다를 끌어당겨 갔다.

"싫어, 싫어요, 뭘 하시는 거예요."

온다는 허우적거리며 긴페이의 손을 물려고 했다.

"얼씨구 불결한 남자 손에 키스할 건가?"

"물 거예요" 하고 온다는 외쳤지만 물지 않았다.

불타 없어진 문 뒤에서 길로 나오자 사람 눈이 있으니까 온다는 일어서서 걸었다. 긴페이는 잡은 한쪽 손목을 놓지 않았다. 빈 택시를 불러 세웠다.

"가출 아가씨요. 부탁해요. 오모리 역 앞에 가족이 기다리고 있소. 서둘러 주시오"라고 꾸며 대고는 온다를 부둥켜안듯이 차로 밀어 넣고, 주머니에서 천 엔짜리를 꺼내 운전대에 던져 넣었다. 차는 달리기 시작했다.

긴페이는 담 안으로 돌아와서 히사코가 원래대로 보자기 위에 앉아 있는 것을 보았다.

"가출 소녀라고 하고는 택시에 집어넣었어. 오모리까지 갈 거야. 천 엔 들었네."

"온다는 복수하러 또 집으로 투서할 거예요."

"또 '지네로부터', 인가?"

"하지만 하지 않을지도 몰라요. 온다는 대학에 들어가고 싶어서 저한테도 권유하러 왔어요. 제 가정교사처럼 되어 아버지께 학자금을 내게 하려는 거예요. 온다네 집은 어려우니까……"

"그 얘기로 여기서 만났니?"

"맞아요. 설날 무렵부터 만나고 싶다고 몇 번이나 편지를 보내왔지만, 집으로 오는 건 싫어서 졸업식에는 나갈 수가 있다고 답장을 했어요. 온다는 학교 문에서 기다리고 있었어요. 하지만 저 한번 여기에 와 보고 싶었어요."

"그때부터 난 몇 번이나 여기에 왔는지 몰라. 눈이 쌓인 날도 말이지……"

히사코는 귀여운 보조개를 띠며 고개를 끄덕였다. 이 소녀를 보면 긴페이와 그 같은 일이 있었다고 누가 생각할까? 긴페이 자신도 무슨 '마수'의 흔적을 발견할 수 있을까? 히사코는 말했다.

"선생님이 와 계시지 않을까 하고 생각하고 있었어요."

"동네에 쌓인 눈은 녹아 없어져도 여기 눈은 그대로 쌓여 있더군. 담이 높아서……. 게다가 도로 제설을 해서 이곳으로 던져 버리는 것 같아. 문 안이 눈 산처럼 돼 있었어. 그것도 내겐 우리 두 사람의 사랑의 장애물처럼 보였지. 눈 산 밑에 아기가 묻혀 있는 것 같은 기분이 들었어" 하고, 끝으로 긴페이는 기괴한 헛소리를 내뱉고는 퍼뜩 입을 다물었지만, 히사코는 맑은 눈으로 고개를 끄덕였다.

"그래서 넌 온다와 대학에 갈 거니? 무슨 과……?"

"시시해요, 여자가 대학에는 무슨……" 하고 히사코는 아무렇지도 않게 대답했다.

"그때의 헝겊 끈 말이지, 아직 소중하게 간직하고 있어. 기념으로 준 거지?"

"긴장이 풀어져서 손을 놓아 버렸어요" 하고, 이것도 아무렇지 않게 말했다.

"아버님께 심하게 꾸중 들었니?"

"혼자서는 못 다니게 해요."

"학교에도 가지 않은 건 몰랐어. 그런 걸 알았더라면 야음을 틈타 그 창문으로 잠입하면 좋았을걸."

"그 창문에서 한밤중에 정원을 보고 있던 적도 있어요" 하고 히사코는 말했다. 그 금족령의 세월에 히사코는 청순한 소녀로 되돌아가 버린 듯이 보여, 긴페이는 이 소녀의 감춰진 심리를 알아차려 붙잡는 직감을 잃어버린 것처럼 풀이 죽었다. 처음 여세도 동기가 없었다. 그러나 긴페이가 온다가 앉았던 보자기 한쪽에 앉아도 히사코는 피하는 모습이 아니다. 히사코는 감색의 새 원피스를 입고 있었고, 옷깃에 단 레이스 장식은 예뻤다. 졸업식을 위한 옷일 것이다. 긴페이가 봐서는 알 수 없는, 안 한 듯이 보이는 능란한 화장도 하고 있을지 모른다. 희미한 냄새가 났다. 긴페이는 히사코의 어깨에 살짝 손을 얹었다.

"어디든 가자. 둘이서 멀리 도망치자, 쓸쓸한 호숫가로, 어때?"

"선생님, 저 이제 선생님과 만나지 않기로 마음을 정했어요. 오늘 여기서 뵙게 되어 그건 기쁘지만 이제 이것을 마지막으로 해주세요" 하고 히사코는 뿌리치는 기세가 아니라 차분하게 호소하는 목소리로 말했다.

"도저히 선생님을 만나지 않고는 견딜 수 없으면, 어떻게 해서라도 선생님을 찾아갈게요."

"난 세상 바닥으로 떨어질 거야."

"우에노 지하도에 선생님이 계셔도 갈 거예요."

"지금 가자."

"지금은 안 가요."

"왜 그래야 하지?"

"선생님, 저는 상처를 입고 아직 회복되지 않았어요. 제정신으로 돌아와서도 아직 선생님을 사랑하고 있으면 갈게요."

"흠……?"

긴페이는 발까지 저려오는 느낌이었다.

"잘 알았어. 내 세계 같은 곳에 내려오지 않는 게 좋을 거야. 나에게 끌렸던 것은 깊은 곳에 봉인해 버려. 그렇지 않으면 무서운 일이 생길지도 모르지. 난 너와는 다른 세계에서 평생 네 추억을 그리워하고 감사하고 있을 거야."

"전 선생님을 잊을 수 있다면 잊겠어요."

"그래, 그게 좋아" 하고 긴페이는 힘차게 말하면서 찌르는 듯한 슬픔으로 괴로웠다.

"하지만, 오늘은……" 하고 목소리가 떨렸다.

뜻밖에 히사코는 끄덕였다.

그러나 차 안에서도 히사코는 잠자코 있었다. 이윽고 아무 일도 없었다는 듯한 얼굴로, 조금은 볼에 붉은빛을 띠면서 가만히 눈꺼풀을 감고 있었다.

"눈을 떠 봐. 악마가 있어."

히사코는 탁 눈을 떴지만 악마를 보는 것 같지 않았다.

"쓸쓸하구나" 하고 긴페이는 말하며 히사코의 속눈썹을 입에 머금었다.

"기억하고 있을래?"

"기억하고 있을게요" 하고 히사코의 허무한 속삭임이 긴페이의 귀를 지나갔다.

그리고 긴페이는 히사코를 만나지 않았다. 그 불탄 자리에는 몇 번인가 방황하며 갔었다. 언젠가는 문 있는 곳에 널판장이 둘러져 있었다. 풀이 베어지고, 땅을 고르는 정지(整地) 작업이 이루어지고, 1년 반인가 2년 뒤에는 공사가 시작되고 있었다. 작은 집 같아 보이는 것이 히사코 아버지의 집은 아닌 것 같았다. 누군가에게 팔았을까? 긴페이는 목수의 능숙한 대패 소리를 들으면서 눈을 감고 잠시 멈춰 서 있었다.

"안녕" 하고 멀리 있는 히사코에게 말했다. 히사코와의 이곳 추억이 새롭게 지은 집에 사는 사람을 행복하게 해주면 좋겠다고 생각했다. 대패 소리는 그렇게 긴페이의 머릿속에서 상쾌하게 느껴졌다.

긴페이는 다른 사람에게로 넘어간 듯한 '풀잎 뒤'로 다시는 오지 않게 되었다. 사실은 히사코가 결혼을 해서 이곳 신주거지로 옮긴다는 것을 긴페이는 알 도리가 없었던 것이다.

긴페이의 '그 소녀'가 대여 보트가 있는 연못의 반딧불 축제에 반드시 올 거라고 긴페이가 믿었던 것은 놀랍게도 세 번째 만남이 되었다.

반딧불 축제가 5일 정도 열리는 동안 긴페이는 마치에가 온 밤을 놓치지 않았다. 며칠씩 계속되었다 한들 긴페이는 다녔을 테지만, 그 반딧불 축제 기사가 신문에 나온 것은 이미 반딧불 축제가 시작되고 이틀이 지나서였고, 소녀가 석간 기사에 흥미가 끌려 온 것이라고 하면 긴페이의 직감이 적중했다고 말할 정도까지는 아닐지도 모른다. 그러나 긴페이는 그 석간을 주머니에 넣고 나오면서, 이미 소녀를 볼 때의 느낌이 가슴에 가득했다. 소녀의 가늘고 긴 눈의 생기를 표현할 수 있는 말이 있을 리 만무하고, 긴페이는 양손의 엄지손가락과 집게손가락으로 자신의 눈 위에 맑고 작은 물고기가 살아 움직이는 형태를 그리는 듯한 동작을 되풀이하면서 걸었다. 천상의 무곡이 들려왔다.

"내세에는 나도 발이 아름다운 젊은이로 태어나겠습니다. 당신은 지금 그대로 좋아요. 둘이서 순백의 발레를 춥시다" 하고 긴페이의 동경은 혼잣말을 하게 했다. 소녀의 의상은 순백색의 고전 발레복이었다. 옷자락이 펼쳐져 나부꼈다.

"이 세상에, 이 얼마나 아름다운 소녀가 있는가. 집안이 좋지 않으면 저런 소녀는 만들 수가 없어. 그렇다고 해도 열예닐곱에 지고 말 것을."

그렇지만 이 소녀도 한창때는 짧을 거라고 긴페이는 생각했다. 피기 시작한 봉오리의 고상한 냄새 등으로 지금 소녀들은 학생이라고 하는 긍지로 가득 차 있다. 그 소녀의 아름다움은 무엇으로 정화되고 무엇으로 안에서부터 빛을 발산하는 것일까.

"반딧불은 8시부터 풀어 놓겠습니다" 하고 보트 하우스에도 쓰여 있었지만, 도쿄의 6월은 7시 반경이 일몰이라 긴페이는 그때까지 연못 위의 다리를 왔다 갔다 했다.

"보트를 타시는 분은 번호표를 가지고 기다려 주세요" 하고 메가폰으로 부르는 소리가 반복해서 들려왔다. 반딧불 축제는 대여 보트 가게의 호객 행위로 보일 만큼 번창하였다. 반딧불은 아직 풀어 놓지 않아서 다리 위의 군중은 보트를 타고 내리는 사람이나 물 위를 가는 보트를 멍하니 보고 있는 수밖에 없었지만, 단 한 명의 소녀를 기다리고 있는 긴페이는 생기가 넘쳐 보트도 군중도 눈에 들어오지 않았다.

은행나무 가로수의 비탈길에도 두 번 가보았다. 긴페이는 또 거기 도랑에 숨어 있을까 해서, 아니 그보다는 전에 숨었던 것을 떠올려 돌 절벽에 손을 대고 잠시 쭈그려 앉았다. 그러나 반딧불 축제가 열리는 저녁에는 이 비탈길에도 사람의 왕래가 있었다. 발소리를 듣자 긴페이는 서둘러 비탈을 내려갔다. 발소리 뒤에 또 발소리가 들리고 있었지만 뒤돌아보지 않았다.

비탈길 아래 네거리로 와서 반딧불 축제의 떠들썩함을 바라보자 다리 맞은편 동네의 등불이 지금은 낮은 하늘을 밝게 비추고 자동차 헤드라이트도 길에 흔들리고 있어, 자 이제 드디어 하고 긴페이는 두근두근하면서 어떻게 된 일인지 연못 쪽으로는 돌지 않고 곧장 맞은편 쪽으로 건너가 버렸다. 주택가였다. 긴페이를 쫓아온 발소리는 물론 반딧불 축제 쪽으로 구부러졌다. 그러나 그 발소리는 긴페이의 등에 검은 종이라도 붙이고 간 것 같아서 긴페이는 뒤로 팔을 돌렸다. 새까만 종이에 빨간 화살표가 붙어 있다. 화살은 반딧불 축제 방향을 나타내고 있다. 긴페이는 등의 종이를 떼어 내려고 발버둥 쳤지만 손이 닿지 않는다. 팔이 아프고 관절이 울렸다.

"등에 붙어 있는 화살표 쪽으로 가시려고 하나요? 화살표를 떼어 드릴게요."

여자의 상냥한 소리에 긴페이는 뒤를 돌아보았다. 뒤에는 아무도 없었다. 주택가에서 반딧불 축제에 가는 사람들이 긴페이를 향해서 올 뿐이었다. 라디오에서 흘러나오는 여자 목소리였다. 긴페이가 들었다고 생각한 것은 그럴 턱이 없는 라디오 드라마인 듯하였다.

"고마워요" 하고 긴페이는 환상의 소리에 손을 흔들며 가볍게 걸었다. 인간에게는 뭔가 모를 용서받는 순간이 있다는 느낌이었다.

다리 기슭에 반딧불을 파는 가게가 영업을 하고 있었다. 한 마리가 5엔이고 바구니는 40엔이었다. 연못 위에는 반딧불 따위는 날고 있지 않다. 긴페이는 다리의 중간 정도까지 건너오고 나서 물 위의 좀 높은 망루에 커다란 반딧불 바구니가 있는 것을 겨우 깨달았다.

"뿌려라, 뿌려라, 빨리 뿌려라."

아이들이 자꾸 외치고 있어서 보니, 망루 위에서 반딧불을 뿌리는 것이 이곳 반딧불 축제라는 것을 알 수 있었다. 두세 명의 남자가 망루로 올라가고 있었다. 망루 기슭을 보트 떼가 겹치듯이 에워싸고 있었다. 포충망이나 대나무 가지를 들고 타는 사람도 있었다. 다리 위나 기슭의 인파 속에도 망과 대나무 조리가 보였다. 상당히 긴 자루가 달려 있었다.

다리를 건넌 곳에도 반딧불 장수가 보였다. "맞은편은 오카야마 거지만, 이쪽은 고슈 거야. 맞은편 반딧불은 작아요. 쪼끄매요. 여기하고는 반딧불이 전혀 달라요" 하고 말하는 것을 듣고 긴페이는 다가갔다. 이쪽 반딧불은 한 마리가 10엔으로 맞은편의 두 배,

바구니에 일곱 마리 넣어서 백 엔이라고 한다.

"큰 것을 열 마리 넣어줘요" 하고 긴페이는 2백 엔을 건넸다.

"다 커요. 일곱 마리 외에 열 마리?"

반딧불 장수인 남자가 무명 주머니에 팔을 집어넣자 그 젖은 주머니 안쪽에서 둔한 빛이 호흡을 했다. 남자는 한 마리나 두 마리씩 잡아내어 통 모양의 바구니에 옮겼다. 바구니는 작은데, 긴페이가 보기에 반딧불이 열일곱 마리나 들어 있는 것 같지 않아서 얼굴에 비추어 보자 반딧불 장수가 바구니를 훅 하고 불었다. 바구니의 반딧불은 모두 반짝이는데, 남자의 침이 긴페이의 얼굴에 튀겼다.

"열 마리 더 넣지 않으면 안 되겠군."

반딧불 장수가 다시 열 마리를 넣고 있을 때 아이들의 환성이 들리고 긴페이는 물보라를 맞았다. 망루 위에서 하늘로 뿌려진 반딧불은 불꽃이 사라질 무렵의 불꽃놀이처럼 힘없이 떨어져 내렸다. 수면 가까이까지 떨어져서 겨우 옆으로 날 수 있는 반딧불도 있었지만 보트 객이 망이랑 대나무 조릿대로 잡았다. 반딧불은 합해서 열 마리 남짓이었을 것이다. 그 반딧불을 잡으려고 다투는데 망이랑 대나무도 물에 빠질 듯 소동이었다. 앞에서 젖은 대나무를 휘두르는 물보라가 기슭 사람들에게 튀는 것이었다.

"올해 반딧불은 추워서 별로 날지 않네요" 하고 말하는 사람이 있었다. 상례 행사로 보였다.

계속해서 뿌리는가 했더니 그렇지는 않았다.

"반딧불은 9시경까지 풀어 놓겠습니다" 하고 맞은편 기슭의 보트 하우스 앞에서 방송이 나왔지만, 망루 위의 남자 두셋은 꼼짝

하지 않았다. 구경꾼 무리는 조용히 기다리고 있었고, 반딧불에는 별로 신경 쓰지 않고 노 젓는 소리가 들렸다.

"빨리 뿌리면 좋을 것을."

"잘 풀어 놓지 않아요. 풀어 놓으면 끝이니까요."

어른들이 얘기하고 있다. 긴페이는 스물일곱 마리를 넣은 반딧불 바구니를 들고 반딧불만은 부족함이 없어서, 또한 물보라를 맞지 않도록 물가에서 뒤로 물러나 파출소 앞 나무에 기대어 있었다. 사람들이 빙 둘러싼 울타리를 벗어나서 서 있는 편이 다리 위를 망보기가 쉬웠다. 또한 파출소의 젊은 순경이 온화하고 순한 얼굴로 거의 무심하게 연못을 향하고 있어서 긴페이는 그 옆에서 기묘한 안도를 느꼈다. 여기 있으면 소녀를 놓치지는 않을 것 같다.

이윽고 망루 위에서 반딧불이 계속해서 놓아졌다. 계속해서라고 해도 남자 손바닥에 열 마리 정도 모아서 던지기 때문에 좀 잡기 어려운지, 딱 적당한 때를 유지하는 것인지 군집한 아우성의 물결이 밀려왔다가 밀려갈 때마다 높아져 갔다. 긴페이도 순경과 함께 한가로이 있을 수가 없다. 대부분의 반딧불은 수양버들 형태로 떨어져서 멀리는 못 가지만, 드물게는 높이 날아가는 반딧불도, 다리를 향해 오는 반딧불도 있었다. 다리 위의 남녀노소는 물론 망루가 있는 쪽 난간에 몰려 있다. 긴페이는 그 뒤를 찾아 걸었다. 난간 밖에 서서 포충망을 가지고 태세를 갖춘 아이들도 적지 않았다. 잘 떨어져 내려오지 않는 것이다.

사람들이 떼 지어 모여서 아우성치며 잡으려는 반딧불놀이는 이렇게 기운 없이 나는 것일까 하고 긴페이는 엄마의 마을 호수에서 본 반딧불을 생각해 내려고 했다.

"이것 봐, 머리카락에 앉아 있구먼."

다리 위의 남자가 망루 아래 보트에서 외쳤다. 반딧불을 머리에 단 아가씨는 자신이라고 깨닫지 못한다. 같은 보트를 탄 남자가 그 반딧불을 잡았다.

긴페이는 그 소녀를 발견했다.

소녀는 다리 난간에 양팔을 걸치고 연못을 내려다보고 있었다. 하얀 무명 원피스를 입고 있었다. 소녀 뒤에도 사람이 겹쳐져 있어서 사람과 사람 사이에 소녀의 어깨와 한쪽 뺨을 엿볼 수가 있었을 뿐이지만, 긴페이가 잘못 알 리가 없었다. 긴페이는 일단 두세 걸음 뒤로 물러나다가 서서히 몰래 다가갔다. 소녀는 반딧불 망루에 정신이 팔려 있어서 뒤돌아볼 걱정은 없었다.

혼자서는 오지 않았을 거라고 생각한 긴페이는 소녀의 왼쪽 청년에게 눈을 멈추고는 깜짝 놀랐다. 다른 남자다. 개를 동행한 소녀를 둑 위에서 기다리고 긴페이를 둑 위에서 밀어 떨어뜨린 그 학생과는 다른 사람인 것이 뒷모습만으로도 알 수 있다. 하얀 와이셔츠 차림으로 모자도 상의도 없지만, 이 사람도 학생으로 보였다.

"그때부터 불과 두 달이다" 하고 긴페이는 소녀의 빠른 변심에 꽃을 밟아 으깬 듯이 놀라웠다. 소녀의 변심은 긴페이의 소녀에 대한 동경에 비해서도 너무나 허무한 것이 아닌가.

반딧불 축제에 둘이 왔기 때문에 사랑하는 사이라고 단정 지을 수는 없지만 그 애인과의 사이에 무슨 일이 있었다고 긴페이는 느꼈다.

소녀로부터 두세 사람째 사이로 헤치고 들어가 긴페이는 난간을 붙잡으면서 귀를 기울였다. 반딧불이 또 풀렸다.

"미즈노 오빠에게 반딧불을 잡아가 주고 싶어요" 하고 소녀가 말했다.

"반딧불 같은 건 음침하잖아, 병문안에는 좋지 않아요" 하고 학생이 말했다.

"잠이 오지 않을 때는 좋잖아요."

"쓸쓸하기만 하지."

두 달 전의 학생은 병에 걸린 거라는 것을 긴페이는 알게 되었다. 난간 앞으로 얼굴을 내밀자 소녀에게 발견될 우려가 있어서 긴페이는 소녀의 옆얼굴을 약간 뒤에서 바라보게 되었다. 약간 높이 묶은 소녀의 머리는 그 묶은 자리에서 끝이 완만한 물결을 지으며 아름답게 꾸며 있었다. 은행나무 가로수가 있는 비탈길에서는 별로 꾸미지 않고 아무렇게나 묶여 있었던 것 같았다.

다리 위에 불빛이 없어서 좀 어두웠지만, 소녀와 동행한 학생은 전의 학생보다도 아주 약하게 보였다. 친구임에 틀림없었다.

"다음에 병문안 가시면 반딧불 축제 얘기도 하실 거예요?"

"오늘 밤 얘기……?" 하고 학생은 자신에게 되물으며,

"내가 가면 마치에 얘기를 하는 것이 미즈노는 기쁠 테니까. 둘이서 반딧불 축제에 갔다고 말하면 미즈노는 반딧불이 잔뜩 날고 있었던 것처럼 상상할 거야."

"역시 반딧불을 드리고 싶어요."

학생은 대답하지 않았다.

"전 병문안을 못 가서 괴로워요. 미즈노 오빠에게 제 얘기 잘 전해 주세요."

"항상 말하고 있어. 미즈노도 그건 잘 알고 있어."

"미즈키 씨 누님께서 우에노 밤 벚꽃을 보여 주셨을 때, 마치에 행복해 보이네, 하셨지만 전 불행해요."

"마치에가 불행하다고 들으면 누나는 놀랄 거야."

"놀라게 해드리면 좀……?"

"좀 그렇지."

학생은 푸우 하고 웃었지만 피하듯이 말했다.

"나도 그때 이후 누나를 만나지 못했어. 태어나면서부터 행복한 사람이 있다고 생각하게 놔두는 편이 좋잖아."

이 미즈키라는 학생도 마치에를 동경하고 있는 것이라고 긴페이는 느꼈다. 또한 미즈노라는 학생의 병이 설사 좋아진다고 해도 마치에와의 사랑은 깨질 거라고 예감했다.

긴페이는 난간을 벗어나 마치에 뒤로 몰래 다가갔다. 무명 원피스는 두꺼운 것 같았다. 반딧불 바구니를 매단 열쇠 형태의 철사를 마치에의 허리 벨트에 살짝 걸었다. 마치에는 깨닫지 못했다. 긴페이는 다리 끝까지 가자 마치에 허리에 희미하게 밝은 반딧불 바구니를 뒤돌아보며 멈춰 섰다.

언젠가 허리 벨트에 반딧불 바구니가 걸려 있다고 소녀가 알았을 때에 어떻게 할까, 긴페이는 다리의 중간쯤으로 되돌아와서 인파에 섞여 살핀다고 한들 뭐 그렇게 소녀의 허리를 면도날로 자른 범인이나 되는 것처럼 두려워할 것도 없는데, 다리를 뒤로하며 갔다. 이 소녀 때문에 지금 긴페이는 마음 약한 자신을 발견한다. 발견한 것이 아니라 마음 약한 자신과 재회한 것일지도 모른다. 이런 식의 자기변호 같은 것에 수긍하며, 다리와는 반대쪽의 은행나무 가로수가 있는 비탈길 쪽으로 풀이 죽어서 걸어갔다.

"아앗, 큰 반딧불."

긴페이는 하늘의 별을 보고 반딧불이라 생각하고 조금도 이상히 여기지 않았다. 오히려 감동을 담아,

"커다란 반딧불이다" 하고 다시 한 번 말했다.

가로수 은행잎에 빗소리가 듣기 시작했다. 매우 굵은 빗줄기로, 아주 드문드문 반은 물이 된 우박인지, 처마의 낙숫물 같은 빗소리다. 이런 비는 평지에서는 내릴 리가 없는 비로, 어느 고원 지대의 활엽수림 속에서 야간 캠핑을 한 밤에나 들리는 비다. 아무리 고원 지대라도 밤이슬이 떨어지는 소리치고는 너무 빗물의 양이 많았다. 그러나 긴페이는 높은 산에 올라간 기억도 없고, 고원 지대에서 캠핑한 기억도 없어서, 어디서 오는 환청인가 하면 물론 엄마가 살던 고향 마을의 호숫가일 것이다.

"그 마을은 고지(高地)라고 할 정도가 아니야. 이런 빗소리는 지금이 처음이야."

"아니, 분명 언젠가 들은 듯한 빗소리야. 깊은 숲 어딘가에서 폭풍우가 잦아드는 순간에 들은 것일지도 모른다. 하늘에서 내린 비보다도 나뭇잎에 고인 물방울이 떨어지는 쪽이 많을 때 들릴 듯한 소리다."

"야요이, 이 비는 젖으면 차가워."

"음, 마치에라는 소녀의 애인은 고원 지대에 캠핑을 가서 이런 비를 맞고 병에 걸린 것일지도 모른다. 그 미즈노라는 학생의 원한으로 이 은행나무 가로수에 도깨비 빗소리가 들린다"고 긴페이는 자문자답했지만, 내리지 않는 빗소리를 듣는 것이므로 자유다.

긴페이는 오늘 다리 위에서 그 소녀의 이름을 알 수가 있었다. 만일 어제 마치에나 긴페이 어느 쪽이든 죽었다면 그 이름도 긴페이는 알지 못하고 끝났을 것이다. 마치에라는 이름을 알았다는 것만으로도 대단한 인연일 텐데, 긴페이는 왜 마치에가 있는 다리를 멀리하고 마치에가 있을 리 없는 비탈길을 오르는 것일까. 그러나 반딧불 축제의 연못으로 가는 도중에도 긴페이는 왠지 모르게 이 비탈길에 두 번이나 와 보았다. 마치에를 본 후에 이 비탈길을 지나가지 않을 리는 없었다. 다리 위에 남기고 온 소녀의 환상은 이 은행나무 가로수 밑을 걷고 있다. 반딧불 바구니를 들고 애인 병문안을 하러 가는 것이었다.

긴페이는 단지 그렇게 해보고 싶어서 무슨 목적이 있어서도 아니었지만, 자신의 마음을 소녀의 몸에 밝히듯이 반딧불 바구니를 소녀의 허리 벨트에 걸었다고 나중에는 감상적으로 느껴지게 될 것이다. 그러나 소녀는 반딧불을 병자에게 주고 싶어 한다. 그 때문에 긴페이는 반딧불 바구니를 살짝 소녀에게 준 것인가 하고 생각했다.

하얀 원피스 허리 벨트에 반딧불 바구니를 매달고 애인 병문안을 하러 은행나무 가로수 비탈길을 올라오는 환상의 소녀에게, 환상의 비가 내리다니,

"흠, 유령으로서도 평범해" 하고 긴페이는 스스로 조소하지만, 마치에가 지금도 다리 위에 미즈키라는 학생과 있다면, 이 어두운 비탈길에도 긴페이와 있어야만 되는 것이었다.

긴페이는 둑에 막다랐다. 그 둑에 올라가려고 하자 한쪽 다리 근육에 경련이 나서 푸른 풀을 움켜잡았다. 푸른 풀은 조금 젖어 있었다. 한쪽 발은 기어 올라갈 만큼 아프지는 않았지만, 기어 올라갔다.

"여봐" 하고 부르며 긴페이는 일어섰다. 긴페이가 기는 땅의 안쪽에서 젖먹이가 긴페이를 따라 기어오르는 것이다. 거울 위를 기는 것과 비슷해서 긴페이는 땅 안쪽의 젖먹이와 손바닥을 맞추는 것같이 되었다. 차가운 죽은 사람의 손바닥이다. 긴페이는 당황해서 어느 온천장의 유곽을 떠올렸다. 욕조 바닥이 거울로 되어 있다. 둑을 완전히 올라간 곳은 긴페이가 처음 마치에 뒤를 미행한 날 애인 미즈노에게,

"바보 같은 놈" 하고 밀쳐서 떨어진 그곳이었다.

붉은 깃발을 든 메이데이 행렬이 맞은편 전찻길을 따라 지나는 것도 보았다고 마치에가 둑에서 미즈노에게 얘기하던 그 전찻길을, 도쿄도(東京都)에서 운영하는 노면(路面) 전차가 한 대 천천히 지나는 것을 긴페이는 바라보았다. 전차 창의 불빛이 밤의 우거진 가로수에 따라 움직이고 있었다. 긴페이는 꼼짝 않고 계속해서 바라보았다. 둑 위에 들던 환상의 빗소리도 그쳤다.

"바보 같은 놈" 하고 돌연 외치고선 긴페이는 둑 아래로 굴러 떨어졌다. 스스로는 잘 구르지 못한다. 아스팔트길에 떨어질 때 한쪽

손으로 둑에 나 있던 푸른 풀을 움켜쥐고 있었다. 일어나서 그 한 쪽 손의 냄새를 맡으면서 둑 아랫길을 걸어갔다. 젖먹이가 둑의 흙 속에서 긴페이를 따라 걸어오는 것 같아서 견딜 수가 없다.

긴페이는 자식이 행방불명인데다가 그 생사조차 알 수 없는 것 이 긴페이의 인생이 불안한 이유 중의 하나였다. 자신이 살아 있 다면 반드시 언젠가 만날 것임에 틀림없다. 긴페이는 믿고 있었 다. 그러나 그것이 과연 자신의 아이인가, 다른 남자 아이인가도 긴페이로서는 확실히 알 수 없는 것이었다.

학생 시절 긴페이가 살았던 여염집 하숙 문간에 저녁 무렵 버려 진 아이가 있었고, 긴페이님의 자식입니다, 라고 하는 내용의 편 지가 쓰여 있었다. 그 집의 주부는 소란을 피웠지만, 긴페이는 그 렇게 당황하거나 창피하지도 않았다. 전쟁에 나갈 운명으로 절박 한 학생이 불시에 버려진 아이를 주워서 키울 수는 없었다. 하물 며 상대는 창부(娼婦)다.

"곯려 주려는 행동이야, 아줌마. 내가 도망쳤기 때문에 복수를 할 셈인 거야."

"아이가 생긴 것을 보고 모모이 씨가 도망친 거야?"

"아니, 그렇지 않아요."

"그럼, 뭘 도망친 거야?"

그 말에는 대답하지 않고,

"아기를 돌려주고 오면 돼요" 하고 긴페이는 하숙집 주부가 무 릎에 안은 아기를 내려다보면서,

"잠깐 맡아 둬 주세요. 공범자를 불러올 테니까."

"공범자라니, 무슨 공범자……? 모모이 씨 아기를 두고 도망치는 건 아니겠지?"

"혼자서 돌려주러 가는 건 안 내켜요."

"응?" 하고 주부는 이상히 여기며 긴페이를 현관까지 따라왔다.

긴페이는 악동 친구 니시무라를 불러냈다. 그러나 아기는 긴페이가 안았다. 아이를 버린 것은 긴페이의 상대였기 때문에 하는 수 없다. 오버코트 안에 안고 아래 단추를 잠가서 거북했다. 전차 속에서 물론 아기는 울고 있었지만, 승객들은 대학생의 기묘한 모습을 오히려 호의적으로 보며 웃었다. 긴페이도 익살을 떠는 식으로 부끄럽게 웃으면서 오버코트 목덜미에서 아기 머리를 꺼냈다. 이때 긴페이는 고개를 숙이는 수밖에는 없는 것 같아서 하는 수 없이 아기 머리를 계속해서 바라보았다.

이미 도쿄는 첫 번째 대공습(大空襲)을 받고 번화가에 큰 화재가 난 후였다. 처마를 나란히 한 유곽은 아니어서 둘은 발각되지 않고 골목집 뒷문에 아기를 두고 가볍게 도주를 했다.

이 집에서 벌인 상쾌한 도주 행각 같은 일은 두 사람에게 처음이 아니다. 긴페이와 니시무라는 공범의 전력이 있었다. 전시 때 근로봉사 때문에 학생도 작업화랑 즈크화 등의 누더기를 걸치고 있었다. 그것들을 버려두고 유곽을 도망친 것이다. 돈도 없었지만 도주 행각은 상쾌했다. 자신의 오욕으로부터 탈출하는 것 같았다. 신발이 더러워지고 망가지는 근로봉사를 하기 싫어, 한창 근로봉사 중에 긴페이와 니시무라는 의미 있는 눈짓을 주고받았다. 누더기 신발을 버릴 장소를 생각하니 그런대로 재밌었다.

도주해도 창부에게서 호출장은 왔다. 돈에 대한 재촉만이 아니다. 결국 전쟁터에 가야 하는 둘은 주소, 성명을 감출 미래도 없었다. 학도출진(學徒出陣)으로 전선에 나갈 학생들은 영웅 대접을 받았다. 공창(公娼)과 공인된 사창(私娼)이란 징용이나 근로봉사로 국가에 징발된 노동인력이 대부분이라서, 긴페이가 놀았던 곳은 비밀 사창 같은 데일 것이다. 이미 유곽의 조직도, 법률도 느슨해져 변칙적인 인정이 감돌고 있어서였을까. 긴페이와 친구들은 전시(戰時)의 엄한 처벌을 두려워한다거나 어려운 처지에 있는 사람들에 대해서 생각해 보지 않았다. 상쾌한 도주 행각도 젊은이의 모험으로서 상대에게 용서받을 것이라고 여길 만큼 긴페이도 그렇고 친구들도 타락했던 것일까. 도주 행각은 세 번, 네 번 거듭되고, 마지막에는 마냥 도망치게 된 것은 이러한 습관 때문이었다.

아기도 골목집에 버려두기 위해 다시 한 번 도주 행각이 더해진 것이다. 3월 중순경이었지만, 다음 날 낮에 내린 눈은 밤이 되어 쌓였다. 얼어 죽을 때까지 아기가 뒷골목에 버려져 있었다고는 생각할 수 없다.

"어젯밤에 해서 다행이었네?"

"어젯밤에 해서 좋았어."

그런 말을 하러 긴페이는 눈 속을 헤치고 니시무라의 하숙집까지 갔다. 유곽에서는 아무 소식이 없었다. 그리고 아기의 행방은 알 수 없었다.

그러나 마지막의 상쾌한 도주 행각으로부터 7, 8개월이나 가보지 않은 골목집에 아기를 두고 왔는데, 그 집이 여전히 원래 그대로의 유곽이었는지 어땠는지 의심스러웠지만 긴페이는 전쟁터에 나갔다. 원래 그대로의 유곽이었다 해도 긴페이의 상대 여자, 즉 아기 엄마가 여전히 그 집에 있었을지도 의문이었다. 창녀가 임신해서 출산한 뒤에까지 유곽에 있었을지도 알 수 없었다. 아이를 낳는 것부터가 그런 창부 생활의 질서에서 벗어나는 혼란스러움이 낳은 이례적인 일이다. 이상한 긴장과 마비가 뒤섞인 날들 속에서 유곽이 산모를 돌보지 않았다고 단정할 수도 없지만, 그럴 리는 없을 것 같았다.

긴페이에게 버려짐으로써 처음 그 애는 진정으로 버려진 아이가 된 것이 아니었을까.

니시무라는 전사했다. 긴페이는 살아 돌아와서 용케도 학교 교사가 되었다.

유곽이 있었던 동네의 불탄 자리를 헤매다 지쳐서,

긴페이는 "이봐. 장난치지 마"라는 자신의 커다란 독백 소리에 깜짝 놀랐다. 그 창부에게 말하고 있었던 것이다. 창부가 자신의 아이도 아니고 긴페이의 아이도 아닌데, 누군가 동료의 필요 없는 아이를 긴페이의 하숙집 문간에 버렸다. 그곳을 찾아낸 건 쫓아와서 알게 된 것 같다.

"나랑 닮았었는지 물어볼 니시무라도 없고 말이지" 하고 긴페이는 또 혼잣말을 하고 있었다.

그 아이는 여자 아이였는데 긴페이를 괴롭히는 그 아이의 환상은 이상하게도 성별이 분명치 않았다. 그리고 대개는 죽어 있었다. 그러나 제정신이 들 때의 긴페이는 아무래도 그 아이가 살아 있는 것처럼 여겨졌다.

그 어린 자기 아이가 통통한 주먹으로 힘껏 긴페이의 이마를 쳐서 그가 고개를 숙이자 연이어서 머리까지 친 적이 있는 것 같은데, 그건 언제였던가, 그것도 긴페이의 환상이고 현실이 아니었다. 살아 있으면 지금은 이미 그런 어린아이가 아닐 테니까 앞으로도 있을 수 없는 일이다.

반딧불 축제날 밤 둑 밑 길을 걸어가는 긴페이를 따라 둑의 흙속을 걸어오는 아이도 아직 젖먹이였다. 그리고 역시 성별이 분명치 않다. 아무리 젖먹이라도 남자 아인지 여자 아인지 확실하지 않은 것은 이상하다고 깨닫자 밋밋한 도깨비처럼 여겨졌다.

"여자야, 여자" 하고 긴페이는 중얼거리면서 종종걸음으로 상점이 늘어선 불빛이 환한 동네로 나왔다.

"담배, 담배 주세요."

모퉁이에서 두 번째 가게 앞에서 숨을 헐떡이며 긴페이는 불렀다. 백발의 할머니가 나왔다. 할머니니까 성별은 명확한 것이다. 긴페이는 안도의 한숨을 쉬었다. 그러나 마치에는 먼 곳으로 사라져 가 버렸다. 이 세상에 그런 소녀가 있다고 생각하기에는 뭔가 모를 노력이 필요할 정도였다.

텅 비어 가벼워지고 허무해진 긴페이에게 오랜만에 고향이 떠올랐다. 변사한 아버지보다도 아름다운 엄마가 생각났다. 그러나 엄마의 아름다움보다도 아버지의 추함 쪽이 분명히 마음에 새겨져 있다. 야요이의 예쁜 발보다도 자신의 못생긴 발이 보이는 것과 같은 것이다.

호숫가에서 야생의 수유나무 열매를 따려고 하다가 야요이가 가시에 찔려 새끼손가락에서 핏방울이 흘렀을 때, 새끼손가락의 피를 빨면서,

"왜 긴페이는 수유나무 열매를 따 주지 않아? 긴페이의 원숭이 같은 발은 아버지를 꼭 닮았어. 우리 쪽 혈통이 아니야" 하고 야요이는 눈을 치켜뜨며 긴페이를 쏘아보았다. 긴페이는 미치광이처럼 홧김에 야요이의 발을 가시 속에 처넣어 주고 싶었지만, 발은 만질 수가 없어서 야요이 손목을 물어뜯을 듯이 이를 드러내었다.

"거봐 원숭이 얼굴이야. 키이익" 하고 야요이도 이빨을 보인 것이다.

둑의 흙 속을 기어서 젖먹이가 긴페이를 쫓아온 것도 긴페이의 발이 짐승처럼 못생겼기 때문임에 틀림없었다.

그 버린 아이의 발까지는 긴페이도 조사해 보지 않았다. 자신의 아이라고는 추호도 생각하지 않았기 때문이다. 조사해 보고 발의 형태가 닮아 있으면 무엇보다도 자신의 아이임이 틀림없다는 증거였을 텐데 하고 긴페이는 자학하고 자조해 보았다. 그러나 아직 이 세상을 밟지 않은 젖먹이의 발은 모두 부드럽고 사랑스럽지 않을까, 서양의 종교화에 신의 주위를 날고 있는 어린아이들의 발이 그렇다. 이 세상의 수렁이나 거친 바위나 바늘 산을 밟는 동안에 긴페이와 같은 발이 된다.

"그러나 유령이라면 그 아이에게 발은 없을 것이다"라고 중얼거렸다. 유령에게 발이 없다는 것은 누가 본 것인지, 긴페이는 옛날부터 자신과 같은 처지에서 생각하는 동료가 많은 것처럼 여겨

졌다. 긴페이 자신의 발로 보아 이미 이 세상의 흙을 밟지 않은 것일지도 모른다.

긴페이는 마치 하늘에서 떨어지는 보석들을 받으려는 듯이 한쪽 손바닥을 위를 향해 둥글게 내밀고서 환하게 불켜진 거리들을 배회했다. 이 세상에서 가장 아름다운 산은 신록을 이루는 고산 (高山)이 아니다. 화산암과 화산재로 거칠어진 고산이다. 아침저녁이 태양으로 물들어 어떠한 색으로도 보인다. 핑크색이기도 하면서 보라색이기도 하다. 아침놀과 저녁놀의 하늘색 변화와 같다. 긴페이는 마치에를 동경했던 자기 자신에게 등을 져야만 한다.

"우에노 지하도에 선생님이 계시더라도 갈게요"라는 히사코의 예언적인 사랑의 선서인지 별리의 선고인지를 생각해 내어, 그 지하도는 현재 어떻게 되어 있는가 싶어서 긴페이는 우에노에 나타났다.

과연 여기도 이제 쇠퇴했다고나 할까, 안정되었다고나 할까, 노숙에 익숙한 듯한 부랑자가 지하도 한쪽에 일렬로 엎드려 자고 있거나 웅크려 있거나 하고 있을 뿐이었다. 휴지를 줍는 듯이 보이는 등바구니를 베개 곁에 두고 빈 숯섬이나 거적을 깔고 있는 자도 있고, 커다란 보자기 꾸러미를 지닌 사람은 형편이 좋은 쪽인 듯하여, 옛날부터 흔한 부랑자의 모습이었다. 통행인에게는 전혀 무관심하다. 눈을 들어 돌아보거나 하지 않는다. 자신 쪽을 보고 있는 것도 느끼지 못한다. 지금부터 잠들어 있는 게 부러우리만치 초저녁잠을 자고 있다. 젊은 부부 한 쌍은 여자가 남자 무릎을 베개 삼고 남자가 여자 등에 덮어 씌워져 편안하게 자고 있었다. 부부가 하나가 되어 둥글게 잠든 모습은 밤기차 같은 곳에서 흉내를 내도 이렇게 잘은 안 될 것이다. 한 쌍의 작은 새가 머리를 상대의 깃털에 넣고 잠든 것과 비슷한 느낌이다. 서른 살 안팎일 것이다. 부부지간이라는 것이 신기해서 긴페이는 서서 바라보았다.

축축한 지하 냄새에 닭 꼬치구이나 오뎅 냄새도 섞여 있다. 긴페이는 콘크리트 구멍에 매달린 듯한 포렴을 뚫고 들어가 소주를 두세 잔 마셨다. 발밑 뒤로 꽃 모양의 스커트가 보여 포렴을 걷어 올리자 남창(男娼)이 서 있었다.

얼굴을 마주 보아도 남창은 아무 말도 하지 않고 추파를 던졌다. 긴페이는 도망쳤다. 상쾌하지 못했다.

2층 대합실을 들여다보자 여기에도 부랑자의 냄새가 어려 있었다. 입구에 역무원이 서 있고,

"승차권을 보겠습니다" 하고 긴페이에게 말했다. 대합실로 들어가는 데 승차권이 필요하다는 것은 희한했다. 대합실 벽 바깥쪽에는 부랑자 같은 자가 멍하니 서 있거나 쭈그려 기대어 있거나 하고 있었다.

역을 나온 긴페이는 남창의 성별에 관해 생각하면서 뒷골목 거리를 배회하다가 고무장화를 신은 여자와 지나쳤다. 약간 더러워진 흰 블라우스에 색 바랜 검정 바지를 입고 있었다. 반(半) 남장이다. 빨아서 준 듯한 블라우스에 가슴이 절벽이다. 노란색의 얼굴이 볕에 그을리고 화장은 하지 않았다. 긴페이는 뒤돌아보았다. 스쳐 지나칠 때부터 의미 있는 듯이 여자는 긴페이에게 다가왔다. 뒤를 쫓아왔다. 여자의 뒤를 미행하는 경우가 있는 긴페이는 이렇

게 되면 뒤에 눈이 있는 것과 마찬가지였다. 뒤의 눈이 생기가 넘치기 시작했다. 그러나 여자가 무엇 때문에 뒤를 쫓아오는가는 긴페이의 뒤의 눈도 알기 어려웠다.

처음 긴페이가 다마키 히사코를 미행하고는 철문 앞에서 도망쳐 근처의 번화한 장소까지 왔을 때, 매춘부 말투로는 "쫓아왔다고 할 정도도 아닌" 미행을 당한 적은 있었지만, 지금 이 여자는 풍채로 보아 창부가 아니다. 고무장화에도 진흙이 붙어 있었다. 그 진흙도 젖어 있는 것이 아니라 며칠 전에 묻은 것을 떼지도 않은 것 같았다. 고무장화 그 자체도 허옇게 닳고 낡았다. 비도 안 오는데 우에노 부근을 고무장화로 걸어 다니는 여자는 어떤 사람일까, 발이 비정상인가, 보기 흉한가, 바지를 입고 있는 것도 그 때문인가.

긴페이는 자신의 못생긴 발이 떠올라 더욱 못생긴 여자의 발 뒤를 쫓고 있다고 여기자 갑자기 멈춰 서서 여자를 지나가게 하려고 했다. 그러자 여자도 멈춰 섰다. 양쪽에서 묻는 듯한 눈매가 부딪쳤다.

"뭔가 제게 용건 있으세요?" 하고 여자가 먼저 말했다.

"이쪽에서 물을 말이야. 당신이 나를 쫓아온 게 아닌가?"

"당신이 눈짓을 했어요."

"당신이 눈짓을 했던 거지" 하고 말하면서 긴페이는 여자와 스쳐 지날 때 뭔가 신호라도 한 듯이 여길 만한 점이 있었나 하고 생각해 보았지만, 분명히 여자 쪽이 그랬다고 생각되었다.

"여자에게는 드문 모습이라서 난 잠깐 보았을 뿐이야."

"특별히 드물 것도 없죠."

"당신은 뭔가 눈짓을 받으면 쫓아오는가 보지?"

"왠지 신경 쓰이는 사람이라서요."

"당신은 뭐야?"

"아무것도 아니에요."

"무슨 목적이 있겠지, 내 뒤를 밟은 데에는……?"

"미행해 온 것이 아니고, 뭐 따라와 보았어요."

"흠" 하고 긴페이는 여자를 다시 보았다. 빛깔이 좋지 않은 거무스레하고 립스틱도 바르지 않은 입술에, 금을 씌운 이가 들여다보였다. 나이는 짐작하기 어렵지만 마흔 조금 전일까, 쌍꺼풀 없는 눈빛이 남자같이 메마르고 날카롭다. 남을 노려보고 있는 것같다. 그리고 한쪽 눈이 유난히 가늘다. 햇볕에 그을린 얼굴 거죽은 경직되어 있다. 긴페이는 뭔가 위험을 느끼자,

"어쨌든 저기까지 가지" 하고 말하는 순간 손을 들고 가볍게 여자의 가슴을 만져 보았다. 여자임에는 틀림없었다.

"무슨 짓을 하는 거예요" 하고 여자는 긴페이의 손을 잡았다. 여자의 손바닥은 부드러웠다. 노동하는 것 같지는 않다.

긴페이로서도 어떤 사람이 여자인지 아닌지를 확인하는 행동은 처음 하는 경험이었다. 여자라는 것은 알기야 했었겠지만, 여자인 것을 자신의 손으로 확인하게 되자 긴페이는 기묘하게 안심하고 친근감마저 느꼈다.

"어쨌든 저기까지 가지" 하고 또 한 번 말했다.

"저기까지라니 어디요?"

"이 근방에 편안한 술집은 없을까?"

이상한 복장을 한 여자를 데리고 들어갈 수 있는 가게가 없을까 하고 긴페이는 상점이 늘어선 불빛이 환한 동네로 다시 돌아갔다. 오뎅 가게풍의 식당에 들어갔다. 여자가 뒤따라왔다. 오뎅 냄비 주위에 디귿자 형의 자리가 있고 따로 떨어진 테이블도 있었다. 디귿자 형 쪽에는 손님이 대부분 앉아 있어서 긴페이는 입구에 가까운 테이블에 앉았다. 활짝 열려진 입구의 포렴 밑으로 길 가는 사람들의 가슴 부근까지가 보였다.

"정종 아니면 맥주?" 하고 긴페이는 말했다.

긴페이는 이 남자 같은 골격을 가진 여자를 어떻게 할 셈도 아니었다. 이미 위험이 없는 것은 알고 있고 또한 목적이 없는 것도 마음 편했다. 정종인지 맥주인지도 상대방 처분에 맡겼다.

"정종을 마실게요" 하고 여자는 대답했다.

오뎅 외에 간단한 요리도 되는 모양인지 메뉴가 적힌 종이 팻말이 벽에 줄지어 있었다. 그 주문도 여자에게 맡겼다. 여자의 뻔뻔함에서 긴페이는 여자를 수상쩍은 집의 호객꾼일 거라고 생각해 보았다. 그렇다면 납득이 간다. 그러나 긴페이는 입 밖에 내지 않았다. 여자 쪽에서는 긴페이를 조금 위험하다고 보고 끌지 않았던 것일지도 모른다. 혹은 긴페이에게 뭔가 친근감을 느껴 따라온 것일지도 모른다. 어쨌든 여자도 처음 목적은 일단 버린 것 같다.

"사람의 하루란 묘한 것이군, 뭐가 일어날지 몰라. 생판 알지 못하는 당신과 술을 마시고 말이지."

"그래요. 생판 남이죠" 하고 여자는 단지 술잔을 기울이는 기세를 돋우듯 말했다.

"오늘이라는 날은 당신과 마시고 끝이네."

"끝이에요."

"이제 오늘 밤은 여기서 귀가하는 건가?"

"돌아가요. 아이가 혼자서 기다리고 있으니까요."

"자식이 있군."

여자는 잇따라 잘도 마셨다. 긴페이는 여자가 마시는 것을 바라보는 식이었다.

긴페이는 반딧불 축제에서 그 소녀를 보고, 둑에서 젖먹이 환상에 쫓기고 이렇게 아무런 계획도 없이 여자와 술을 마시고 있는 것이 하룻밤 동안의 일이라고는 도저히 믿기지 않았다. 그러나 믿을 수 없는 건 여자가 못생겼기 때문임에 틀림없었다. 반딧불 축제에서 아름다운 마치에를 본 것이 비몽사몽간이고 싸구려 술집에 못생긴 여자와 있는 것이 현실이라고 지금은 인정해야 하겠지만, 긴페이는 몽환의 소녀를 추구하기 위해 이 현실의 여자와 마시고 있는 듯한 기분도 들었다. 이 여자가 못생겼으면 못생긴 만큼 좋다. 그에 반비례해서 마치에의 모습이 보일 것 같다.

"당신은 왜 고무장화를 신고 있는 거지?"

"나오는 길에 오늘은 비가 올 거라고 생각했어요." 여자의 대답은 명쾌했다. 고무장화 속의 여자 발을 보고 싶은 유혹에 긴페이는 사로잡혔다. 여자의 발이 못생겼다면 더욱 더 긴페이에게 어울리는 상대일 것이다.

술을 마심에 따라 여자의 못생김은 더해져 왔다. 크기가 다른 눈은 가는 쪽이 더 가늘어졌다. 그 가는 쪽으로 긴페이를 곁눈질로 보며 어깨가 흔들흔들 기울었다. 긴페이가 그 어깨를 잡아도 피하지 않았다. 긴페이는 뼈를 잡는 느낌이 났다.

"이렇게 마르면 안 되잖아?"

"하는 수 없어요, 여자 혼자서 자식을 떠맡고 있으니까요."

아이와 둘이서 뒷골목 동네에서 셋방살이를 하고 있다는 식의 얘기였다. 열셋 먹은 여자 아이는 중학교에 다니고 있다고 한다. 남편은 전사했다고 한다. 어떤지 알 바 아니지만 아이가 있는 것은 진짜인 것 같다.

"당신 집까지 데려다 줄게" 하고 긴페이가 되풀이하자 고개를 끄덕이던 여자는,

"아이가 있으니까 우리 집은 안 돼요" 하고 여자는 마지막에 정색을 하고 말했다.

긴페이와 여자는 주방 쪽을 향하여 나란히 앉아 있었는데 여자는 어느샌가 긴페이 쪽으로 방향을 바꾸어 흐느적거리듯이 흐트러지고 있었다. 아무래도 몸을 맡길 것 같은 기색이었다. 긴페이는 세상의 끝에 온 것처럼 슬퍼졌다. 그 정도의 일은 아니지만 마치에를 본 밤이라서 그럴지도 몰랐다.

여자는 술을 마시는 방법도 천했다. 술을 주문할 때마다 긴페이의 얼굴색을 살폈다.

"한 병 더 마셔" 하고 긴페이가 마지막으로 말하자,

"못 걷게 되요. 괜찮아요?" 하고는 긴페이 무릎에 손을 얹었다.

"마지막 한 병만은 컵에 줘요."

그 컵의 술은 입술 끝에서 칠칠맞게 흘러 테이블에도 넘쳐흘렀다. 그을린 얼굴은 검붉게 보랏빛을 띠었다.

오뎅 가게를 나오자 여자는 긴페이 가슴에 매달렸다. 긴페이는 여자의 손목을 잡았다. 의외로 매끄러웠다. 꽃을 파는 여자를 만났다.

"꽃을 사요. 아이한테 갖다 줄 테니까."

그러나 여자는 좀 어두운 동네 모퉁이의 중국 메밀국수집 포장마차에 그 꽃다발을 맡겼다.

"아저씨 부탁해요. 금방 찾으러 올 테니까요."

꽃을 건네 버리자 여자는 한결 취기가 심해졌다.

"난 몇 년이나 남자 냄새를 맡은 적이 없어요. 하지만 하는 수 없죠. 우연히 만났는데 꽝이었다는 말도 있죠."

"응. 어쩐지 어울리는군. 하는 수 없지" 하고 긴페이는 마지못해 장단을 맞추고 있었지만 여자와 얽혀 걷고 있는 것에 자기혐오를 느끼고 있을 뿐이었다. 단지 고무장화 속의 여자 발을 보고 싶다는 유혹이 움직이고 있었다. 그러나 그것도 긴페이에게는 이미보이는 듯했다. 여자의 발가락은 긴페이처럼 원숭이 같지는 않지만 볼품이 없고 갈색의 거죽이 두꺼울 것임에 틀림없었다. 긴페이와 같이 맨발을 뻗는 것을 생각하자 구역질이 날 것만 같았다.

어디로 가는 건지, 긴페이는 잠시 여자에게 맡기고 있었다. 뒷골목 동네로 들어가 작은 이나리(稻荷) 사당 앞에 왔다. 그 옆이 싸구려 여인숙이었다. 여자는 망설였다. 긴페이는 얽혀 있던 여자 팔을 풀었다. 여자는 길가에 쓰러졌다.

"자식이 기다리고 있으면 빨리 돌아가" 하고 긴페이는 떠나갔다.

"바보, 바보" 하고 여자는 외치며 사당 앞의 작은 돌을 계속해서 던졌다. 그 하나가 긴페이의 복사뼈에 적중했다.

"아야."

긴페이는 절름거리며 걸으면서 한심한 기분이 들었다. 마치에 허리에 반딧불 바구니를 매달고 왜 바로 돌아가지 않았을까, 2층 셋방에 돌아가서 신발을 벗자 복사뼈가 조금 빨개져 있었다.

10 **패사적인** 패관(稗官)이 소설처럼 꾸며 쓴 역사 이야기인 패사(稗史)
에 나오는.

29 **노** 能, No theatre. 일본의 전통 가무극.

39 **더그매** 지붕과 천장 사이의 빈 공간.

45 **일고** 一高. 제일고등학교. 도쿄 대학의 전신의 하나.

64 **리큐** 센노(센) 리큐(千利休, 1522~1591). 일본의 다조(茶祖). 센노
(센) 소탄의 조부.

95 **홋쿄** 法橋. 뛰어난 화가에게 주는 명예 칭호.

120 **라쿠야키** 樂燒. 도기의 일종

134 **양하** 蘘荷. 묘가(茗荷). 생강과의 여러해살이풀.

화압 花押. 옛 시대에 각종 문서에서 본인임을 증명하기 위해 자기
성명이나 직함 아래 자필로 쓰는 문자 모양의 표지. 수결(手決), 압
(押)이라고도 한다.

소탄 센노(센) 소탄(千宗旦, 1578~1658). 일본의 다조 센노(센) 리
큐의 손자.

163 **이에모토** 家元. 기예(技藝)의 세계에서, 한 유파의 예도(藝道)를 계
승하고 있는 정통 가문이나 사람.

202 **설국** 雪國. 눈이 많이 오는 고장을 뜻함.

285 **센류** 川柳. 하이쿠와 같은 형식인 5 · 7 · 5조의 17음 정형 단시.

301 **내영불** 來迎佛 . 중생이 죽을 때 극락으로 인도한다는 아미타여래.

가와바타 야스나리의 작품 세계

신인섭(건국대 일어교육과 교수)

　　일본 문학 하면 가장 먼저 떠오르는 가와바타 야스나리(川端康成)는 우리의 일본 문학 수용사의 원점이라 할 수 있다. 일제 강점기가 끝나고 20년쯤 지나 국교 정상화가 된 이후 일본 문학은 가와바타 야스나리, 미우라 아야코(三浦綾子)를 중심으로 번역 소개되었다. 일본의 대중 소설가 미우라 아야코의 수용은 좀 독특한 상황이었지만, 가와바타 야스나리 문학은 한국 독자들에게 일본 문학을 '미의식'이라는 틀로 바라보게 만들었다.

　　역자는 종종 가와바타 야스나리가 노벨상을 받지 않았다면 한국 독자들의 일본 문학에 대한 관념이 매우 다른 모습이었을 거라고 상상해 본다. 가와바타 야스나리의 미의식을 '일본적'인 감성으로 해석하는 틀은 외국인 독자로서 우리들의 환상에서 출발하기 때문이다. 노벨상 수상 기념 강연 '아름다운 일본의 나 — 그 서설'의 영향도 클 것이다. 서양인들의 오리엔탈리즘적인 일본 문학 해석이 변종된 형태로 우리에게 착시 현상을 가져온 것은 아닐까.

물론 가와바타 야스나리가 그리는 자연이 '일본' 의 서정성을 듬뿍 담고 있기는 하다. 등장인물의 심리와 자연이 심미적인 조화를 이루는 것은 가와바타 야스나리의 특기이기도 하다. 그러나 그 자연은 차가운 에로티시즘이 비추는 인간 내면의 고독감, 단절감의 비애를 흡수하는 자연이다. 가와바타 야스나리는 사회적으로 단절된 고독한 인간 군상의 내면 심리를 치밀하게 파고든다. 사회적인 관계성이 도려내진 고독한 인간 군상들은 성적인 모티프나 자연의 서정성을 통해 그 주체할 수 없는 고독감을 투사하는 것이다. 자연은 아름다운 자연이 아니라 인간 내면의 상실감으로 채색되는 자연일 수밖에 없다.

　가와바타 야스나리는 1899년 오사카에서 태어나 1972년 자살로 그 생애를 마감했다. 두 살과 세 살 때 잇달아 아버지와 어머니를 잃고, 열 살 되던 해 누나를 잃은 가와바타 야스나리는 열다섯 살에 조부마저 잃어 완전한 고아가 된다. 고독한 소년기를 보낸 탓일까, 그의 작품에는 일반적인 삶이 지향하는 '일상성' 을 억제하는 차가움이 보인다. 『이즈의 무희』(1926)에서는 주인공 스스로가 자신의 '고아 근성' 에 대해서 한탄할 정도였다. 단란한 가정이랄까 사회적 관계 속에서 성취하는 개인의 모습은 가와바타 문학과 거리가 멀다. 『천 마리 학』(1949~1951), 『호수』(1954)에서도 죽음의 선율이 흐른다. 가와바타 야스나리 문학에서 죽음은 늘 현실 세계에 긴장감을 던지는 미학적 장치이다. 그 위에 고독한 감정들이 말초적인 감각성을 통해서 텍스트 세계에 부유한다.

가와바타 야스나리가 문단에 데뷔할 무렵, 요코미쓰 리이치(橫光利一) 등을 중심으로 한 〈신감각파〉가 일본 문단에 혜성처럼 등장한다. '신감각'이라는 말에서 알 수 있듯이 그들은 새로운 형식과 표현으로 구시대의 상투적인 형식과 내용을 비판하는 젊은 작가 그룹이었다. 이들 기성 문단에 강력한 반기를 든 작가들을 신감각파라고 부르는데, 가와바타 야스나리는 신감각파의 주력 멤버로서 두각을 나타낸다. 자연주의 작가들을 중심으로 한 기성 문단과의 차별화에 성공한 신감각파는 인간의 내면세계를 순진하게 있는 그대로 토로하는 방식을 벗어나 감각, 느낌의 효과를 통해서 감성을 자극하고 메시지를 담을 수 있었다.

신감각파로서 출발한 그는 주지하는 바와 같이 『이즈의 무희』, 『설국』(1935~1947), 『천 마리 학』, 『산소리』(1949~1954), 『호수』와 같은 수많은 명작을 발표함으로써 1968년에 일본 작가로서는 처음으로 노벨 문학상을 수상하는 영예를 안았다. 노벨상 수상으로 일본의 국민적 작가가 된 가와바타 야스나리를 일컬어 비평가들은 '일본의 전통미'를 잘 그려 낸 작가라고 찬사를 보낸다. 그런데 '일본의 비평가'들이 주장하는 것처럼 우리 독자들도 '일본의 전통미'를 그대로 받아들일 수 있을까 하는 점은 생각해 볼 문제다.

일본 비평가들이 의식 · 무의식적으로 주장하는 '일본의 전통미'라는 말에는 '무언가 일본에는 전통미가 있다'라는 환상이 부여하는 개념이다. 물론 일본의 문학 애호가들은 가와바타 야스나리의 문학을 일본의 전통미를 그리고 있다는 점에 의미를 부여하고 싶을 것이다. 가와바타 야스나리 문학의 팬들 중에서 서정성과는 거리가 먼 심리 소설 『호수』를 극단적으로 싫어하는 경향이 있는 것도 같은 맥락이다. 서양 독자들이 가와바타 문학을 읽을 때 오리엔탈리즘적인 서정성을 강조하여 읽는 것처럼 번역을 통해 가와바타의 소설을 읽는 외국 독자는 '일본'의 감성이 아닌 '외국'의 감성으로 읽어 낸다는 점에서 서로 다른 층위로 수용할 것이다.

여기에 수록된 『이즈의 무희』와 『천 마리 학』은 일본의 전통적 감성을 근대적 자아의 고독감을 통해 표현했다고 평가되는 만큼 한국 독자에게는 생소한 장면들이 등장한다. 『이즈의 무희』는 여행지가 온천이기 때문에 다음과 같은 장면이 자연스럽게 등장한다.

한 시간쯤 놀다가 가무단 사람들은 내가 묵는 여관의 탕에 들어갔다. 그녀들이 같이 가자고 몇 번이나 졸랐지만 젊은 여자가 세 사람이나 있어서 나는 뒤따라간다고 얼버무려 버렸다. 그러자 무희가 혼자서 바로 올라왔다.

"등을 밀어 드린다고 오시래요. 언니가요" 하고 치요코의 말을 전했다.

탕에는 가지 않고 나는 무희와 오목을 두었다. 그녀는 묘하게 잘했다. [⋯] 둘만 있었으므로 초반에 그녀는 똑바로 앉아 손을 뻗어 돌을 놓고 있었지만 점점 열중해서 바둑판 위로 몸을 기울여 왔다. 부자연스러울 만큼 아름답고 검은 머리가 나의 가슴에 닿을 것처럼 되었다. 갑자기 확 하고 얼굴이 빨개지면서, (28~29쪽)

'나'는 일고(一高, 제일고등학교)에 다니는 스무 살 청년인데, 여행지인 이즈에서 유랑 가무단 일행과 만나 길동무가 된다. 40대 여자와 젊은 부부, 두 명의 10대 처녀로 구성된 다섯 명의 유랑 가무단 일행 중에서 '나'는 가장 젊은 '무희'에게 초대면부터 강하게 끌리고 있었다. 찻집의 노파에게조차 멸시 받는 유랑 가무단이지만, 그 소박하고 따뜻한 분위기에 휩싸이는 동안 '나'는 점점 굴절된 감정의 굴레를 벗어 버리게 된다는 스토리가 진행된다. 위 인용문은 여행 중의 에피소드로 옛 일본의 온천 문화를 배경으로 독특한 느낌을 줄 것이다.

그러나 가와바타 야스나리의 감성은 자연과 기후와 인간이 삼위일체가 된 듯 소설 세계를 단숨에 현실로부터 격리시켜 버리는 『이즈의 무희』의 서두 표현에서 명확히 드러난다.

꼬불꼬불한 산길로 접어들면서 마침내 아마기 고개에 다가왔구나 싶었을 무렵, 삼나무 밀림을 하얗게 물들이며 매서운 속도로 빗발이 산기슭으로부터 나를 뒤쫓아왔다.

나는 스무 살이었다. 나는 고등학교 학생모를 쓰고 감색 바탕의 기모노에 하카마 차림을 하고 학생 가방을 어깨에 메고 있었다. 혼자서 이즈 반도 여행길에 오른 지 나흘째 된 날이었다. 슈젠지(修善寺) 온천에서 하룻밤을 묵고 유가시마 온천에서 이틀 밤을 지낸 뒤, 후박나무로 된 굽 높은 나막신을 신고 아마기 고갯길에 오른 것이었다. 굽이굽이 두른 산들이랑 원시림이 자아내는 가을 계곡 풍경에 흠뻑 젖으면서도 나는 어떤 기대감으로 가슴을 두근거리며 길을 서두르고

있었다.(9쪽)

"매서운 속도로 〔…〕 산기슭으로부터" 따라온 빗발은 단숨에
소설 세계를 일상적인 세계에서 차단하여 별세계와 같은 시공간
으로 끌어올린다. 고개를 올라 상승한 이 공간은 마치 천계(天界)
와 같이 하계(下界, 혹은 지상 세계)의 모습을 가리고 일상과 단절
된다. 거기에서 어두운 터널을 빠져나와 '나'는 남(南) 이즈라는
이향(異鄕)으로 들어가는 것이다. 그리고 그곳은 '나'와 유랑 가
무단 일행의 여정만이 흐르는 유유자적한 공간으로, 여기에는 드
라마틱한 일상적 사건과는 무관한 비일상적인 세계가 전개되고,
여행자의 노스텔지어(nostalgia)를 자극하는 서정성을 전면에 표
방하는 것이다.

『천 마리 학』에는 감각을 매개로 한 초현실적 미의식의 세계가
펼쳐진다. "가마쿠라(鎌倉)의 엔가쿠 사(円覺寺) 절 안에 들어와서
도 기쿠지는 다회에 가야 할지 말아야 할지 망설이고 있었다. 시
간은 이미 늦었다"(51쪽)라고 시작하는 『천 마리 학』은 차 모임이
라는 일본의 전통적인 문화 양식, 엔카쿠 사라는 한적함이 자아내
는 서정성이 그득하다.

　다도(茶道)를 즐겼던 선친과 인연을 맺어 왔던 여성들과 재회하
는 기쿠지. 스토리만을 두고 도덕적 잣대로 보면 선친의 여자였던
오타 부인과 그녀의 딸 후미코와의 육체적 관계는 우리 상식으로
는 이해하기 힘들다. 그런데 이 작품에는 세속적 잣대를 들이댈

수 없는 심미적 장치가 곳곳에 놓여 있어 독자들은 통속성보다는 예술성에 민감하게 반응하게 된다.

오늘 아침 후미코가 전화로 말했던 것처럼 그 시노의 하얀 유약은 은은한 붉은빛을 띠고 있었다. 잠시 바라보고 있는 동안에 흰 바탕 속에서 붉은 기색이 떠오르는 것 같다.

그리고 찻잔 언저리가 약간 엷은 갈색을 띠고 있었다. 한 군데는 엷은 갈색이 진한 것 같다.

거기가 입을 댄 부분일까.

차의 앙금이 낀 것처럼 보인다. 그러나 입술을 댄 자국인지도 모른다.

그 엷은 갈색도 다시금 보니까 역시 붉은빛을 띤 것처럼 보인다.

오늘 아침 후미코가 전화로 말했던 것처럼 그녀 어머니의 입술연지가 스며든 자국인 것일까?

그렇게 생각하니 유약 부분에 생긴 가는 금에도 갈색과 붉은색이 섞인 색이 들어가 있었다.

입술연지가 바랜 듯한 색, 붉은 장미가 시들어 마른 듯한 색, 어딘가에 묻은 피가 변색된 듯한 색이라고 생각하자 기쿠지는 마음이 울렁거렸다.

토할 것 같은 불결함과 출렁이는 유혹을 동시에 느꼈다.(152~153쪽)

오타 부인이 자살한 후 시노(다기의 일종)의 감촉과 환상은 현실의 시공간을 초월하여 텍스트 세계에 범람한다. 붉은색 입술연지가 찻잔 언저리에 밴 듯한 감각. 오타 부인의 유품으로 받은 시노는 마치 생명이 부여된 듯 기쿠지를 사로잡으며 "토할 것 같은 불결함과 울렁거리는 유혹"의 대상이 된다. 가와바타 야스나리의 표현 방법을 아주 잘 보여 주는 대목이다. 실제의 육체적 관계보다도 찻잔의 흔적이 서사 내용의 중심을 이루며 전체 분위기를 통합하는 것이다.

이 소설의 특징은 다도의 역사가 전하는 과거, 아버지의 시절, 기쿠지에게 수렴되는 인과적 세계, 그리고 사후 세계가 겹겹이 포개져서 시노 찻잔에 응축된다. 부인이 죽은 후 그 영정 앞에서 기쿠지는 "부인의 몸은 머리에 떠오르지 않는데, 부인의 촉감이 향기에 취한 것처럼 기쿠지를 따뜻하게 감싸 오는"(116~117쪽) 것을 느낄 수 있었다. 게다가 그 촉감조차도 "조각적인 느낌이 아니라 음악적인 느낌"(117쪽)으로 몽환적 세계를 자아내는 것이다.

가와바타 야스나리의 작품 가운데 이채를 발하는 전위적인 소설『호수』는 자연의 서정성 대신 굴절된 심리가 전면에 부상한다. 작품이 추상적이지만 지적인 소설로 독자들의 지성을 시험하는 듯이 알쏭달쏭한 사건들이 꼬리를 문다. 다시 말해서『이즈의 무희』와『천 마리 학』이 고독한 개인의 내면을 일본의 서정으로 포장했다면,『호수』는 퍼즐 맞추기와 같은 심리극으로 구성된다.

『호수』의 서두는 마치 탐정 소설식으로 시작된다.

모모이 긴페이는 여름의 막바지라고 하기에는 이미 가을 분위기가 감도는 가루이자와에 모습을 드러냈다. 우선 플란넬 바지를 사서 낡은 바지와 바꿔 입고, 새 와이셔츠에 새 스웨터를 껴입었지만 차가운 이슬이 내렸기 때문에 감색 레인코트까지 샀다. […] 긴페이는 골목으로 돌아가서 빈 별장 창문에 손을 대어 보았지만 널문은 못이 박혀 있었다. 그것을 부수는 것이 지금은 두려웠다. 범죄처럼 여겨졌다.(201쪽)

모모이 긴페이는 여성을 미행하는 취향을 지닌 독특한 남성인데, 어떤 여성을 미행하다가 습득한 핸드백 속의 돈을 훔쳐서 막 가루이자와로 도망친 참이었다. 한편 핸드백을 잃어버린 미야코는 자신을 거두어 주는 아리타 노인을 속여서 모은 돈이기 때문에 경찰에 신고할 수도 없었다. 모모이 긴페이가 뒤를 쫓아가는 여성은 미행자를 의식하고 말초적 감성이 흔들린다. 사랑이나 연애라는 일반적인 관념도 이 작품에는 등장하지 않는다. 가와바타 야스나리 특유의 절제된 에로티시즘도 별로 찾아볼 수 없다. 대신 패전 후의 일본 사회의 한 단면을 비추듯, 콤플렉스와 상실감과 존재의 조각을 찾고자 하는 욕망들이 포진한다.

긴페이는 오른손 손바닥을 펼쳐 흔들었다. 걸으면서 자신을 질타할 때의 버릇인데, 아직 미지근한 쥐의 시체, 눈을 부릅뜨고 입에서 피를 흘린 쥐의 시체를 잡은 감촉이 되살아났기 때문이기도 했다. 호숫가의 야요이 집에 일본 테리어 종 애완견이 있어서 부엌에서 잡은

쥐었다. [⋯]

"긴페이, 그 쥐를 치워 줘."

긴페이가 당황해서 쥐를 줍자, 입에서 나온 피가 널판 사이에 한 방울 정도 떨어져 있었다. 쥐의 몸이 따뜻한 것이 기분 나빴다. 눈을 부릅뜨고 있다곤 해도 쥐의 귀여운 눈이었다.(268~269쪽)

어린 시절 기억에 저장된 막 죽은 쥐를 잡았던 감각이 현재까지 관통되어 삶에 작용한다는 설정. 현실 속에서 몽환이 겹치다가 다시 현실로 이어지는 『호수』의 세계는 현실과 비현실의 경계조차 불분명하다. 왜냐하면 우리의 삶 모두가 명쾌한 가치 부여 속에 수치적으로 치환될 수 없는 것처럼 무의식의 심연과 현실적인 삶의 만남은 늘 긴장된 것이다. 모모이 긴페이라는 젊은이는 과거에 경험했던 호수의 기억이 현재에 범람하는 형태로 고독한 삶을 산다. 호수의 기억은 또 다른 백일몽을 생산하는 장치로서, 그 기억을 소환하는 모모이의 현실 자체를 몽환적 분위기로 탈색시켜 버린다.

이 소설은 가와바타 야스나리의 후기 작품으로 패전 후를 무대로 한 『천 마리 학』과도 사뭇 그 지향점이 다르다. 어머니 고향 마을의 호수를 근원지로 그 무의식적 상실감이 시간과 공간에 흩뿌려지는 작품 구조를 이루기 때문에 작품 전체를 다 읽어야 비로소 모든 스토리가 이어지고, 그 지향하는 바를 독자 나름대로 구성할 수 있다. 인간 존재가 단편적이지 않고 여러 파편적인 파급 효과 속에 위치하듯, 가와바타 야스나리는 이 작품에서 하나의 중심적인 미적 관념에 몰두하던 종래의 경향과 결별한다.

　이 작품집에는 가와바타 야스나리의 대표작이라 불리는 『이즈의 무희』, 『천 마리 학』과 더불어 후기 가와바타 야스나리 문학의 방향을 암시하는 『호수』를 싣고 있다.

　초기의 대표작으로 유명한 『이즈의 무희』는 청년의 성장을 담은 청춘 소설로 단순화하여 읽는 경향이 있다. 그러나 사실은 일본적 서정성으로 포장된 인간 내면의 고독감과, 차별 구조에 대한 소설의 논리가 흥미로운 작품이다. '나'라는 엘리트 중의 엘리트와, 사회로부터 천하게 취급당하는 유랑 가무단 무희와의 일 대일 설정 자체가 이미 다양한 의미와 이미지를 지니기 때문이다.

　패전 후 대표작이라 할 수 있는 『천 마리 학』은 다도, 기모노 등 일본 문화의 키워드 같은 것들이 전경(前景)에 배치되어 일본의 전통적인 미의식을 읽어 내는 데에 치중하기 쉬운 작품이다. 다실이라는 공간성, 과거 시간이 현재에 범람하는 구성은 시공을 초월한 미의식의 세계를 구축하는 데에 손색이 없다. 간결한 심리 묘사가 독자들에게 긴장감을 부여하면서 일본 문학의 시간 의식, 전통의 몽환적 수용이 독자들의 심미적 성향 속에서 재구성될 것이다.

　한편 무의식에서 출발한 몽환적 삶을 방사형의 기억 조각들로 조합하는 『호수』는 가와바타 야스나리 문학 속에서 독특한 자리를 차지한다. 여백과 플롯 장치로 마치 독자의 지적 능력을 시험하는 듯한 텍스트 전략을 구사하기 때문에 독서의 쾌락을 느끼기에 부족함이 없는 소설이다.

일본 현대 작가들의 '서정적 가벼움'이 국내 독자들에게 낯설지 않게 다가오는 지금, 가와바타 야스나리 문학은 우리에게 일본 문학의 의미를 다시금 생각하게 한다. 이 작품집은 일본 문학의 거장이 만든 예술성, 표현 방법, 미의식을 통해서 일본 근대 소설이 어떻게 인간의 내면을 그려 내는지 환기시켜 줄 것이다.

판본 소개

　『이즈의 무희(伊豆の踊子)』는 1926년 『분게이지다이(文芸時代)』 1월호와 2월호에 발표되었다가, 1927년 『이즈의 무희』(金星堂)로 발간되었다. 이 책에서는 신초샤(新潮社) 판 『가와바타 야스나리 전집』 제2권(1980)을 저본으로 했다.

　『천 마리 학(千羽鶴)』은 1949년 5월부터 1951년 10월까지 여러 잡지에 나누어 발표되었다가, 1952년 치쿠마 쇼보(筑摩書房)에서 단행본으로 발간되었다. 이 책에서는 신초샤 판 『가와바타 야스나리 전집』 제12권(1980)을 저본으로 했다.

　『호수(みづうみ)』는 1954년 1월부터 12월까지 『신초(新潮)』에 12회 게재한 후, 1955년 신초샤에서 단행본으로 발간되었다. 이때 11회 후반, 12회 전문이 삭제되었다. 이 책에서는 신초샤 판 『가와바타 야스나리 전집』 제18권(1980)을 저본으로 했다.

가와바타 야스나리 연보

1899	6월 14일 오사카 시에서 태어남. 아버지는 의사.
1901	폐결핵으로 부친 사망.
1902	폐결핵으로 모친 사망. 누나는 외가의 친척집에서, 야스나리는 조부모와 살게 됨.
1906	조모 사망, 초등학교 입학.
1909	누나 요시코 사망.
1912	오사카 부립 이바라기 중학교 입학.
1914	조부의 사망으로 고아가 됨. 외숙부 집에 기거. 이때의 체험을 후년 『16세의 일기』, 『뼈 줍기』 등에 담아 발표.
1917	3월 이바라기 중학교 졸업. 도쿄에 상경하여 9월에 제일고등학교 입학.
1918	이즈를 여행하다가 순회 악극단의 일행과 길동무가 됨. 이때의 체험이 『이즈의 무희』의 소재가 됨.
1920	고교 졸업, 같은 달 동경제국대학 문학부 영문학과 입학.
1921	7월 제6차 『신시초(新思潮)』 창간에 주요 동인으로 참가. 『초혼제 일경(一景)』이 호평을 받아 문단 데뷔작이 됨.
1922	영문학과에서 국문학과로 전과.

1923	기쿠치 간(菊池寬)이 창간한『분게이슌주(文芸春秋)』의 동인이 됨.
1924	대학 졸업과 동시에 동인지『분게이지다이(文芸時代)』를 창간. 주요 동인으로 요코미쓰 리이치(横光利一), 가타오카 텟페이(片岡鐵兵) 등이 있음. '신감각파' 라 불리기도 함.
1926	『이즈의 무희』발표. 부인 히데코와 결혼 생활 시작.
1927	여아 사산.
1929	도쿄『아사히 신문』에『아사쿠사 쿠레나이단(淺草紅團)』연재.
1931	『수정환상(水晶幻想)』발표.
1933	『이즈의 무희』가 영화화됨.『금수(禽獸)』,『말기의 눈』발표.
1935	『설국(雪國)』의 단속적인 연재(1947년 완결).
1941	만주에 두 번 여행을 함.
1945	패전과 함께 출판사 가마쿠라 문고 설립.
1948	일본 펜클럽 회장 취임.
1949	『산 소리』연재 시작(1954년 완결).
1952	『천 마리 학』간행. 예술원상 수상.
1954	『호수』연재 시작.『산 소리』간행. 노마(野間) 문예상 수상.
1958	국제 펜클럽 부회장. 기쿠치 간상 수상.
1961	문화훈장 수상.
1968	노벨문학상 수상. 기념 강연 '아름다운 일본의 나 ― 그 서설'을 스웨덴 아카데미에서 행함.
1970	서울 국제 펜클럽 대회 참석.
1971	미시마 유키오 장례위원장.
1972	**4월 16일** 자택에서 가스 자살.

새롭게 을유세계문학전집을 펴내며

을유문화사는 이미 지난 1959년부터 국내 최초로 세계문학전집을 출간한 바 있습니다. 이번에 을유세계문학전집을 완전히 새롭게 마련하게 된 것은 우리가 직면한 문화적 상황에 적극적으로 대응하기 위해서입니다. 새로운 을유세계문학전집은 세계문학의 역할이 그 어느 때보다 중요해졌다는 인식에서 출발했습니다. 오늘날 세계에서 타자에 대한 이해는 우리의 안전과 행복에 직결되고 있습니다. 세계문학은 지구상의 다양한 문화들이 평등하게 소통하고, 이질적인 구성원들이 평화롭게 공존할 수 있는 문화적인 힘을 길러 줍니다.

을유세계문학전집은 세계문학을 통해 우리가 이런 힘을 길러 나가야 한다는 믿음으로 만들어졌습니다. 지난 5년간 이를 준비하기 위해 많은 노력을 기울였습니다. 세계 각국의 다양한 삶의 방식과 문화적 성취가 살아 있는 작품들, 새로운 번역이 필요한 고전들과 새롭게 소개해야 할 우리 시대의 작품들을 선정했습니다. 우리나라 최고의 역자들이 이들 작품 속 한 문장 한 문장의 숨결을 생생히 전하기 위해 심혈을 기울였습니다. 또한 역자들은 단순히 번역만 한 것이 아니라 다른 작품의 번역을 꼼꼼히 검토해 주었습니다. 을유세계문학전집은 번역된 작품 하나하나가 정본(定本)으로 인정받고 대우받을 수 있도록 최선을 다했습니다. 세계문학이 여러 경계를 넘어 우리 사회 안에서 주어진 소임을 하게 되기를 바라며 을유세계문학전집을 내놓습니다.

을유세계문학전집 편집위원단(가나다 순)
김월회(서울대 중문과 교수)
김헌(서울대 인문학연구원 교수)
박종소(서울대 노문과 교수)
손영주(서울대 영문과 교수)
신정환(한국외대 스페인어통번역학과 교수)
정지용(성균관대 프랑스어문학과 교수)
최윤영(서울대 독문과 교수)

을유세계문학전집

을유세계문학전집은 계속 출간됩니다.

을유세계문학전집 연표